TRAVELS
WITH
MY AUNT

Graham
Greene

与姨母同行

［英］格雷厄姆·格林 著

李筱砚 译

外语教学与研究出版社
北京

京权图字：01-2017-3603

TRAVELS WITH MY AUNT ©Graham Greene, 1969

图书在版编目 (CIP) 数据

与姨母同行／（英）格雷厄姆·格林（Graham Greene）著；李筱砚译．——
北京：外语教学与研究出版社，2019.1
书名原文：TRAVELS WITH MY AUNT
ISBN 978-7-5213-0728-3

Ⅰ．①与… Ⅱ．①格… ②李… Ⅲ．①长篇小说－英国－现代 Ⅳ．①I561.45

中国版本图书馆 CIP 数据核字 (2019) 第 032945 号

出 版 人　徐建忠
项目统筹　张　颖
项目编辑　李佳星
责任编辑　郑树敏
责任校对　徐晓雨
装帧设计　马晓羽
出版发行　外语教学与研究出版社
社　　址　北京市西三环北路 19 号（100089）
网　　址　http://www.fltrp.com
印　　刷　紫恒印装有限公司
开　　本　880×1230　1/32
印　　张　9.5
版　　次　2019 年 4 月第 1 版 2019 年 4 月第 1 次印刷
书　　号　ISBN 978-7-5213-0728-3
定　　价　55.00 元

购书咨询：（010）88819926　电子邮箱：club@fltrp.com
外研书店：https://waiyants.tmall.com
凡印刷、装订质量问题，请联系我社印制部
联系电话：（010）61207896　电子邮箱：zhijian@fltrp.com
凡侵权、盗版书籍线索，请联系我社法律事务部
举报电话：（010）88817519　电子邮箱：banquan@fltrp.com
物料号：307280001

记载人类文明
沟通世界文化
www.fltrp.com

目 录

第一部

1

我和奥古斯塔姨母的第一次相遇是在我母亲的葬礼上。过去五十多年，我从未见过她。我母亲去世时已将近八十六岁，姨母比她小十一二岁。两年前，我从银行退休，获得了一笔充裕的养老金和退休金。自银行被国民西敏寺银行吸收合并之后，我所在的部门就被视作多余。在这个节骨眼上我还能顺利退休，同事们都觉得我很幸运。然而，我却发现退休之后打发时间竟成为难事。我至今未婚，过得也很清闲，除了种大丽菊外别无爱好。因而此刻母亲的葬礼就好像给我的无聊生活注入了一针强心剂一般，让我颇感兴奋。

至于我父亲，他早在四十多年前就去世了。我父亲曾是一个建筑工地的承包商，他嗜睡如命，常常在各种匪夷所思的地方睡午觉。父亲这性情总会惹恼我那精力旺盛的母亲。母亲不得已总要四处寻他，以免他随意席地而睡。记得找小时候，我们还住在海格特时，有一次我走进浴室，发现父亲穿着衣服在浴缸里睡着了。我由于重度近视，还以为那是母亲在洗外套，直到听到父亲的呢喃——"出去的时候记得从里面反锁上门"——才反应过来。父亲懒到根本不想起身从浴缸里出来，而且他也太困了，困到根本没发现他自己的要求是那么难以实现。还有一次，他负责刘易舍姆区一套新公寓的建设项目时，竟然在操纵起重机的小屋子里打起了瞌睡，整个工程队只能眼巴巴地等他醒来再开工。我母亲一点也不恐高，为了找到父亲，她甚至会爬到最高的那个脚手架的顶端，而此时父亲很可能正在某个新开辟的地下停车场的角落里打盹儿。我一直觉得他们这样一来一往、一追一赶过得很幸福，猎人和猎物的角色很适合他们。我脑海中关于母亲最早的记忆便是她冷静的头脑和快步小跑的姿势，这让我联想到猎狗。但愿这些记忆可以原谅我又将它们翻出来，毕竟在葬礼上它们总会情不自禁地浮现在脑海，而且是越想越多。

母亲的葬礼在一个很有名的火葬场举行。来参加的人并不多，但明显可以感受到参加者都有些许兴奋，都在期待能目睹一些此前在火葬场里从未经历过的事。火化的炉子会打开吗？棺材会堵塞住尸体飘然成烟的路吗？我还清楚地听到身后一个冷峻又有些上年纪的声音说："我曾经见过一个将尸体过早火化的葬礼。"

我比较艰难地从家族相册中回忆起，眼前这个迟到的妇人，就是我的姨母奥古斯塔。她的穿着宛如玛丽女王穿越到了现在，还特意把装束改造得接近当下的时尚。我最惊讶的是她红得夸张的头发，像纪念碑似的耸立着，两颗大门牙更让她由内而外散发出一种原始生命感十足的气场。这时候突然有人说了声："嘘！"神职人员便开始祈祷了。我敢肯定这些祷告词是神职人员自己发挥创作的，我此前参加过很多葬礼，但从没在任何葬礼上听见过这样的言辞。像我们这种银行经理，一直都被强行要求参加每一位没有债务问题的客户的葬礼。可不管怎么说我还是喜欢参加葬礼的，因为通常来讲，人们在这样的场合下都尽可能地保持严肃、庄重和乐观，以纪念逝者的不朽。

母亲的葬礼顺利结束了。为了省钱，棺材上的花被提前挪了下来，工作人员按了个按钮，棺材就从我们眼前滑走消失了。之后，我在纷纷扰扰的阳光下和一堆我多年未曾谋面，甚至都叫不上名字来的侄儿、侄女们握手。我静静等待母亲的那一堆骨灰出炉，此时火葬场的烟囱正在我头顶优雅地吞云吐雾。

"你是亨利吧？"奥古斯塔姨母用她深邃的蓝色眼眸凝视着我说。

"对！"我说，"您是奥古斯塔姨母吧？"

"我已经很久没见过你母亲了，"姨母告诉我，"但愿她走得很平静。"

"嗯。她只是在生命的最后一刻心脏停止了跳动而已。年纪大了，由不得人。"

"年纪大？你母亲只不过比我大十二岁而已。"奥古斯塔姨母的言语中颇含指责。

我们在火葬场的小花园里稍微散了一下步。火葬场的花园和真正的花园很"相似"——就像那些极力仿造自然风景的高尔夫球场。草坪被修剪得有棱有角，行道树游行队伍似的僵硬地站立着，一排排的骨灰盒犹如球场上用来放高尔夫球的塞满泥沙的小盒子。"那什么，"姨母问道，"你还在银行工作吗？"

"不了。我两年前退休了。"

"退休了？你这么年轻就退休了？我的老天！那你现在每天都做什么呢？"

"我种大丽菊，姨母。"姨母朝反方向摆了摆她若有若无的裙褶。

"大丽菊？你不记得你爸爸说过什么了吗？"

"我知道，我爸他对花不感兴趣。他一直都认为建花园就是浪费一块好地。他更习惯计算用这块地可以建多少个卧室。他就是那么一个嗜睡如命的人。"

"你的父亲要卧室可不只是为了睡觉。"姨母粗鲁的口吻惊吓到了我。

"他总是在奇怪的地方睡大觉。我记得有一次是在澡堂……"

"你爸在卧室里可不只是睡觉，他还做其他事情。"她说，"而你的存在就是证据。"

我终于渐渐有些明白为什么父母和姨母那么少有来往了。她的性情是我母亲不喜欢的那一类。我母亲虽说不是清教徒，但她总是习惯所有言行举止都切合时宜。比如吃饭的时候我们谈论与饭相关的话题，具体来讲，比如谈论菜的价格之类的。如果我们去剧院，我们会在幕间休息的时候讨论该剧的剧情，或者讨论其他剧的剧情。早餐的时候我们会聊聊新闻。我母亲很擅长将跑题的谈话拉回到正确的轨道上。她的口头禅就是"亲爱的，这不是做什么什么的时候"。所以很有可能，在卧室里她聊的是爱，当然我能意识到这一点都是靠我姨母刚才坦率的指点。也因此我的母亲才难以接受父亲在卧室之外的其他奇怪的地方睡觉。而且，当我开始对大丽菊感兴趣的时候，我的母亲曾警告我在工作时一定要忘掉大丽菊们。

我和姨母散步结束，母亲的骨灰正好也装好了。之前我已经选好了一个黑钢材质的古典骨灰盒，本来确信一定很合适，但他们竟然擅自替我用棕色的纸将骨灰盒整洁地包装好，上面还贴附着红色密封条，这不由得让我联想到圣诞节礼物。姨母问我："你准备怎么处理这骨灰？"

"我想给它在我的大丽菊丛中建一个小祭台。"

"那样到冬天实在太凄凉了。"

"我还没考虑那么多。寒冷的季节我一定会把它移到屋子里的。"

"搬过来挪过去的，看来我姐死了也过不安稳。"

"那我再好好考虑一下吧。"

"你还没结婚，对吧？"

"嗯，没。"

"有孩子吗？"

"当然没有。"

"那问题就来了。你死后我姐姐的骨灰该托付给谁？你知道我肯定会比你先死。"

"拜托，一个人不可能一下子将所有事都考虑周全。"

"不如你就把它放这儿得了。"姨母说。

"我觉得放大丽菊丛里挺好的。"我很固执地回答道。前几日每天晚上我都花好长时间设想如何设计一个简洁又饶有品位的底座。

"人各有所好。"姨母脱口而出的标准法语让我震惊。我从来不知道我们家族里还有人这么有国际范儿。

站在火葬场的大门口，我准备离开，我的花园在呼唤我回去。我说："奥古斯塔姨母，我们数年没见了，我希望……"头顶飘来一片乌云，洒下了些许雨滴，而我的割草机还扔在家里的草地上，上面没有任何遮盖，"非常希望您能来绍斯伍德和我喝杯茶。"

"现在我更需要一些可以使我内心强大或者能让我镇静下来的东西。毕竟不是每个人都像圣女一样天天见到自己的姐妹被交付给火焰。"

"我不是很明白……"

"我说的是圣女贞德啊。"姨母补充道。

"我家中有些雪莉酒，但离这边太远了，而且可能……"

"我的公寓就在这条河北边，"姨母坚定地说道，"公寓里有所有我们需要的东西。"不等我同意她便招停了一辆的士。现在回想起来，这是我们即将一起开启的第一次旅程，也可能是最值得纪念的一刻。

2

我对天气的预感总不会出错。果然,灰蒙蒙的天空开始下起雨来,我沉溺在哀怨的思绪中。细雨将街道冲刷得发亮,人们有的着急地撑起伞来,有的在波顿滑板店、联合乳业、麦克鱼贩或是 ABC 商店的门前避雨。郊外的这场雨莫名地使我想起了某个星期天。

"在想什么呢?"姨母问。

"我真是太蠢了。就那么把割草机搁在屋外草坪上,遮雨布也没盖一块。"

姨母脸上却丝毫未见同情之色。她说:"忘掉你那割草机吧。还真是奇怪,为什么咱俩只会在宗教仪式上相见呢?上次我见你还是在你刚出生接受洗礼时,那时我可是不请自来的。"她咯咯地笑起来,说道,"就像个邪恶的小魔女。"

"为什么他们没有邀请你呢?"

"因为我知道的太多了,关于他们两个人的事。我还记得你那时安静得出奇,没有大喊大叫,没有将身体里的魔鬼吼叫出来。我担心这魔鬼是否现在还在你身子里。[1]"她突然向司机喊道,"司机先生您可别

1　教会洗礼习俗,小孩大声哭喊证明原生的恶魔从体内被逼出来了。——译者注,本书注释如无特殊说明均为译者注。

弄混了，我要去的是小广场那边，不是圆形大广场，更不是新月广场区和花园式广场区。"

"我一直都不知道您和他们之间有过隔阂。至少全家福照片中一直能看见您。"

"只不过是表面现象罢了。"她微吁了一口气，一阵香粉味在空气中弥漫开来，"你的母亲是一个虔诚圣洁的女人。她理应拥有一个洁白的葬礼。"她又补充了一句法语，"也就是圣女。"

"我不太懂……您说'圣女'是什么意思。坦白讲，姨母，他们不是还有我这个儿子吗？"

"确实。但是你是你父亲的儿子，而不是你母亲的。"

那天早上我曾一想到葬礼就十分兴奋，甚至有些雀跃。确实，如果这不是我母亲的葬礼，我就可以完全把它当作无趣的退休生活中一次舒适的小憩。还能愉快地回忆起以前在银行工作时与敬爱的客户诀别时的场景。然而没想到这种令人憧憬的休息放松的心情只需姨母随口一说就能实现。据说突然的惊吓可以治愈打嗝，同样也能引起打嗝。我想要进一步问些什么，却惊慌得不得要领，便开始打起嗝来。

"我说过了，你名义上的母亲是一个圣徒。那女孩怀孕之后，你父亲便急着要做世俗认为正确的事，也就是和那女孩结婚，当然如果你觉得'急着'这类词能用在你父亲身上的话。可那女孩拒绝了。于是我姐姐为了帮她隐瞒真相就嫁给了你父亲，你父亲当时的意愿并不强烈。之后几个月她在自己衣服里塞了些垫子，不断地添加。没有任何人起疑，因为即使是睡觉时她也塞着那些垫子。当你父亲尝试和她做爱时，她吓坏了。从结婚到你出生前，甚至在你被顺利接生之后，她都一直拒绝给予你父亲教会赋予他的权利。而你父亲也不是那种会跟她宣示并索要自己权利的人。"

我靠在出租车的后座椅上，不停地打嗝，尽管我尽力张嘴尝试，但还是一句话都说不出来。我回忆起母亲爬上脚手架找寻父亲的样子。那究竟是出于嫉妒，还是因为她担心可能又得塞入各式各样的垫子坚持数月呢。

"不对，走错了。"姨母对出租车司机说，"这边是花园式广场区，我跟你说过了，我住在小广场那边。"

"那我是应该左转吗，女士？"

"不是，右转。左边是新月广场区。"

"但愿我说这些并不会吓着你，亨利，"奥古斯塔姨母说，"我的姐姐，也就是你的继母，我想你应该不介意我这么称呼她，事实上是一个很高尚的人。"

"那我的……呃……父亲呢？"

"稍微有些卑鄙，不过大多数男人都这样。可能这也是他们最好的品性。我希望你身上也能多少沾染些坏坏的习气，亨利。"

"我可不……呃……这么希望。"

"迟早你会发现的，毕竟你可是你爸的儿子。治疗你那打嗝最好的办法，就是从杯子的对面边缘喝水。你可以做个手持杯子的样子，并不一定非要有水才行。"

我长吁一口气后问道："那谁是我的亲生母亲呢，奥古斯塔姨母？"然而她早已离题甚远，正和司机交谈："噢，不，我的天，这里是新月广场区。"

"夫人，是你说的右转的啊。"

"那不好意思，是我弄错。我一直分不太清左右。左转舵，我之所以能记住左转舵是因为颜色，因为红色代表左。你应该左转舵而不是右转舵。"

"夫人，我又不是那该死的航海员。"

"没事儿，绕回到原来的位置重新来过吧，我负责引路。"

车停在一间酒吧门口。司机说："女士，你直接告诉我到冠锚酒吧不就得了……"

"亨利，"姨母说道，"你能不能暂时忘掉一下你的打嗝？"

我打了一个嗝问道："啊？"

"计费器显示 6.6 先令。"司机说道。

"那我们就索性等它到 7 先令吧，"奥古斯塔姨母反驳道，"亨利，在我们进门之前我想我必须要警告你，我要是死了可绝对不要办那种圣女风的白色葬礼，毕竟与我的实际情况太不相符了。"

"但你可从未结过婚啊。"我趁着打嗝再次袭来之前，用极快的语速说道。

"但这 60 多年来，我有一个一直断断续续保持联系的朋友。"奥古斯塔姨母说。可能是因为我的表情中充满疑惑，她又补充道："亨利，感情可能会被时间冲淡，但却不会被时间完全摧毁。"

然而，就算是这么一席意味深长的话也没能让我对接下来的情形做好心理准备。当然，在银行工作的日子教会我，即使是面对客户令人瞠目结舌的透支需求也要处变不惊。我总是笃定地不问也不听客户的任何解释。允不允许透支全由其过往的信用记录决定。如果某位读者觉得我是那种性格冷峻的人，那他应该也能理解这源于我退休前整个银行职业生涯漫长又细致的调教。然而我后来才发现，姨母未接受过任何外界因素的调教，她也无意再为自己讲过的话多做任何解释。

3

冠锚酒吧建得像一个乔治王朝时期的银行。透过窗户我看到酒吧里的男人们留着夸张的胡须，穿着后襟开叉仿佛骑马服一样的花呢上衣，围在一个穿着马裤的女孩周围。我是绝对不会放款给他们这类人的，我怀疑他们中除了那个女孩以外，是否真的有人骑过马。他们喝的都是苦啤酒，我猜他们肯定一有闲钱就拿去理发或是做衣服，根本不会花在骑马上。长期以来跟客户打交道的经验让我更喜欢衣衫褴褛的喝威士忌酒的人，而非衣着光鲜却喝着啤酒的人。

我们从侧门进来，姨母的公寓在二楼，两层楼之间的楼梯平台上放着一套小沙发。后来我才知道这沙发是姨母买的，只为供她上楼途中歇脚、小憩使用。这还真是符合她慷慨大方的性格，她宁可买个沙发塞满整个楼梯平台，也不愿买一把省空间的椅子。"我上楼时总会在这里歇会儿。亨利，来，你也坐下吧。楼梯太陡了，虽然你这个年龄可能还不觉得。"她仔细打量了我一番，"和我上次见你时相比，你变了好多啊。虽然头发好像也没长起来。"

"头发还是长起来过的，只不过后来又都掉了。"我解释道。

"我的头发就一直都没掉，这么长这么多，都可以当坐垫用。"她竟突然补充道，"长发公主[1]，长发公主，快放下你的头发来吧。哎呀，我的头发也没有长到能从二楼垂下来。"

"您住这里不会觉得楼下的酒吧噪音太大吗？"

"不会。如果我突然缺什么了，楼下酒吧很方便。我让华兹华斯下楼去买就行。"

"华兹华斯？谁啊？"

"我叫他华兹华斯是因为我没法让自己叫他扎卡里。自从扎卡里·麦考利[2]在克来芬公园为他们做出巨大贡献之后，他们家族所有的长子就都叫扎卡里了。另外，华兹华斯这个姓氏来源于主教而非那位著名的诗人。"

"他是你的仆人？"

"不如说他迎合了我的需求。他是个优雅又健壮的小甜心。但千万别允许他向你索取 CTC，我已经给了他很多了。"

"CTC 是什么？"

"CTC 的全称是 Cape to Cairo Cigarettes（开普敦到开罗香烟），所有的水手都会慷慨地给大家分发这种烟。在塞拉利昂的战争年代，这个缩写词就已成为'小费'的代名词了。而那时他还只是个小男孩。"

姨母的话实在太跳跃了，我还没完全跟上她的节奏。此时，姨母按响了门铃，一个身着肉贩式条纹围裙的中年大块头黑人打开了房门，赫然出现在我面前，我没有丝毫的心理准备。"哎呀，华兹华斯，"她以略带调戏的口吻说道，"你已经把早餐的餐具洗干净了？也不等等我。"他站在门口，眼睛直勾勾地瞪着我，我在想是不是不给 CTC 他就不会让我进门。

1　《格林童话》中的人物。

2　扎卡里·麦考利（1768—1838），苏格兰人，曾在塞拉利昂担任总督。一直致力于解放奴隶、废除奴隶贸易。其故居位于克来芬公园附近。

"这是我外甥，华兹华斯。"我的姨母说。

"我的夫人，你说的是真的吗？"

"当然了。噢，华兹华斯，华兹华斯嘛！"她以温柔的口吻玩笑似的补充道。

他让我们进门。天色已暗，所以起居室的灯是开着的。屋子里到处都是玻璃装饰物，反射的光让我瞬间有些晕眩。碗橱上方放着一尊天使雕像，身上搭着一条薄荷糖条纹的睡袍。壁龛里有一座身着蓝色长袍的圣母马利亚雕像，头顶着金色的光圈，脸庞也是金色的。餐具柜上方的金色台座上则放着一支海军蓝的巨大高脚杯，大到至少可以装下四瓶红酒。酒杯边缘雕刻着金色的格子，格子上缠绕着粉玫瑰和常春藤的花纹。书架上则摆放着淡紫色的鹳、红色的天鹅以及蓝色的鱼，还有拿着绿色烛台、着一身鲜红色长裙的黑人女孩。顶上的枝形吊灯仿佛是糖粉做成的，上面挂满了蓝色、粉色和黄色的小花，灯光倾泻而下，照亮了整个房间。

"这些来自威尼斯的艺术品对我而言非常重要。"姨母的解释其实很没有必要。

我无意对眼前这些东西评头论足，但屋子的装饰效果确实夸张得有些过分，品位也并非最佳。

"这是多么精妙绝伦的工艺美术啊，"姨母说，"华兹华斯，乖，去给我们拿两杯威士忌来。在那哀哀切切的葬礼之后你的奥古斯塔也有些小情绪了。"她就好像在对一个小孩子讲话，或者说是对一个情人，但是这种关系我显然难以接受。

"没什么地方不舒服吧？"华兹华斯用蹩脚的英语问道，"需要药吗？"

"没那么严重，"姨母说，"噢，亲爱的，亨利，你是不是忘了你的小包裹了？"

"没有没有，在我手边呢。"

"最好是让华兹华斯它把进放冰箱吧。"

"完全没那个必要，奥古斯塔姨母。骨灰是不会腐烂变质的。"

"对，不会腐坏，我真是蠢啊。但还是让华兹华斯把它放在厨房吧，不然一看到它就会让我们想到我那可怜的姐姐。走，我带你参观一下我的房间吧，那边有更多我从威尼斯带回来的珍宝。"

姨母说的没错。她的梳妆台被闪闪发光的珍宝们包围着：镜子、粉盒、烟灰缸，还有装安全别针用的小碗。"是它们让我那些昏暗的日子有了色彩。"她说。房间里有一张双人床，和玻璃艺术品一样，也用花装饰了起来。"我简直爱死威尼斯了，"她解释道，"因为正是在那里我真正开始了我的事业，旅行也是。我一直都很喜欢旅行。非常不幸，现在我没法说走就走了。"

"岁月的风霜袭来，让我们措手不及。"我说。

"岁月？风霜？我可没说那破东西。但愿我看起来还没那么老，亨利。不过我现在确实需要个旅伴，可是华兹华斯忙极了，他要考伦敦经济学院，没时间陪我晃悠。喏，这里是华兹华斯的小暖窝。"她打开了旁边房间的门。房间里挤满了迪士尼的玻璃玩偶，更可怕的是，所有这些来自粗制滥造的美国动画电影里的咧着嘴笑的老鼠、猫和野兔，都和客厅的吊灯一样，被精心设计出仿佛会随风晃动的感觉。

"这些也来自威尼斯，"姨母说，"很灵巧但不太可爱。可我觉得，它们很适合摆在一个男人的房间里。"

"他喜欢这些东西吗？"

"他几乎不怎么待在这儿，"姨母说，"学习什么的，他平时有好多事要忙……"

"每天一睁眼就看到这些玩意儿，我可不愿意。"

"他倒不用每天这样。"

姨母带着我返回客厅，华兹华斯又拿出了三个镶着金边的威尼斯风玻璃杯和一个大理石般五彩斑斓的水壶。黑标威士忌的瓶子在那里面显得太过平凡，像极了化装舞会上唯一身着小礼服的人，与周围格格不入。这个比喻的场景之所以会立刻浮现在我脑子里，是因为我有过很多次关于化装舞会的不愉快的体验。我对化装有着深入骨髓的抵触情绪。

华兹华斯说："夫人你不在家的时候，电话一直响个不停。我告诉他们你去参加一个非常重要的葬礼了。"

"只需说实话就能解决问题真好，"我姨母说，"没人留言吗？"

"噢，你可怜的华兹华斯半个字也没听懂。我跟他们说夫人你不会讲英文，然后他们就火速挂掉了电话。"

姨母倒了一大杯威士忌在我杯子里，比我平时喝的量多很多。

"再兑一点水吧，奥古斯塔姨母。"

"我现在可以告诉你们两个，今天的葬礼进行得这么顺利，我有多么宽慰。我曾经参加过一个非常重要的葬礼，一位著名作家的夫人去世了，而这位作家对妻子不忠。那时一战刚结束没多久，我住在布赖顿，对费边社的人特别感兴趣。我还是个小女孩的时候就从你父亲那里知道了费边社。我虽然只是个普通的列席者，却早早就到了，靠着通往灵界的轨道（可能因为是火葬场教堂所以这么称呼吧），试着辨认花圈上的名字。我是第一个到那里的，所以身边没别人，只有鲜花和棺材。华兹华斯你一定要原谅我又讲这么长的故事。他之前已经听过了。来，亨利，我给你把酒杯添满。"

"不用了，不用了，奥古斯塔姨母。我已经喝了足够多了。"

"话说回来，我那时真是太笨手笨脚了，竟然一不小心碰到了边上的一个按钮。于是棺材开始滑行，炉门打开。我可以感受到火炉里传出的炽热，还能听到燃烧时噼里啪啦的声响。棺材入了火炉之后门随即关上。正在那时，所有参加仪式的人走了进来，萧伯纳先生[1]和夫人，赫伯特·乔治·威尔斯先生[2]，伊迪丝·内斯比特小姐（用的是她婚前的姓），哈维洛克·埃利斯医生[4]，拉姆齐·麦克唐纳先生[5]，以及死者的丈夫。牧师（当然是无宗派的）穿过滑行轨道另一侧的门走了进来，这时有人唱起了爱德华·卡宾特[6]所作的赞美诗：'宇宙啊，宇宙，我们可以称你为宇宙吗？'但那里并没有棺材。"

"那你当时在做什么，奥古斯塔姨母？"

"我将脸深埋入手绢中，装作为死者悲伤的样子。但我真觉得没有人注意到棺材并不在那里，除了牧师可能是在装聋作哑以外。死者的丈夫当然也没有，毕竟他已经好几年都没有关心过他的妻子了。关于这场葬礼的体面和高贵，哈维洛克·埃利斯医生做了一番相当感人的陈述，不带任何幻想和修辞——或许只有我这么认为，因为那时我还没有完全成为天主教的支持者，尽管大半个身子都已经成了教徒。他居然也能在没有尸体的状况下发表这番演讲。结果自然是每个人都很满意。亨利，你现在明白我今天早上为什么那么小心翼翼了吧。"

透过威士忌，我用余光偷瞄了姨母一眼。我不知该说什么，"真是个悲伤的故事"这样的说辞似乎也不太合适。我怀疑姨母口中的那场葬礼是否真的发生过——虽然接下来几个月发生的事使我明白，姨母所讲的故事通常主干都是真实的，旁枝末节则由她自己加工创造，以便使故事情节完整而生动。华兹华斯的发言适时地解救了我。他说：

---

1 萧伯纳（1856—1950），爱尔兰剧作家。费边社会主义宣传者。代表作有《圣女贞德》等。

2 赫伯特·乔治·威尔斯（1866—1946），英国小说家。尤以科幻类小说见长。费边社成员。

3 伊迪丝·内斯比特（1858—1924），英国儿童文学作家，诗人。

4 哈维洛克·埃利斯（1859—1939），英国心理学家、作家、社会改革先驱。

5 拉姆齐·麦克唐纳（1866—1937），英国政治家，曾两次出任首相。

6 爱德华·卡宾特（1844—1929），英国社会思想家、诗人。

"在门迪人[1]居住区，要是有人死了，他们会将死者从后背剖开，然后取出脾脏。如果脾脏太大，他们就觉得这个人是巫师，所有人都会嘲笑这个家族，死者的葬礼也会被迫加紧进行。我的第一任妻子便是门迪人。我妻子的父亲就是这样，他死于疟疾，但这些无知的人，他们不知道疟疾会让一个人的脾脏变大。所以我妻子和丈母娘只能背井离乡，去了弗里敦。她们不想被邻居们嘲讽。"

"那在门迪一定有好多巫师。"姨母说。

"是呀，那是肯定的。相当多。"

此时我说："我真的得走了，奥古斯塔姨母。我实在是放心不下我的割草机。它在雨中泡了这么久，肯定都快生锈了。"

"你会想你的母亲吗，亨利？"

"噢，会的……会的。"我说。这几天我一直忙着各种各样的事情——安排葬礼，和母亲的律师见面，和银行经理还有庄园代理人筹划如何售卖她在北伦敦的小房子，等等，因此还没有真正静下来想过姨母说的以后的事情。对一个单身男子来说，如何处理女性的随身物品是件难事。家具倒是可以拍卖掉，但那些老太太的过时内衣，只剩半罐的老式面霜，该怎么办呢？我尝试询问姨母的意见。

"恐怕我和你母亲在衣服，甚至在冷霜上的品位都不同。要是我的话肯定会把所有的东西都给她的女佣，只要她能带走所有的东西，所有的。"

"我真的很高兴见到你，奥古斯塔姨母。你现在是我唯一的亲人了。"

"那也只是你知道的范围内而已，"她说，"你父亲可是风流成性、颇受欢迎啊。"

---

1 塞拉利昂部族之一。居住地主要位于该国中部及东南部。

"我那可怜的继母……我还是没法想象接下来要叫别人母亲。"

"那样最好了。"

"每次在新建大厦的整个工程中，我父亲总对装修样板房尤其上心。以前我一直以为他是为了方便睡午觉。现在想想可能我是在其中的某一间……"考虑到姨母的存在，我没有说出"被怀上"这个词来。

"你最好别瞎推测。"她说。

"过几天来我家看我种的大丽菊吧，姨母。它们现在可都盛开着呢。"

"当然好了，亨利。既然我又重新找到了你，就不会那么容易放你走了。你喜欢旅行吗？"

"以前从没机会去。"

"华兹华斯最近这么忙，咱俩可以一起出去旅行一两次。"

"我很乐意，奥古斯塔姨母。"那时我以为我们也就是去海边玩玩，没想到姨母话中竟隐含着更多的深意。

"我会给你打电话的。"姨母说。

华兹华斯领我到门口，我刚出冠锚酒吧没多远，就想起来自己忘记拿骨灰盒的包裹了。我在经过酒吧窗前时，听到穿马裤的小姑娘生气地说："皮特就知道板球板球。整个夏天一直都在说。除了那该死的'灰烬杯'比赛[1]，其他啥也不知道。"要不是听到"灰烬杯"这个词，我还真想不起来。

我不喜欢听到年轻貌美的小姑娘嘴里冒出"该死的"这种粗鲁的词汇，但的确是她的话让找想起我把母亲的遗骨忘在了姨母家的厨房里。我走到街边的门口。眼前有一排门铃，每个门铃的上方都有一个麦克风。我找到了正确的那个，里面传来华兹华斯的声音："是谁？"

1　灰烬杯（The Ashes），一项历史悠久的板球对抗赛，同时 ashes 一词还有"骨灰"之意。

我说："我是亨利·普林。"

"我不认识任何叫什么普林的人。"

"我前脚走你后脚就不认识了啊？就是奥古斯塔姨母的外甥。"

"噢，那个人啊。"那个声音说道。

"我把我的包裹落在厨房里了。"

"你想拿回去？"

"劳驾您帮我取一下，如果不是特别麻烦的话……"

人际交往，有时对我来说，意味着大量时间的浪费。在舞台和屏幕上，人们的发言总是简短且切中要害，然而在实际生活中，我们却总是在不停地重复同样的话中蹒跚前行。

"是棕色外包装的包裹吗？"华兹华斯问。

"对的。"

"你要我现在拿下来给你吗？"

"嗯，如果不会太……"

"那是相当该死的麻烦！"华兹华斯说，"待在那儿别动。"

我已经准备好待他给我包裹时与他冷眼相对。然而门一打开，他却满脸堆笑。

"谢谢，"我说，语气中已经汇集了所有我能搜集到的冷酷，"抱歉给你添麻烦了。"

我注意到包裹已经不再是密封状态："有谁打开过这个包裹吗？"

"我只是想看看你这里面有什么。"

"你应该先征求我的同意啊。"

"为什么，伙计，"他说，"你刚才这话是有意冒犯我华兹华斯吗？"

"我很不喜欢你刚才说话的口气。"

"伙计，都是那个麦克风干的。我就是想让它说出所有粗鲁的话。

我在楼上，声音传下来，传到大街上，反正没人看见，也就没人知道那声音就是我老华兹华斯发出来的。这就像是一种权力，伙计。就像上帝跟老摩西讲话时燃烧的荆棘[1]一样。曾经有一次，广场那边圣乔治教区的牧师过来，他用一种和同胞交流般亲切的语气说：'伯特伦夫人，不知道我可不可以上楼来聊聊关于义卖的事情？'我说：'当然可以，老兄。不过牧师您戴好项圈[2]了吗？''啊，对啊，'他说，'当然戴好了。不过，你是谁啊？'我说：'老兄，你最好在上来之前再戴一个口套。'"

"他又说了什么？"

"他就滚蛋了，再也没回来。当我告诉你姨母这个事情时，她笑翻了。但是我完全没有伤害那位牧师的意思。老华兹华斯只不过是被那个麦克风怂恿的而已。"

"你真的是在为上伦敦经济学院而备考吗？"我问。

"噢，那是你姨母跟你开的玩笑。我在格林纳达宫工作。我有一套制服，就跟个将军似的。她喜欢我的制服。她会突然停下来说：'你是琼斯皇[3]吗？''不是的，女士，'我说，'我只不过是老华兹华斯而已。''你这个开心的小孩，围着我惊叫，让我听到你的叫声吧，你这开心的小牧童。'[4]'刚才这段，写下来给我，'我说，'听起来很棒。我喜欢。'我念叨了一遍又一遍，现在我就像记住了一首赞美诗一样能将这段话倒背如流。"

他的喋喋不休让我有些困扰。"嗯，华兹华斯，"我说，"感谢你特意给我拿下来，希望有一天我们还能再见。"

1　典出《圣经·出埃及记》。

2　双关语，口语中既有牧师戴的项链式领结的含义，也有狗项圈之意。

3　出自尤金·奥尼尔创作的戏剧《琼斯皇》。主人公为黑人。

4　出自威廉·华兹华斯的诗歌《颂诗：忆童年而悟不朽》。

“这个包裹很重要？”

“对，我想是的。”

“那你不觉得你欠老华兹华斯一点点小补偿吗？”他说。

“小补偿？”

“CTC.”

我想起了姨母告诉过我的事情，于是赶紧扭头走掉了。

跟我预想的完全一样，新买的割草机被完全淋湿了。回到家后我把其他事都先搁一边，首先仔细将它擦干，再给刀片抹上油。然后自己煮了两个鸡蛋，泡了杯茶充作午餐。这一天，有太多思绪需要我整理。我应该相信姨母的话吗？如果事实果真如此，那谁是我的母亲呢？我在脑子里搜索了一下记忆中母亲的同龄朋友们，但是那又有何用？那些友谊应该早在我出生前就断了。如果她真的只是我的继母，那我还会想把她的骨灰置于我的大丽菊中间吗？洗午餐用过的餐具时，我竟忍不住想把骨灰盒也放进水槽里冲个干净，我本打算明年做一罐果酱，这骨灰盒的大罐子正好可以派上用场。而且这骨灰盒放在茶几上应该也很搭。一个退休的男人要想衰老得慢些，那就必须有自己的爱好。骨灰盒确实有些阴郁，但阴郁的罐子正好配紫黑色的洋李子果冻或者黑莓苹果酱。我当时确实禁不住想要这么做，但我又想起孩提时代继母对我那么好，虽然方式方法上有些严厉。而且我又如何能确定姨母说的一定是真话呢？于是我走到屋外的花园里，在大丽菊丛中间选了一个点，我将在这里建起摆放骨灰盒的基座。

4

花园里种的大丽菊有极地美人、黄金领袖和安魂曲等品种。正当我给它们除草时，电话铃响了。铃声异常急促，粉碎了我小花园里的宁静，我猜想一定是有人打错电话了。虽然在退休前我曾自夸认识很多人，但能称得上是朋友的真是少之又少。确实有不少客户与我相伴20年，从我还只是这个部门的一个小职员时开始，一直到后来我逐步做到收银员、经理。然而我们的关系也只停留在相识的阶段而已。经理必须在下属中彰显权力，所以从部门内部提拔经理是很罕见的，然而我的情况稍显特别。我曾因前任经理生病而临时担任了一年的经理职务，期间有位极为重要的存款客户对我十分赏识。他曾扬言如果我不再执掌业务，他将不再光顾。他叫艾尔弗雷德·基恩，在水泥行业混得风生水起。而我父亲曾是建筑工人，这让我们有了很多共同语言。他每年至少会有三次邀请我去他家共进晚餐，他总是向我咨询投资问题，但从未采纳过我的建议。他说问我可以帮他排除干扰项。他有一个未婚的女儿叫芭芭拉，喜欢梭织，我想她织出的成品一定是拿去教堂集市卖了。她总是对我很好，我母亲建议我可以注意一下她，因为她肯定会继承艾尔弗雷德先生的家产。但我觉得这动机太不纯洁，而且事实上我对女人也没什么兴趣。那时银行工作是我生活的全部，而现在我有我的大丽菊。

不幸的是，在我行将退休前，艾尔弗雷德先生去世了。他的女儿基恩小姐选择去南非生活。我曾帮助她处理其父亲遗产的转移问题，当然是以私人的名义。帮她写信给英格兰银行请求获得各种许可的不是别人正是我。而且我还不断地提醒英格兰银行，还未收到关于上月九号我发出的信件的答复。她在英格兰的最后一晚，去南安普顿搭乘前往南非的轮船之前，邀请我去她家吃晚餐。那天可真是令人伤感，身边没有了艾尔弗雷德先生——那个快乐到甚至会被自己讲的笑话给逗笑的人的陪伴。基恩小姐问我喝什么，我要了一杯雪利酒，同时正餐时还要了艾尔弗雷德先生最爱的香贝丹红葡萄酒。那座房子是整个绍斯伍德屈指可数的大公寓之一，那一刻11月的雨正匀速滴落在房子周遭的杜鹃树丛上。餐桌前艾尔弗雷德先生位置的正上方有一幅凡·德·威尔德风格的油画，画中一只渔船在乘风破浪。我借此向基恩小姐表达祝愿，希望她的长途航行能少些风浪。

"我已经连同家具一起把这间房子卖掉了。"她告诉我，"我会搬去和远房表亲一起居住。"

"你跟他们熟吗？"我问。

"我从未见过他们。"她说，"因为他们搬过几次家，我们之间只通过书信来往。他们寄来的信上的邮票看起来像外国的，因为上面没有女王的头像。"

"你将会拥有大把大把的阳光。"我鼓励她。

"你了解南非吗？"

"我几乎没出过英格兰，"我说，"年轻时我曾经和学校的一个朋友一起去过西班牙，但我的胃被那里的海鲜搞坏了，也可能是橄榄油的缘故。"

"我爸是个很强势的人，"她说，"我从来没有朋友，当然除了你，普林。"

我现在才幡然醒悟，那天晚上我离向基恩小姐求婚仅一步之遥，可最后我还是忍住了。我们的兴趣不同。梭织和大丽菊并无相同之处，除了都是寂寞人儿的爱好这点之外。银行合并的传言我已早有耳闻，退休日期也日渐临近，我深知通过工作和客户建立起来的友谊不会保持很久。如果我说了她会接受吗？我觉得很有可能会接受。我们年龄合适，她即将 40 岁，我也快 55 岁了，而且我母亲也肯定会同意的。如果当时我表白了，现在该会多么不同啊。我将永远不会听到这烦人的和我身世有关的故事，因为她肯定会陪我张罗葬礼，有她在姨母也不会讲那些事。我也就不会和姨母一起去旅行。自然也就不用体会那么多悲苦，当然也会错失很多经历。基恩小姐说："我应该会住在咖啡方丹附近。"

"那是哪儿？"

"我并不太清楚。你听，外面正下着大雨呢。"

我们起身走进客厅，准备喝一杯咖啡。墙上挂着一幅模仿卡纳莱托[1]的威尼斯风景画。房子里的画都充满异域风情，而她也即将启程前往咖啡方丹。我想我绝不会跑去这么远的地方，然后我又想，我希望她一直待在这里，在绍斯伍德。

"那地方好像真是挺远的。"我说。

"如果有任何可以让我留在这里的理由……你加一块糖还是两块？"

"不加糖，谢谢。"刚才她难道是在邀请我讲出什么吗？我一直在问我自己。我不爱她，她也不爱我，但我们或许可以寻得一种方式一

1　卡纳莱托（1697—1768），意大利画家。

起过日子。我一年后收到了她的消息，她说："亲爱的普林先生，现在绍斯伍德怎么样，在下雨吗？我们这边现在正是温暖美好的冬天。我表亲有一个1万英亩[1]的小（！）农场，驱车700英里[2]买一只公羊在他们看来根本不值一提。我对这边还没太习惯，总是想念绍斯伍德。你的大丽菊怎么样了？我已经不搞梭织了。在这边几乎每天都是户外生活。"

我回了信，告诉她我所知道的消息。但当时我已退休，已经远离了绍斯伍德市中心的生活。我向她汇报了我母亲糟糕的健康状况以及大丽菊的长势。"罗伊·阿尔伯特的哀伤"品种的大丽菊呈阴郁的深紫色，不过我没能养活它。可我也并不因此感到沮丧，这样名字的花听着也很奇怪。相反，"宾虚"品种的长势却极好。

电话铃声左耳进右耳出，我并未在意，因为我非常确信就是有人打错电话了。不过铃声一直响，丝毫没有停止的迹象，我只好丢下大丽菊，走进屋子里。

电话装在档案柜上边。柜子里放着存折和所有母亲去世后收到的信件。自卸任经理以来，我还没一下子收到过这么多信。其中有律师、殡仪业者、税务局的来函，信封里装着火葬场账单、医生给的医疗清单、国民医疗表格等，甚至还有一些慰问信。我差点以为自己又重返商界了。

原来是姨母打的电话。她说道："你接电话真慢。"

"我正在院子里忙着呢。"

"哦，对了，那割草机怎么样啦？"

"全被雨淋湿了，不过也还能修好。"

"我有个特别的事儿要告诉你，"我的姨母说，"警察来搜查过我家。"

---

1 1英亩约合4 046平方米

2 英制长度单位，1英里约合1.609千米。

"搜查？被警察？"

"是的。你必须听仔细了，因为他们可能很快就会打电话找你。"

"到底是因为什么啊？"

"你母亲的骨灰还在吗？"

"当然在啊。"

"因为警察可能会想要看骨灰，他们甚至可能要把它拿去检测。"

"姨母，我现在很蒙，您必须告诉我到底发生了什么。"

"我这不是正在解释吗，可你一直说些无关紧要的话打断我。那时都半夜了，我和华兹华斯都已入睡，幸运的是我还穿着那件最棒的晚裙。他们按响了楼下的门铃，通过麦克风告诉我他们是警察，获准搜查这栋公寓。'搜查什么啊？'我问。你知道吗，有一瞬间我觉得他们在搜索什么和种族相关的东西。现在社会上关于种族主义，无论支持还是反对，每一方都各有太多规则了，搞得你都不知道自己是属于哪一边的。"

"你确定他们是警察吗？"

"当然，我要求他们出示他们的搜查许可。但你知道搜查许可长什么样吗？我只知道它可能长得和英国国家图书馆的读者入场券差不多。我还是让他们进门了，因为他们还算礼貌，而且其中一位穿制服的长得很帅。他们对于华兹华斯的存在感到相当吃惊，也许都怪他睡衣的颜色。他们说：'女士，这是您的丈夫吗？'我说：'不，这位是华兹华斯。'这个名字好像唤醒了穿制服的年轻警察，他一直在偷瞥华兹华斯，似乎是想要回忆起什么。"

"但他们究竟要搜查什么呢？"

"他们说据可靠消息这间房子里藏匿有毒品。"

"噢，奥古斯塔姨母，你不觉得华兹华斯他……"

"我当然不觉得。他们从他口袋的缝里抠走了所有的绒毛，结果证明与他无关。他们问他交给在街上徘徊的一个男人的棕色纸袋里装的是什么，可怜的华兹华斯说他不知道，于是我迅速接过话茬说，那是我姐姐的骨灰。不知道为什么，他们立马对我也产生了怀疑。着便服、年纪稍长的那位说：'女士，请不要随便开玩笑，这样开脱并不会有任何效果。'我说：'就我自己对幽默的理解来说，我姐姐的骨灰里没有任何可以用来开玩笑的东西。''女士，那是一种粉末吗？'年轻的警官问我。这个警官是两个人中更敏锐的那个，他认为自己好像记住了华兹华斯的名字。'随你怎么叫吧，'我说，'灰色的粉末，人的粉末。'他们看起来好像抓住了重点一般。'那这个粉末给了谁呢？'穿便服的那位问。'我外甥。'我说，'我姐姐的儿子。'我觉得没必要把昨天跟你说过的与身世有关的事跟警察也讲一遍。然后他们要了你的地址，我给了他们。机敏的那位说：'这粉末他是拿回去自用吗？''他准备放到他的大丽菊中间。'我说。之后他们进行了彻底的搜查，特别是针对华兹华斯的房间，他们带走了所有能取到的烟草样本和一些我遗留在胶囊盒子里的阿司匹林。然后他们很有礼貌地说：'晚安，女士。'就离开了。华兹华斯必须下楼去给他们开门。就在他将要起身离开时，较机敏的那位警察对他说：'你的名字是什么？''扎卡里。'华兹华斯告诉他，他看起来一脸迷茫地走了出去。"

"这真是件怪事。"我说。

"他们甚至看了几封信件，问阿卜杜勒是谁。"

"阿卜杜勒是谁啊？"

"我很久前认识的一个人。幸好我留着信封，信封上写着'突尼斯，1924年2月'。否则他们肯定会以为都和现在有关，读完所有的内容。"

"我很抱歉，姨母，对你来讲发生这些事肯定糟透了。"

"某种意义上来讲还挺好笑的，但我也因此稍有负罪感。"

这时前门门铃响了，我说："稍等，姨母。"我透过饭厅窗户看见一个警察的头盔，回头对姨母说，"你的朋友来了。"

"这么快就到了啊？"

"等他们走了我再给你打电话。"

这是我第一次被警察问话。总共两位警察，一位是个子稍矮、鼻子微塌的中年男子，戴顶呢帽，面相粗犷但也还算和善；另一位男子身着制服，身材高挑，年轻帅气。"是普林先生吗？"警察问道。

"是的。"

"我可以进门叨扰您一小会儿吗？"

"您有搜查许可吗？"

"哦，不是的不是的，我们并不是来搜查的。我们只是想来随意跟你说几句话。"我本想说纳粹秘密警察什么的，但转念一想还是不说为妙。我让他们进了饭厅，但我却没让他们坐下。警探向我出示了他的警官证，上面写着"约翰·斯帕洛探长"。

"您认识一位名叫华兹华斯的男士吗，普林先生？"

"是的。他是我姨母的一位朋友。"

"您昨天在街上收下了他给您的一个包裹，对吗？"

"当然。"

"普林先生，我们想要检查一下那个包裹，您有异议吗？"

"怎么可能没有。"

"您知道的，先生，我们很容易就可以办理搜查许可，但我们并没有，我们想不失优雅地办事。您认识华兹华斯很长时间了吗？"

"我昨天才第一次见他。"

"可能是这样的，先生，他拜托你帮忙转寄那个包裹，你一看完全没什么蹊跷，而且他又是你姨母雇的工人……"

"我完全听不懂你在说什么。那个包裹是我的，我只是不小心把它落在我姨母的厨房里而已。"

"那个包裹是您的，先生？您承认了。"

"你很清楚那包裹里装的是什么。我的姨母告诉你了。那是一个盒子，里面装着我母亲的骨灰。"

"您的姨母已经跟您交流过了，对吗？"

"对啊，她跟我说了。要不然呢，你希望如何？深夜还大费周章地去吵醒一位老妇人。"

"那个时候刚到夜里十二点而已，先生。那么，那些骨灰真的是……普林女士的吗？"

"我放那边了，你们自己去看吧，在那个书柜上。"

我临时把骨灰盒放在那儿，想着等有时间安置它时再挪去别处。就在父亲留下的沃尔特·司各特[1]全集的上方。我父亲那么懒，已算是一个很不错的阅读者了，虽然他阅读的主要目的不是探索新世界。因为他仅仅满足于阅读一小部分自己热爱的作家。他读完司各特全集之后又忘记了早前读过的几册讲了什么内容，于是又倒回头来重读《盖伊·曼纳林》。他还有一套"马里恩·克劳福德全集"。他还对19世纪诗歌有着浓厚的兴趣，什么丁尼生、华兹华斯、勃朗宁，还有帕尔格雷夫的《英诗金库》都是他的最爱，我也受到了他的感染。

警探打不开骨灰盒。于是问道："您介意我看一下吗？是密封的，"他说，"用透明胶带封着的。"

"当然啦。就算是盒饼干也会……"

"我想要取一点样本回去分析一下。"

这次我是真的勃然大怒了。我说："如果你以为我会让你在警局实验室里随意处理我那可怜的老母亲，那你就大错特错了……"

"先生，我完全能理解您此时的感受，"他说，"但我们有确凿的

---

1 沃尔特·司各特（1771—1832），苏格兰著名的历史小说家和诗人。代表作有《清教徒》《罗布·罗伊》等。

证据。我们从华兹华斯的口袋里提取了一些绒毛，检测发现其中含有大麻。"

"大麻？"

"你们称作毒品，先生，也就是大麻。"[1]

"华兹华斯的绒毛和我母亲一点儿关系也没有！"

"我们可以很轻松就拿到搜查证，先生。您看起来可能也是无辜的受害者，所以我们希望获得您的允许，暂时带走这个骨灰盒。这样在法庭上陈词时听起来也会舒服些。"

"你们可以去跟火葬场确认，葬礼昨天才举办。"

"我们已经确认过了，先生。但您想，即使是昨天办的葬礼，华兹华斯依然是有可能取出骨灰，将其换成大麻的。您不要以为我们已经将您列为被告，不是的，我们完全在替您考虑。华兹华斯本人很有可能知道他自己被警察盯上了。现在抓住机会彻底确认这里面装的究竟是不是您母亲的骨灰，岂不是更好？您姨母告诉我们您准备将其放在花园里，您应该不希望天天面对这东西，怀疑它到底是故去母亲的骨灰还是非法供应的大麻吧？"

他态度十分真诚，充满同情。我开始愿意认真思考他的建议。

"我们只取一点点检测，先生，不到一勺的量就好。剩余部分我们会以最崇敬的心情保护好的。"

"那好吧，"我说，"就取一点。我猜你也只是履行职责罢了。"年轻的那位警官一直在做笔录，一直跟我说话的探长说："记下来，普林先生非常配合，他自愿交出了骨灰盒。这样在法庭上会很有利，先生。如果最糟糕的情况发生的话。"

"那我什么时候能够拿回骨灰盒呢？"

1 原文使用 "pot" "marijuana" "cannabis" 三个词描述大麻，实则大同小异。

"最晚明天，如果一切正常的话。"他相当友善地与我握手，仿佛他坚信我是无辜的，但也可能那只是他的职业礼节。

他们一走我立马给姨母打了电话。"他们拿走了骨灰。"我说，"他们觉得母亲的骨灰是大麻。华兹华斯人呢？"

"吃了早饭他就出门了，现在还没回来。"

"他们从华兹华斯口袋中的绒毛中检测出了大麻粉末。"

"天啊，这个可怜的孩子太粗心了。我还以为他心情不好，所以要了 CTC 出门散心去啦。"

"你给他了？"

"嗯，你是知道的，我很中意他。而且他说今天是他的生日，他去年都没过生日，所以我一口气给了他 20 镑。"

"20 镑！我可从来没在家里放过这么多现金。"

"那点钱最远能让他到巴黎了。算算他离开的时刻应该正好能赶上黄金箭号[1]发车。现在回想起来，难怪他总是随身携带护照以证明他不是非法移民。你知道吗，亨利，我现在也特别想吹一吹海风。"

"你在巴黎是找不到他的。"

"我可没想在巴黎找，我想的是在伊斯坦布尔。"

"伊斯坦布尔又不在海边。"

"你错了。我记得那儿有个马尔马拉海。"

"为什么要去伊斯坦布尔？"

"警察找到的那封阿卜杜勒的来信让我想起了那里。一个很奇怪的巧合是，那封信是他第一次寄来的，今天早上我又在邮筒里发现了另一封。"

"也是阿卜杜勒寄的？"

---

1 从英国伦敦开往法国巴黎的火车。在英国多佛尔穿越英吉利海峡，经加来到达巴黎，途中乘客需下车换乘轮渡。

"是的。"

我的意志一向薄弱，但我当时确实没意识到姨母对旅行有如此高的热情。若早知如此我一定会犹豫当时要不要做出第一个致命的决定。可最后我还是说："我今天没什么事，如果您愿意去布赖顿的话……"

5

　　布赖顿之行是我和姨母第一次真正意义上的旅行，也是接下来发生的所有奇异之事的一个预示。

　　我们早已确定会在布赖顿过夜，所以临近傍晚才到达。姨母的行李很少，少到让我十分震惊，只有一个被她用法语称作"小旅行包"的白色皮质化妆箱。我出门时总是会带一个沉重的大箱子，因为如果没有一套衣服和一双鞋子换洗的话我会很难受。一件衬衫、一套内衣裤以及一双袜子对我而言是最基本的，另外考虑到英国多变的气候，我还会带上件羊毛衫以防万一。姨母斜睨了一眼我的行李箱说："看来我们得打个车了，本来还想着可以步行去旅店的。"

　　我提前预订了皇家阿尔比恩酒店的房间，因为姨母想住得离皇家码头和老斯泰因公园近一些。她告诉我，酒店的名字来自《名利场》[1]中的邪恶公爵，但我觉得不是。"我希望深入邪恶的中心，"她说，"可以乘着公交车去城市各处的邪恶之地。"她说的就好像她要去的是所多

---

[1] 英国作家萨克雷的小说。

玛和蛾摩拉城[1]而不是刘易斯、帕彻姆、利特尔汉普顿和肖勒姆[2]一样。很显然，她在少女时代曾来过布赖顿，恐怕当时饱满的期待只实现了一部分。

我本以为可以先洗个澡，然后来杯雪莉酒，在烤炉边吃个安静的晚餐，再早早入睡，好好休息以便迎接艰苦的清晨。然而我姨母可不这么认为。"我们没必要为晚餐再额外花那么两个小时，"她说，"而且我想先带你去见见海蒂，如果海蒂还活着的话。"

"海蒂又是谁啊？"

"我们曾和一位叫科伦的先生一起工作过。"

"那是什么时候的事情啦？"

"多年前吧，或者更久。"

"那样的话我估计她不太可能还……"

"可是我现在都还在这里好好的呢。"奥古斯塔姨母坚定地说，"前年圣诞节我还收到了她寄给我的贺卡。"

夜晚是浅灰色的，从肯普镇[3]吹来的瑟瑟东风拍打在我们后背上。海水涨落，岸边的鹅卵石翻滚而后搁浅在后退的浪前。恩克鲁玛前总统身着中式衣领的灰色外衣，透过蜡像馆的窗户望向我们。姨母停下来，凝视着他，看起来有些伤感。"华兹华斯现在该是在哪里啊？"她说。

"应该很快就会有消息的。"

"没多大可能。"她说，过了会儿又补充道，"亲爱的亨利，人到了我这个年纪就不会再期待从一而终的感情了。想想看，如果我和所有与我发生过关系的人都保持联系，那人生该会多么复杂。他们中有些人死了，有些人被我抛弃了，有些人抛弃了我。如果他们现在都和

1　《圣经》中的罪恶之城。

2　均为英国南部城市，在布赖顿附近。

3　布赖顿市区的一个镇。

我在一起的话，都可以占满皇家阿尔比恩酒店半座楼的客房。当华兹华斯在我身边时，我很喜欢他，但对他的情感远不如我对之前那些人的那么热烈。我能理解他的离开，虽然今晚可能有短暂的遗憾。他的睾丸真是棒极了。"风猛地吹起我的帽子，将它狠狠扔向灯柱。姨母用词之粗鄙着实惊吓到了我，以至于我连帽子都接不住。姨母朝我笑着，像个年轻的女人那样。我返回去，掸去帽子上的灰尘，而姨母依然在打量着那具蜡像。

"就跟真的活着一样。"她说。

"什么东西？"

"我不是说这些布赖顿的蜡像，这些不过是一些小喽啰罢了。我是说杜莎夫人蜡像馆，克里彭[1]和女王的蜡像都很逼真。"

"还不如找人画个肖像画呢。"

"但肖像画可是难观全貌的。反正我是听说，如果是在杜莎夫人蜡像馆的话，他们会把你的衣服穿在你的蜡像上，正好我有一件蓝色的裙子乐意给他们。"她叹了口气，"唉，我应该没机会变得那么有名了。虚幻的梦一场……"她继续走着，看起来有点沮丧。"蜡像馆里要么是罪犯，"她说，"要么就是女王和政治家。除了妮尔·格温[2]和浴缸里的新娘[3]之外，无人歌颂爱。"

我们来到一家名为"星星和盖得勋章"的高档酒店的大厅门口，姨母建议在此小酌一杯。墙上悬挂着一些富有哲学意味的题字："人生是一条单行道，没有回来的路。""婚姻对于热爱制度的人而言是个很棒的制度。""你永远也无法让一只老鼠相信，黑猫是幸运的象征。"另

1　霍利·哈维·克里彭（1862—1910），美国医生，伦敦历史上有名的罪犯，杀妻后逃亡途中被警方利用无线电技术逮捕，后被判处绞刑。

2　妮尔·格温（1650—1687），英王查理二世的情妇，"灰姑娘"故事的原型。

3　指英国历史上著名的浴缸连环杀妻案，罪犯乔治·约瑟夫·史密斯于1915年被处以极刑。

外还有一些旧的节目介绍以及照片。我点了一杯雪莉酒，而姨母说她要波特酒加白兰地。我从吧台转过身来时，正好看见她注视着一张业已发黄的照片。照片上有一只大象和两只被驯养的狗在皇家码头前表演。前面站着一个头戴大礼帽、身着燕尾服、系着表链的健壮男性，他旁边还站着一位苗条年轻的女子，穿着紧身衣，手执马鞭。"那个男的就是科伦。"姨母说道，"事情就是从这里开始的。"她指着照片中的那位女子说，"这位是海蒂。那些日子真让人怀念。"

"你在马戏团工作过，姨母？"

"没有没有，科伦的脚被大象踩着的时候我正好路过那里，之后我们成了很好的朋友。可怜的科伦必须赶紧去医院，当他出院时马戏团已经去韦茅斯港了，没有等他。海蒂也去了，虽然我们安顿好之后她立马就回来了。"

"安顿在哪里？"

"我以后再告诉你。现在我们得先找到海蒂。"她一口喝光了波特酒加白兰地，我们又一次走入寒风中。正对面有一个卖各类漫画明信片的文具店，她在店门口停下，然后走进去打听消息。放明信片的金属支架被风吹得吱吱作响，骨碌碌转动得好似一台风车。我注意到一张明信片上画有一瓶吉尼斯黑啤以及一个插着呼吸管脸朝下漂浮在水上的女人，说明上写着："请翻过身来！"又看到另一张明信片上画着一个男子在医院里对外科医生说："医生，请您给我做割礼。"这时姨母出来了。"就在这附近。"她说，"我就说我没有记错嘛。"就在旁边房子的窗户上，网眼窗帘的前方有一张卡片，上面写着："海蒂茶馆。只接待已预约客人。"门前有玛丽莲·梦露、法兰克·辛纳屈和爱丁堡公爵的照片，上面似乎还有他们的亲笔签名，虽然爱丁堡公爵的那张不太像。

我们按响了门铃，开门的是位老太太。她身着黑色晚礼服，走动时身上的小饰品发出叮叮当当的声响。"你们来太晚了。"她尖锐地指责道。

"海蒂！"姨母说道。

"我六点半准时关门，除非有特别的预约。"

"海蒂，我是奥古斯塔。"

"奥古斯塔！"

"海蒂，你真是一点都没变。"

可我回想起照片上那个穿着紧身衣，手执马鞭，在科伦旁边四处张望的年轻小姑娘，总觉得比姨母所说的变化大多了。

"这是我外甥亨利，海蒂。你应该还记得他。"她们之间交换了一个眼神，我感到很不舒服。为什么那么多年前我就已经出现在她们的谈话中？姨母是不是告诉过海蒂我的身世秘密？

"快进来吧，你们俩。你们来的时候我正准备去泡一杯茶，一杯自家喝的非专业茶。"海蒂补充道，然后咯咯地笑起来。

"在这儿泡吗？"姨母打开一扇门问道。

"不是的，亲爱的。那是等候室。"我正好看到一幅阿尔玛·达德玛[1]的铜版画作品，画中罗马风的浴室里满是高挑的裸体美女。

"亲爱的，这是我的小窝。"海蒂拉开一扇门说道。那房间十分拥挤，似乎所有的东西都被淡紫色的披巾给罩住，桌子、椅子靠背、壁炉架，通通都是。壁炉架上有一幅搭着披巾的健壮男士的影楼照，我一眼认出了那就是科伦。

"我的至尊。"姨母看着照片说道。

"我的至尊。"海蒂也重复道，然后她们就沉浸在自己的秘密笑话中。

1　劳伦斯·阿尔玛·达德玛（1836—1912），生于荷兰的英国画家。

"简称尊，"奥古斯塔姨母说，"不过当然那只是个巧合而已。你还记得我们当时是怎么跟警察解释的吧。他们现在依然保存着他的照片，海蒂，就挂在'星星和盖得勋章酒店'的墙上。"

"我已经很久没去那里了，"海蒂说，"我已经戒掉烈酒了。"

"当时你和大象都在那里，"奥古斯塔姨母说，"你还记得那只大象的名字吗？"

海蒂从一个中式橱柜中又拿出了两个杯子。橱柜当然也是用披巾罩住的。她说："这可不是叫什么俊波的普通货。它的名字更加古典，但是我想不起来了。到了我们这个年纪真是健忘啊，奥古斯塔。"

"是叫恺撒吗？"

"不，不是恺撒。要加糖吗，哦，我该怎么称呼您？"

"叫他亨利就好，海蒂。"

"加一块吧。"我说。

"噢，天啊天啊，我以前记忆力可是很好的。"

"亲爱的，水开了。"

水壶应声作响，旁边就放了一个大的棕色茶壶。她开始倒水。

"噢，我忘了加滤网了。"她说。

"不要在意，海蒂。"

"都怪我的客人们。我从不给他们过滤，所以我自己一个人时也总会忘记。"

面前有一盘姜饼，我出于礼貌拿了一块。"老斯泰因公园那边做的。"奥古斯塔姨母告诉我，"老兔女郎商店。这个世界上再没有其他地方能做出这个味道了。"

"现在那个店已经变成一个彩票投注站了，"海蒂说，"是叫布鲁托吗，亲爱的？那个杯子的名字是叫布鲁托吗？"

"不，我确定不叫布鲁托。应该是以'T'打头的一个单词。"

"我实在是想不出来什么古典的词汇是以'T'开头的。"

"它的名字很有特点。"

"肯定是的。"

"与历史有关。"

"对。"

"你还记得那几只狗吧，亲爱的。它们也在照片里。"

"是它们给了科伦灵感。"

"至尊的……"姨母又重复了一次，于是她们又一起为秘密往事笑了起来。我感到无比孤独，于是我又吃了一块姜饼。

"这个男娃爱吃甜食。"海蒂特意说道。

"真是难以想象，老斯泰因公园的那个小店竟然能在两次世界大战中存活下来。"

"我们也存活下来了，"海蒂补充道，"但它们没把我们变成彩票投注站。"

"噢，那得要一颗原子弹才能摧毁我们。"姨母说。

我感到是可以插话的时候了。"现在中东的局势很严峻，"我说，"从今天《卫报》的报道就能看出来。"

"你可分不清是真是假。"海蒂说。其后她俩都陷入了沉思。然后姨母取出一片茶叶，放在她一只手背上，用另一只手拍击着。茶叶牢牢地粘在她手背的静脉血管上，我母亲曾说那是被墓碑环绕的地方。

"真是忘不掉那个男人，"姨母说，"希望他现在依然又高又帅。"

"又不是一个陌生人，"海蒂纠正她，"'忘不掉'这种思维只有在回忆起已故之人时才会出现。"

"那他还活着吗？还是业已死去？"

"反正肯定两者之一。他的命有多硬呢？"

"如果他还活着，我觉得应该就是可怜的华兹华斯了。"

"华兹华斯早就走了，亲爱的。"海蒂说，"很久以前就逝去了。"

"那不是我的华兹华斯。他命硬得跟树没什么两样。我在想那个死了的会是谁。"

"可怜的科伦吧，可能是。"

"我来布赖顿之后想了很多关于他的事情。"

"我给你和你的朋友再泡一杯售卖的那种茶吧，亲爱的。"

"不是我朋友，是我外甥。"这次换姨母纠正海蒂了，"那应该会很棒，亲爱的。"

"那我另沏一壶。茶叶必须是新鲜的，我将会用非常正宗的正山小种[1]，虽然我喝的是锡兰茶。正山小种茶叶很大，喝起来也很舒服。"

她洗完茶壶和我们的杯子后回来。姨母说："我们一定得付茶钱。"

"我可从来没想过让你付钱，毕竟我们曾一起经历了风风雨雨。"

"和我们的至尊一起。"笑声又回响在我耳畔。

海蒂将沸水倒了进去。她说："我不让壶烧干，这样茶叶的鲜味不会跑掉。"她将我们的杯子装满。"现在把茶倒了吧，倒到这个水池里面。"

"我终于想起来了。"姨母说，"汉尼拔。"

"谁是汉尼拔？"

"踩科伦脚的那只大象。"

"我确信你是对的，亲爱的。"

"我端详着这杯茶，然后脑中突然灵光一现。"

"我也经常那样，看着看着茶叶就想起事情来。你刚才看着茶叶然后就记起来了。"

"我猜想汉尼拔应该也已经去世了。"

1　福建红茶的一种，香味浓烈。

"这可不一定，毕竟是头大象，亲爱的。"

她拿起我姨母的杯子开始仔细研究。"有趣，"她说，"真是太有趣了。"

"好事儿还是坏事儿？"

"都有一点，有好有坏。"

"那就只跟我说好的方面就行了。"

"你将会去各个地方旅行，和另一个人一起。你们即将跨过大洋，你们将会经历各种冒险。"

"和男人一起吗？"

"这个茶叶并没有讲，亲爱的。但以我对你的了解，这一点也不让我吃惊。你的人身自由和生命将可能多次面临危险。"

"最后我能平安度过这些危险吗？"

"我看到了一把小刀，也有可能是一支针筒注射器。"

"或者也可能是其他东西，海蒂，你明白我什么意思吗？"

"你的人生中会有神秘的人或事闯入。"

"那早已不是什么新鲜事儿了。"

"我看到好多的困扰和惊慌四散。我很抱歉奥古斯塔，我看不到丝毫和平安稳的迹象。这儿有一个十字架，可能你会找到属于你的宗教。否则就会变成两个十字架，也就是骗局。[1]"

"我一直都对宗教有浓厚的兴趣，"姨母说，"自从认识科伦之后。"

"当然那也有可能不是个十字架，而是只鸟。可能是秃鹫。远离沙漠。"海蒂叹了口气，"我现在看茶占卜已经不像以往那么容易了，我为陌生人耗尽了精力。"

"那你是不是也得看一下亨利的杯子啊，亲爱的。就看一眼也行。"

---

1 十字架英文为"cross"，作者用"两个十字架"（double-cross）一语双关来指"骗局"。

她把我的茶倒掉然后开始注视着杯子。"男人的果然不一样，"她感叹道，"他们有太多女人不知道的职业，这些会对解释产生影响。曾经有个顾客说他是斜面修边工匠。我完全没懂那是什么。你是从事殡葬业的吗？"

"不是。"

"这里面有个东西看起来像骨灰盒。你看到了吗，在那边，杯把手的左边。应该是和最近发生的事情有关。"

"那可能真是个骨灰盒。"我看了看，说道。

"你将会长期旅行。"

"这就不太可靠了。我可是个标准居家男。对我来说，来布赖顿已经称得上是一次极大的冒险了。"

"我是说未来你将会不断远行。远渡重洋，和一位女士朋友。"

"可能他会和我一起去。"奥古斯塔姨母说。

"确实有可能，茶叶可不会撒谎。这里面有一个看起来像目标的圆圆的东西，看来你的人生中也有个谜团。"

"我也是不久前才发现这个谜团的。"我说。

"我也看到了很多困惑和惊慌在四处逃窜，就跟奥古斯塔杯子里的情况一样。"

"那是最不可能的了，"我说，"我过着非常规律的生活。每周去保守派俱乐部打一次桥牌。还有我的花园，我的大丽菊。"

"这个目标可能就是一朵花，"海蒂承认，"请原谅我。我累了。可能这并不是一次很好的解读。"

"相当有趣。"出于礼貌，我告诉她。"但很抱歉，我不信这些。"

"那就再吃一块姜饼吧。"海蒂说。

6

　　我们当晚在一家叫"板球人"的小酒吧吃的晚饭。酒吧正对面是一间二手书店。店里正出售一套萨克雷[1]的全集，价格还算合理。我心想如果把这套全集放在我父亲给我的《韦弗利故事集》[2]之下一定很不错。可能明天我会回来买下它。这个想法使我察觉到自己与父亲的相似之处，让我倍觉温暖。我也会从第一章开始看到最后一章，然后到了最后一章又从第一章从头看起。看各种各样的作家的各种书实在令人头疼，就好像有太多的衬衫和外套一样。我希望能尽可能少地换衣服。我想可能有些人会说我怎么那么喜欢一成不变，但是银行生活就是这么教我的，教我要对幻想足够谨慎——幻想最终总是导致破产。

　　我之前是写了我们在"板球员"酒吧吃晚饭，但严格意义上来讲我们吃的是一堆小吃。吧台有一篮子的热香肠供我们自由取用，我们就着吉尼斯黑啤将香肠送到胃里。姨母的酒量实在令我吃惊，也让我有些担心她的血压。

1　萨克雷，英国维多利亚时期作家，《名利场》作者。

2　前文提到的沃尔特·司各特的作品。

当姨母喝了两品脱 [1] 之后，她说："刚才那个十字架太奇怪了，我说的是茶叶里那个。我一直都对宗教很感兴趣，从我认识科伦之后一直这样。"

"那你去哪个教堂做礼拜？"我问，"你不是说过你是个天主教徒吗？"

"我是为了方便才那么称呼自己的，"她说，"我在法国和意大利时确实是，那是在我离开科伦之后。我想他确实影响了我，那之后我认识的所有女孩子都是天主教徒，我不想让自己显得与众不同。我想你可能会觉得吃惊，我和科伦曾经一起经营过教堂，而且就在布赖顿。"

"经营教堂？我没懂。"

"是那些表演的小狗们给我们的灵感。在马戏团即将移动去另一个城市时，有两只小狗跑到医院来看望科伦。那是医院的开放日，周围有一堆来医院看望丈夫的主妇们。起初她们不允许狗狗进入病房。大家都有些慌乱，但是科伦想办法说服了主妇们，告诉她们这两只小狗可不是普通的小狗，而是有人性的狗。他还告诉她们每只狗在被允许登台表演之前都会先用消毒液洗澡。当然，那肯定是假的。但他的话听起来十分有说服力。小狗们戴着尖尖的帽子，系着小丑领跑到床边，一起伸出爪子跟科伦握手，还像因纽特人那样用鼻子碰他的脸。它们被迅速带走，以防医生看见。真想让你也看看那些女人当时的样子。'亲爱的，可爱的小狗狗啊。'幸好没有任何一只狗举起爪。'就跟人一样，'其中一个女人说，'我可不会相信它们没有灵魂。'另一个女人又说：'它们是男狗宝宝还是女狗宝宝呀？'似乎她一定要保持文雅而不愿亲自查看。'一公一母，'科伦说，他还恶作剧地补充道，'事实上它们已经结为夫妻了。''噢，太甜蜜太浪漫了。亲爱的狗狗们。那它们

1　英制容量单位，1 品脱约为 0.57 升。

生出孩子了吗？''还没，'科伦说，'你知道吗，它们才刚刚结婚一个月，在波特斯巴的狗狗教堂。''在教堂结的婚？'主妇们吃惊到尖叫，我觉得科伦真的做得有点过了。但主妇们竟全然相信了。她们围在科伦床周围，把自己的丈夫都抛在一边。可是丈夫们一点都不介意。对男人们来说，医院开放日就是唤醒他们关于无尽家庭生活记忆的恶魔。"

姨母又去取了一根香肠，又点了一杯吉尼斯黑啤。"他们都想了解波特斯巴狗狗教堂的详情，有个人说：'嘿，大家想想看，我们去圣艾基伯格教堂做礼拜又不能带着心爱的狗狗一起去，只能把它们留在家里。我家的狗狗也是个优秀的基督徒啊，完全不逊于卖彩票和办免费茶话会的神父。'科伦说：'他们会每年办一次狗粮饼干展，来帮助那些流浪狗们。'最后，当她们都回到她们丈夫身边，只剩下我们在原地的时候，我说：'你开创了某种先河。'科伦答道：'有什么不好呢？'"

姨母摘下眼镜，询问背后的一个女子："你听说过狗狗教堂吗？"

"似乎有听说过，但那也是很久远的事情了吧。离我生活的时代很远。是不是在霍夫[1]的某个地方？"

"不是的，亲爱的，就在离你现在站的位置不到一百码的地方。我们以前经常在结束那边的工作后来'板球人'，至尊科伦先生和我。"

"难道警察什么的就充耳不闻吗？"

"警察试图证明科伦没有做神父的资格，不过我们告诉他们，科伦在我们教会被称作'至尊'，从来没有使用过'神父'这样的称谓。我们不属于任何已有宗派。警察也拿我们没办法，我们就像是卫斯理[2]那样的宗教改革者。我们有布赖顿和霍夫的狗主人们做强大后盾，他们中甚至有人从黑斯廷斯[3]远道而来。警察曾妄图以亵渎神明罪逮捕我

1　布赖顿西边沿海城市。紧邻布赖顿，与布赖顿共同构成布赖顿和霍夫城市群。

2　约翰·卫斯理（1703—1791），英国的牧师。循道宗的创始人。

3　布赖顿附近的一个自治镇。

们，而事实上我们的仪式中没有半点亵渎神明的行为。一切都十分庄严肃穆。科伦想要在教堂为刚生下宝宝的母狗们办安产感谢礼，我个人觉得这有点太夸张了，毕竟就连英格兰教堂都已不办安产感谢礼了。后来又出现了分开后的狗狗复婚的情况，我觉得也可以做，那样我们的收入会翻倍。然而科伦坚决反对，他说：'我们不承认离婚。'他是对的，如果做了一定会玷污我们高尚的情操。"

"最后警察赢了吗？"我问。

"他们总是会赢的。他们起诉科伦在海岸大道和女生搭话，这在法庭上非常不利。我那时年轻气盛，又气愤又不解，下决心再也不要帮他了。难怪他会丢下我去找汉尼拔。没人能忍受不被原谅，那是神的特权。"

我们离开了"板球人"酒吧，姨母转来转去最终停在一间百叶窗遮蔽的大厅前。门口有个牌子，上面用古英语写着："每周一句：'如果你与一个步兵赛跑尚且觉得疲累，那你如何能应付强大的骑兵们呢？'[1]"我不敢说我完全看懂了这句话的意思，除非将其理解为对布赖顿赛马比赛的一个警告。不过也有可能含糊不清才是其魅力之处。原文那一章好像叫"耶利米之子"。

"这里就是我们举行仪式的地方，"姨母说，"有时候你很难听清圣教的言辞，因为狗狗们会一直狂吠不止。这时候科伦会说：'这是它们的祈祷方式，让每只狗都按自己的方式自由祷告吧。'有时候它们又会安静地躺着，舔舐自己的身体。这个时候科伦就会说：'他们为了神的到来而清洗自己。'现在看到这儿都是些陌生人，挺伤感的。而且，我从没对耶利米先知有过一点兴趣。"

1　此句化用自《圣经·耶利米书》第十二章第五节："耶和华说：'你若与步行的人同跑，尚且觉累，怎能与马赛跑呢？'"

"我对耶利米几乎是一无所知。"

"他们将他沉入泥土中，"姨母说，"那些天我有仔细研读过《圣经》。但《旧约》里对狗几乎没有赞誉。多俾亚带着他的狗狗和天使一起旅行，但狗狗在故事中没有起任何作用，甚至连一条鱼想要吃掉多俾亚的时候狗都没有登场。在那个年代，狗确实被当作是一个不洁畜生的象征，只有在基督教出现之后才得以正名。基督徒率先开始在教堂的石头上雕刻狗狗的头像，那个时候他们甚至还不确定女性是否有灵魂，就已经开始思考或许狗是有灵魂的。但即使这样他们也无法让罗马教皇宣布这一事实，甚至连坎特伯雷的大主教也不行。所以这项任务就留给了科伦。"

"那还真是责任重大。"我说。我无法确认她对科伦是认真的还是闹着玩的。

"是科伦让我开始阅读神学经典的，"奥古斯塔姨母说，"他想要一些狗狗和教会相关的证明材料。但是找起来真是不容易，即使是在圣方济各·沙雷氏教堂。我在那里找到了许多关于跳蚤、蝴蝶、牡鹿、大象、蜘蛛和鳄鱼的资料，却发现唯独狗被忽略了。当时我十分震惊。我告诉科伦：'事情进展得不太妙，我们可能没法儿继续了。看看我在《启示录》里面发现了什么。关于谁可以进入神的城市，耶稣这么说道，你听听看，"城外有那些犬类、行邪术的、淫乱的、杀人的、拜偶像的，并一切喜好说谎言编造虚谎的"。你还期望狗能一直陪伴我们吗？'

"'这正好印证了我们的观点。'科伦说，'淫乱的、杀人的还有其他的并举的对象都有灵魂不是吗？他们只需要忏悔即可，狗也一样啊。来我们教堂的狗都是已经忏悔过的。他们和淫乱的以及行邪术的人已经迥然不同了。现在的他们和高贵的人一起住在布伦瑞克广场或者皇家新月公寓。'你知道吗，科伦丝毫没有受到《启示录》内容的限制，事实上他一直利用那个文本鼓吹新的解读，告诉人们确保他们的狗不会滑向堕落是他们的责任。'松开狗狗脖子上的绳索，尽情宠溺它们吧，'他说，'布赖顿都市酒店的嫖客、谋杀犯，还有巫师会捡起你们扔掉的绳索。'幸运的是海蒂那时候和我们在一起时，还没成为一个占卜者，否则她会将我们教会的整个形象完全摧毁。"

"他是个好牧师吗？"

"听他讲话就跟听音乐一样。"她的言辞中混合着开心和懊悔。我们沿着海岸大道慢慢往回走，可以听见远处海浪拍打碎石的声音。"他一点也不排外，"姨母说，"对他来说，狗就像是以色列议会，充满犹太人的气息，但同时狗也是非犹太教的信徒。科伦认为非犹太人包括麻雀、鹦鹉和白鼠，但是不包括猫，他总是把猫当作法利赛人（墨守传统礼仪，被当作伪善者）。当然没有一只猫敢进入到处都是狗的教堂，但是有一只猫曾经坐在教堂对面那座房子的窗台上，礼拜一结束，脸上便堆出嘲笑的表情。科伦也把鱼排除在外，毕竟要是连每天吃的东西都是有灵魂的，听起来也太令人震惊了。他还觉得大象有灵魂，汉尼拔踩了他一脚，他还能这么想，他对大象还是蛮宽宏大量的。我们在这儿坐一会儿吧，亨利。我每次喝完吉尼斯黑啤都会觉得疲惫。"

我们在一处凉亭坐了下来。光亮顺着皇家码头一直延伸至海上，照得海水的边缘白里透着点点磷光，海浪不停地涌上海滩又退去，仿佛有人铺床而床单老是铺不平整一样。百米开外的舞厅形状酷似海军封锁船，里面传来阵阵流行乐曲。这趟旅程真是一次冒险，我对自己说。然而等经历过接下来的漫长旅程后，再回忆才知道这只能算是小试牛刀。

"我曾经在圣方济各·沙雷氏教堂找到过一小张描述大象的纸片，"姨母说，"科伦最后一次布道时还用过它。但他和那些女孩子们的事情伤我很深，现在我都还这么认为。他内心是想告诉我他爱我的，但那时我是个好胜心极强的女人，根本听不进去。我一直把这张纸片放在钱包里，每当我看它的时候，它已经不再是大象，而是科伦。他是个很棒的大块头，虽然没有华兹华斯身材健硕，但感情却比他细腻得多。"

她在包里摸索了一阵之后找到了她的钱包。"亲爱的，替我读一下，光太暗我看不清。"

我接过这起皱且泛黄的纸片，尝试找到合适的角度以便可以借着路灯的微光看清楚上面的字。虽然姨母的字已足够奔放有力，但由于折痕严重，读起来并不容易。"'大象，'"我读着，"'不仅是一个巨型动物，还是生活在这个地球上最具价值、最有智慧的野兽。我将举例说明他很聪明。他……'"字迹和一段折痕重叠了，我认不出来。这时姨母适时地接上说："'他从不更换自己的配偶，他总是温柔地爱着自己选择的爱人。'继续，亲爱的。"

"'然而，他每三年才会和他爱的大象相见一次，而且只待五天，如此隐秘，以至于没有任何人发现过。'"

"他这是在尝试着解释，"姨母说，"我现在很确定，就算他对我有丝毫分心，也都是那些女孩子的错。他对我的爱从未减少。"

"'但在第六天他又会重回象群，这一天，在做所有事情之前，他会先去某条河边，洗净整个身体。因为若是不洗净自己，他丝毫没有回到象群中的欲望。'"

"科伦一直都是一个爱干净的人，"姨母说，"谢谢你亲爱的，你读得很好。"

"这看起来好像不太适用于狗。"我说。

"他很完美地进行了转换，没有人察觉到异样。事实上这些话是说给我听的。我记得那个周日他放了一个特别的狗狗专用洗发水在教堂门外出售，这洗发水据说是在圣坛上受过圣祝的。"

"科伦后来怎么样了？"

"我不知道。"奥古斯塔姨母说，"他想必已经离开教堂了，因为没有我他是没法继续下去的。海蒂做不了他的女助手。我偶尔会梦见他，但他现在应该已经是 90 岁了，我发现我很难在脑海里将他塑造成一个老男人的形象。好了，亨利，我想我们是时候睡觉了。"

可我仍然睡不着，就算是躺在皇家阿尔比恩酒店舒服的床上。皇家码头的灯光映照在天花板上，我的脑子里也在反复回放，华兹华斯、科伦、大象、霍夫的狗狗们的样子，还有我身世的疑问，并不是亲生母亲的我母亲的骨灰，以及在澡堂里打盹的我的父亲。这不是我在银行时所熟悉的单纯的生活，在银行里我仅仅通过客户的信用和负债就能判断他的性格。码头上的音乐敲打着我的耳膜，海水的磷光涌上海滩，我心里有些害怕，同时也有一种无法抑制的愉悦感。

7

我母亲骨灰的事情没有如我预期那样轻松解决。我依旧叫她母亲，是因为这个时间点我还没有足够的证据证明我姨母是在跟我讲真话。我从布赖顿回到家，却并没有见到骨灰盒被如期归还回来。于是我打电话到伦敦警察署找斯帕洛探长问个究竟。电话秒速接通了，对方的声音一听就不是斯帕洛探长，倒像我以前一位海军少将客户。（当少将将账户转到国家地方银行的时候，我开心不已。因为他像对待普通水手一样对待我的职员，而且对我也像对待他的中尉下属一样。他曾经只因下属食堂账簿的记录方式稍显粗糙，便把他上交给军事法庭审判。）

"我想找一下负责调查的斯帕洛探长。"我请求道。

"什么事？"接电话的人不知是谁，语气十分粗暴。

"我还没收到我母亲的骨灰。"我说。

"这里是伦敦警察署，警务处助理处长办公室，不是殡仪馆。"说完便挂断了电话。

之后费了很长时间（因为占线）我才再一次接通电话，又是那个声音沙哑低沉的人。

"我找斯帕洛探长。"

"什么事情？"

这次我已经准备好用我最粗鲁的口吻讲话了。

"废话，当然是警务相关的事情，"我说，"难不成我还会找你们做别的事情吗？"这语气就好像姨母借我的嘴在讲话一般。

"斯帕洛探长现在出警了，您最好留言。"

"让他给普林先生回电话，亨利·普林先生。"

"地址是什么？电话呢？"他厉声问道，仿佛他是在怀疑我是个某个品行恶劣的线人。

"他都知道。我觉得我没有必要再重复了。告诉他我很失望，他没能信守一个郑重的承诺。"我在对方继续回复我任何一个字前挂掉了电话，然后走出门去照看我的大丽菊。为奖赏自己刚才的表现，我给了自己一个心满意足的微笑。我可从来没有那么粗鲁地对那个海军少将客户讲过话。

我新种的卷瓣大丽菊长势喜人。布赖顿旅行结束后，它们的名字给我带来了类似旅行的乐趣。"鹿特丹"有着比邮筒颜色还深的红色；"花边威尼斯"就像白霜一般在闪烁。我想来年我会再种一点"柏林骄傲"，搞个城市三重奏。此时电话铃声打断了我美好的遐想。是斯帕洛。

我坚定地对他说："为什么没有按期归还骨灰？我希望你能有个好一点的借口。"

"我当然有，先生。您提供的骨灰盒里，大麻比骨灰还要多。"

"我可不相信你。我母亲怎么可能会……"

"我们很难去怀疑您的母亲，对吧，先生。就像我告诉过您那样，我认为是华兹华斯利用了您去您姨母家做客的机会。幸运的是骨灰盒里面依然保留有一些骨灰，虽然华兹华斯肯定已经倒掉很多来给大麻腾出空间。你当时没听到什么水流的声音吗？"

"我们当时在喝威士忌，他当然会接一罐水啊。"

"那肯定就是在那个时候，先生。"

"不管怎样我要要回剩余的骨灰。"

"这太难操作了，先生。人类的骨灰有一种黏性，它们很容易紧密地黏附在其他物体上，这次黏附的就是大麻。我会把骨灰盒用挂号信寄给您，我建议您把骨灰盒放在原先你设想的地方，并忘掉这些不幸的遭遇。"

"但那骨灰盒就变成空的了啊。"

"很多纪念碑下都没有亡故者的遗体。战争纪念碑就是一个典型的例子。"

"好吧，"我说，"我想现在再说什么也都无济于事了，纪念碑什么的根本就是两码事好吗？不过，我希望你不要觉得我姨母和这件事情有任何关联。"

"您是说那位上了年纪的女性？噢，天啊先生，她明显是被她的男仆骗了啊。"

"什么男仆？"

"怎么回事，先生。华兹华斯啊，除了他还有谁。"我想了想还是不要让他知道他们的真实关系比较好。

"我姨母觉得华兹华斯可能在巴黎。"

"很有可能，先生。"

"你们接下来会采取什么行动？"

"他的罪行并不在可引渡的范围内，所以我们什么也做不了。当然，如果他回到英国的话……他有英国护照。"斯帕洛探长话里充满不怀好意的期待。这种语调让我瞬间产生了偏袒华兹华斯的冲动。我说："我希望他永远也不要回来。"

"先生，您这话震惊到我了，而且让我很失望。"

"为什么？"

"我从没想过您是那样的人。"

"什么样的？"

"声称大麻对人体无害的人。"

"难道有害吗？"

"据我们的经验，先生，几乎所有沉迷于烈性毒品的案例都是从大麻开始的。"

"然而据我的经验，斯帕洛探长，所有的酗酒行为都起源于一小杯威士忌或红酒。我有个客户，正如你所讲，最开始对淡麦芽啤酒和苦啤酒上瘾。后来因为他常常不去治疗，只好让他的妻子做代理人与我交谈。"我挂掉了电话，然后心中浮现起不可名状的开心，因为我在斯帕洛探长的心中播撒下了些许疑虑的种子。这疑虑并没有大到像大麻事件那样，只是关于我性格的一点疑虑，我这个退休的银行经理的性格。我第一次发现自己内心有一块无政府主义的区域，这是布赖顿旅行之后的结果吗？抑或是受我姨母影响（虽然我并非一个容易受人影响的人）？再或者是流淌在普林家族血液中的某种共性？我那深埋心底的对父亲的爱仿佛复苏了。他曾经是一个耐心的、嗜睡的男子，只是他的耐心让人有些难于理解。与其说是耐心，不如说是心不在焉，甚至是冷漠。可能我们不知道，他的心其实一直在别处某地。记得母亲曾经对他有过某种含糊不清的指责，他们的关系好像证实了姨母说的话，因为这些指责将一个欲求不满、爱唠叨的女性的品质表露无遗。我母亲从来没意识到，自己被野心所捆绑，从来不知道自由为何物。自由，在我看来只属于成功人士，在我父亲经营的商业领域他算是位成功人士。如果客户不满意我父亲的态度或者估价，大可扬长而去，我父亲并不会留他。这或许就是自由，这才是那些不成功的人所羡慕的，而非仅仅是金钱或权力。

我脑海中一边想着这些乱七八糟的事情，一边等姨母来吃晚饭。我们在离开布赖顿前一天已经在维多利亚约好今天见面。她一到我就把斯帕洛探长的事情告诉了她，但她的反应却异乎寻常地冷漠。只是说了句，华兹华斯要更加小心了才是。于是我把她带到院子里，给她看我的大丽菊。

"我其实更喜欢切花。"她说。我仿佛突然间看到一个奇怪的欧洲大陆绅士正递给她几把薄纸包裹着的玫瑰和铁线蕨花束。

我指给她看那个我本打算放我母亲骨灰盒的位置。

"可怜的安吉丽卡，"她说，"她从不懂男人。"姨母的话到此结束。她好像是读出了我心中的想法再加以评论一般。

我打电话给"鸡料理"外卖店定了外卖，晚餐很快便按时送到。主套餐只需放入微波炉热几分钟，在此期间，我们吃了烟熏鲑鱼。由于长期独居，无论何时只要有客户需要招待或者我母亲每周照例来我家玩时，我都会叫他们店的外卖。可我已经好几个月没给这家店打过电话订餐了，因为我已不再需要接待客户，母亲也不再来访了。她上次病得实在太严重了，重到没有力气从戈尔德斯格林[1]过来。

我们就着烟熏鲑鱼，喝起了雪莉酒。为了回馈姨母在布赖顿对我的慷慨，我买了一瓶1959年的香贝丹勃艮第葡萄酒。这种酒配上黄金鸡可是基恩先生的最爱。酒过三巡，我和姨母的身心都渐渐舒展开来后，姨母将话题转回到我和斯帕洛探长的对话上。

"他很确定，"她说，"华兹华斯是犯罪的成员之一，而且我俩也可能有着相同的嫌疑。我不认为这个警官是个种族主义者，但他显然是有阶级意识的。虽然是否吸食大麻与阶级并非绝对相关，但他还是愿

---

1 伦敦西北部街区。

意往阶级上去关联，将罪名归咎于华兹华斯。"

"我们可以给彼此提供不在场证明，"我说，"而且华兹华斯已经逃走了。"

"我们也有可能是同谋啊，华兹华斯也有可能是在休年假。不，"她继续说道，"警察的想法是严格按照常规设定好的。我记得我之前在突尼斯，有家旅游公司正在上演阿拉伯语版的《哈姆雷特》。有人看到在幕间时演国王的演员被人用熔铅杀害了，没被完全杀死，至少右耳也几乎废掉了。你猜警察立马怀疑谁是凶手？不是那个倒铅的人，虽然他肯定知道那柄勺不是空的，而且烫得不能碰。天啊，他们实在是太了解莎士比亚的戏剧了，因为他们最后逮捕了哈姆雷特的叔叔。"

"您这一辈子真是旅行经历颇丰啊，姨母。"

"什么一辈子！我还没到迟暮之年呢。"她说："如果我有旅伴的话，明天我就出发，但我已经没力气提重箱子了。可悲的是现在这个时代真是缺乏搬运工啊，你也知道，维多利亚时代可不像现在这样。"

"我们可能将来某一天，"我说，"可以继续我们的海滨远足。我记得多年前去韦茅斯[1]的时候，在海边人行道看到了一尊乔治三世的绿色雕像，可美了。"

"我刚订了两张东方快车的卧铺票，一周以后出发。"

我惊诧地看着她："去哪儿？"

"当然是伊斯坦布尔啊。"

"可那得花好几天……"

"准确地说是三晚。"

"如果你确实想去伊斯坦布尔，坐飞机去不是更便宜还省事儿吗？"

---

1 英国南部城市。靠近南安普顿。

"我只在没有其他任何别的备选方式的时候才坐飞机。"姨母说。

"飞机很安全的。"

"不是安全的问题，而是个人选择的问题。"姨母说："我过去和威尔伯·莱特[1]很熟。他载我旅行过好几趟。坐在他的新发明里我总是觉得很安全。但是我无法忍受一直被一个毫不相干的喇叭对着讲话。然而在火车站就不会有这种烦扰。机场总是让我想起吵嚷的巴特林度假营[2]。"

"姨母，如果你认为我会成为你的旅伴的话，那就……"

"当然，我肯定是这么想的，亨利。"

"抱歉姨母，银行经理的退休金可不多。"

"我自会负担所有费用。再给我来一杯红酒，亨利。味道很棒。"

"我真的不习惯国外旅行。你会发现我……"

"有我陪着你很快就能适应的。普林家族可都是伟大的旅行家。我的旅行爱好就是被你父亲传染的。"

"肯定不是我父亲……他连伦敦中心区都没出过。"

"他在一个个的女人间旅行，亨利，这贯穿他整个人生。那和地理意义上的旅行实质上完全相同。看见新的风景，适应新的习俗，不断地累积记忆。漫长的一生并不是指年岁的长度。一个经历寡淡的人就算是活到一百岁，回首自己一生也会觉得其实相当短暂。你父亲曾经跟我说：'我睡过的第一个女人叫罗斯，而且很奇怪的是她在一家花店工作。[3]那好像已经是一个世纪以前的事情了。'然后呢，还有你的大伯……"

"我从不知道我还有个大伯。"

---

1 飞机发明者莱特兄弟中的一人。

2 由英国人威廉·巴特林于 1936 年创办，二战后在英国流行。

3 罗斯英文为"rose"，含义为"玫瑰"，正好是花的一种。

"他比你爸爸大 15 岁，在你还很小的时候就去世了。"

"他是个伟大的旅行家？"

"一种比较奇特的旅行方式，"姨母说，"到最后是这样。"我希望我可以更加清楚地重现她说这句话时的语气语调，但似乎是失败了。她很享受讲话，且很擅长讲话。她总是细心地组织词句，仿佛一个笔法很慢的作家，可以预见在她前方的下一个句子，并引导自己的笔触不断地靠近。她不仅不会词穷，甚至连断断续续无法一气呵成的情形也不会出现。她的措辞是古典式的精确，可能用"古代式的精确"来形容会更加准确。必须承认，偶尔会有奇异的短语，令人惊叹地从旧有的世俗设定中灵光一现。随着我对她的了解逐渐加深，我开始意识到她是青铜而非黄铜，准确地说是那种被反复抚摸而变得光滑锃亮的青铜。她曾经提到，在蒙特卡洛的巴黎酒店大厅里摆放着一匹青铜马，马的膝盖被世世代代的赌博者所爱抚。她就似那青铜马锃亮的膝盖一样。

"你的大伯是个赌马经纪人，人们都叫他乔。"奥古斯塔姨母说，"他是一个很胖的男子。我也不知道为什么，我就是很喜欢胖男人。胖男人不会做任何不必要的努力，因为他们很清楚女人并不像男人那样痴迷官能上的美丽。科伦就是矮胖矮胖的，你爸爸也是。跟胖男人相处让人觉得更放松。估计你和我旅行了之后也能增加点体重，真是不幸，你过去选择了一个劳神的职业。"

"我从来没为了任何一个女人节食减肥过。"我用略带戏谑的口吻说道。

"改天你必须得告诉我所有你和你女人们的事情，对，正好我们在东方快车上会有足够的聊天时间。但是现在呢，我想跟你讲讲你大伯乔的事情。他的故事很引人入胜。他做赌马经纪人赚了很多钱，可是他毕生最大的愿望是去旅行。可能因为赛场上马儿一直在驰骋，他却必须要一直待在赛马赌注登记的平台上，立着'实诚的乔·普林'的招牌。他以前常说一场比赛接着另一场比赛地办，生活节奏快得像'印度皇后'接连不断地产下马驹，没有一年中断一样。他想通过旅行来让自己的生活节奏慢下来，实现慢生活的梦想。我猜想你可能自己也发现了，假期的时候如果只待在一个地方，那么你会感觉时间如闪电般飞逝。但你要是去三个地方的话，就会觉得假期似乎至少延长了三倍。"

"就是因为那样所以姨母你才这么频繁旅行吗？"

"起初，我旅行是为了生计。"姨母答道，"在意大利的时候是那样，布赖顿之后和巴黎之后也都是。我可是在你出生之前就离开了家。你的父母亲当时想和大家分开住，而且我和安吉丽卡的关系也一直不太好。我们常常被人们叫作'那对 A 姐妹'[1]。人们常说我的名字很适合我，因为我确实是一个自尊心很强的妹妹，但却没人觉得我姐姐的名字适合她。她确实有可能成为一个圣人，但却是一个严肃的圣人。她一点也不具有天使的特质。[2]"

我很少能从姨母身上捕捉到的岁月沧桑的痕迹，其中之一就是明明前一件事还没讲完就又开始讲另一件事。听她讲话就像在看一本美国杂志，要想了解主线故事就得从第二十页直接跳到第九十八页。中间穿插的各种主题都和主线故事无关，什么少年犯罪，一些新奇的鸡尾酒做法，电影明星的情史，甚至还会有别的小说硬生生插入，阻断主线情节的发展。

"名字的问题，"姨母说，"那是相当有趣。你洗礼时的名字，含义是安全无色。这名字比欧内斯特[3]什么的可是好多了，否则一辈子都

---

1 奥古斯塔和安吉丽卡的名字都以字母 A 打头。

2 安吉丽卡的名字有"天使的"的含义。奥古斯塔有"有尊严的"的含义。

3 原文为"Ernest"，有"热心，诚挚"之意。

得热心助人才能不辜负这个名字。我曾认识一个名字叫康夫特[1]的女孩子，你知道康夫特的含义就是慰藉，她的人生非常可悲。不断地有一些遭遇不幸的男人爱上她，仅仅是因为她的名字。而事实上她才是那个最需要从男人那里获得慰藉的人啊。她和一个叫作考瑞吉[2]的男的有过一段不愉快的感情，因为那个男的竟然怕老鼠。但最后她和一个叫佩恩的人结婚了，然后在美国人称作公共厕所[3]的地方自杀了。我要是不认识她我也会觉得这是个好笑的故事。"

"你本来是要给我讲大伯乔的事来着。"我说。

"我知道。我说到了他想要让自己的人生持续长久一点。于是他决定启程去环游世界。（那时候出境携带现金不受限制。）于是他兴致勃勃地登上辛普朗东方快车，也就是我们下周要坐的那趟。到了土耳其之后他打算一路到波斯、俄国、印度、马来亚[4]、中国、日本、夏威夷、塔希提、美国、南美、澳大利亚，可能还会去新西兰——他计划在那儿搭船回家。不幸的是，他在出发地威尼斯就被担架抬下了车，因为中风。"

"真可怜。"

"但这丝毫没有改变他想要延伸自己生命长度的决心。我当时正好在威尼斯工作，于是去看望了他。那时他已经决定好了，就算实现不了身体上的旅行，也要实现精神上的旅行。他问我能不能替他找一套有 365 个房间的大房子，他可以在每个房间里生活一天一夜，这样他就会觉得生命看起来是无止境的。他已经活不长了，这是事实。但这事实只会更加提升他想要延长自己在这个世界存活时间的决心。我告

---

1 原文为 "Comfort"。

2 原文为 "Courage"，含义为"勇气"。

3 原文为 "Comfort Station"。

4 今马来西亚的马来半岛地区。

诉他那不勒斯皇宫的话还行，除此之外有这么多房间的房子存在的可能性不大。罗马皇宫里的房间可能还要更少。"

"选个小一点的房子，降低些更换频率不就好了吗？"

"他说那样的话他会注意一下模式。他以前常在纽马克特、埃普瑟姆、古德伍德[1]和布赖顿之间来回奔忙，若是这样的频率，那么和他之前习惯的生活并无两样。他需要时间来忘却他已经住过的房间的样子，同时也有时间用一些必需品重新装饰房间。你是知道的，在上两次战争之间，在巴黎普罗旺斯路有一个妓院（噢，我忘了。那儿可是发生了很多次战争，但似乎其他战争并不像近两次那样和我们息息相关）。那个妓院的装饰风格多种多样，什么远东风、中国风、印度风之类的。你大伯对于他要住的房子也有同样的想法。"

"但他肯定没有找到一个能满足他要求的房子。"我说。

"最后他不得不妥协了。我曾一度以为我们最多只能找到十二间卧室，一个月一间，但后来过了一段时间，通过我在米兰的一个客户……"

"我想你应该是在威尼斯工作才对。"我用略显狐疑的语气打断了她。

"我当时的业务，"姨母说，"是属于那种需要各地轮换的。我们在威尼斯停留两周，然后在米兰、佛罗伦萨、罗马也同样停留两周，最后返回威尼斯。用意大利语说就是'la quindicina'（十五日劳动）。"

"你这是在剧院工作吗？"

"这个描述不错，"姨母用她一贯含糊不清的语气说，"你应该记得，我那时还很年轻。"

"演戏不需要任何借口。"

1　以上三地均为赛马场名。

"我没有申辩也没有找借口，"奥古斯塔姨母尖锐地回应道，"我是在解释。在那种职业里面，年岁增长是个巨大的阻碍。很幸运我在合适的时间离开了。多亏了威斯康提先生。"

"威斯康提是谁？"

"现在说的是关于你的大伯乔的事。我们在乡下找到一座老房子，以前应该是意式宫殿或城堡一类的建筑。房子几乎已报废，有一些吉普赛人在低层和地下室搭帐篷居住。地下室是个巨大的空间，在整座房子的地下打通了一整层。这地下室以前是用来贮藏葡萄酒的，现在还有一些酒桶因为年久破裂而被丢弃在原地。以前房子附近曾有一块葡萄园，然而新建的高速路在离房子不到一百码的地方横穿而过，一整天都有无数辆车来回穿行于米兰和罗马之间，到了晚上重型卡车也加入了队列。现在只剩下零星的几株葡萄藤和烂掉的树根仍在原地。整个房子就只有一个浴室（水早就断了，因为电水泵坏了），一个卫生间，卫生间还是在塔一样的最高层。当然，那里也没有水。你可以想象，这不是一套容易售出的房子。它已经在市场上挂牌出售二十多年了，而且它的所有者是一个在收容所的蒙古裔孤儿。律师一直在谈这套大房子的历史价值，可是威斯康提先生对历史无所知，你单从他的名字就能看出这一点来[1]。当然他强烈建议不要买这套房子，但毕竟你的大伯乔很可能活不久了，买下房子来可能会让他开心些吧。我数了一下房间数，如果将地下室隔成四间，再算上洗手间、浴室和厨房的话，总数可以提高到 52 间。当我把这个消息告诉乔的时候他很开心。那就每周一间吧，他说。我得给每间房配一张床，就连浴室和厨房也不例外。洗手间太窄放不下一张床，但我买了一把特别舒适的椅子和一个脚凳，我想把这间房放到最后一周。我觉得乔活不到住进那

---

1 "Visconti"也是著名的钢笔品牌名。

间房的时候。我们给他雇了个贴身护士，陪着他从一间房向另一间房移动。乔前一周住过的房里的陈设也不变动，让护士住那里。我本来还担心他会要求每一个地方必须换一个护士，但他很中意这位护士，把她当作同行的伙伴。"

"真是个特别的安排。"

"一切运转得都不错。当乔住到第 15 间房的时候——那周我正好回米兰，休息日和威斯康提先生一起去看他——他告诉我真感觉自己像是已经搬进来一年了一样。正好第二天他该上一层楼，改换一下视野，住第 16 间房了，行李箱都已经装满准备好了。（他坚持每次移动都必须用行李箱，我找到一个上面已经贴满了所有世界名酒店标签的二手行李箱：巴黎的乔治五世酒店，卡普里的奎西桑纳酒店，罗马的艾克塞西尔酒店，新加坡的莱佛士酒店，开罗的斯普赫尔德酒店，伊斯坦布尔的佩拉宫酒店等。）

"可怜的乔，我几乎没见过比他更幸福的人了。他坚信在他到达第 52 间房之前，死亡无法追上他。如果住 15 间房已经看起来像经历了一年，那么还有好多年的旅行在等着他。护士告诉我大约在住进每间房的第四天的时候，他都会变得有些不知疲倦，四处转悠，而到新房间的第一天他都会花比平时更多的时间在睡眠上，感觉像是旅途劳顿了一般。他从地下室开始住起，按他自己的方式一点点往高层移动直至最后到达最顶层，他已经开始谈论重访自己曾经的栖息地的话题了。'下一年我们把次序调换一下，'他说，'从上往下住。'他对于把洗手间放在最后也没什么怨言。'在经历了所有豪华的房间之后，'他说，'稍微艰苦一些的环境也会很有趣。艰苦的环境让人保持年轻。我可不想变成那些住着冠达邮轮头等舱、抱怨鱼子酱味道不好的老怪物的样子。'然而，在住进第 51 间房的时候他第二次中风了。这次中风让他半身不遂，说话困难。那时我在威尼斯，我请假暂离公司数日，威斯康提先生载着我去了乔的城堡。那时大家为了照顾他忙前忙后。在中风袭来前他已经在第 51 间房里待了七天了，但医生坚持说他必须要在同一张床上至少再待十天以上，不能移动。'任何普通人，'医生说，'都会高兴自己可以静止地待一会儿。'

"'他想要活得越久越好。'我告诉医生。

"'那样的话他的余生就必须一直在他现在所在的那张床上度过了，兴许这样还能让他多活个两三年。'

"我把医生的话告诉了乔。他用唇语给了一个回应。我想我是看懂了，他说的是'不够'。

"那晚到第二天清晨，他一直都很平静。护士相信他应该已经妥协了，选择认命待在原地。于是她留他一个人在房间里睡着，下楼来和我喝杯茶。威斯康提先生从米兰教堂附近有名的糕点店买了些奶油蛋糕来。这时，突然从楼上传来一阵刺耳的声响。'我的妈呀，'护士说，'怎么回事？'那声音像是搬动家具而产生的巨大声响。我们急忙跑上楼，你猜我们看到了什么？乔·普林下床了。他将他的老式俱乐部领带，就是酗酒者俱乐部或者芥末俱乐部那种风格的领带，系在他行李箱的把手上。因为他脚部已经完全使不上劲了，所以他一路爬着走向通往第 52 间房洗手间的通道，同时还拉着他的行李箱。我向他大吼让他赶快停下，但他完全不在意。看着他用尽全身力气缓慢蠕动，我真的很心痛。那条通道是瓷砖铺就的，爬过每一块瓷砖都需要消耗他巨大的能量。我们赶到他身边时他已经瘫倒在地了，大口地喘着粗气。对于我而言最悲哀的是他小便失禁，尿在了瓷砖上。在医生赶到之前我们不敢擅自移动他的身体。我们垫了一个枕头在他头下，护士递给他几片药。'cattivo。'她用意大利语说着，意思是'你个坏老头'。乔在我俩中间咧着嘴笑着，说出了他的临终之言，虽然嘴型有些变形，但我依然可以清晰地看出来。'真像是走完了一整个人生一样。'他说完之后就去世了，在医生赶到之前。他用他自己的方式对抗着医生的要求走完了人生最后的旅程，毕竟医生只许诺给他几年而已。"

"他死在过道上？"我问。

"他死在他的旅途上，"姨母用谴责的语气说道，"就像他所希望的那样。"

"魂归梦萦安息之所。"[1] 为了让姨母开心我引述了这句名诗，可我依然会情不自禁地想，我的大伯乔并没有成功到达洗手间的门口。

"猎人已归来，从那海上，"姨母稍加改动，用她自己的风格接着念完了诗的下半句，"水手已归来，从那山岗。"[2]

讲完这些，我们正好也吃完了皇家鸡，空气短暂安静了下来，就像停战纪念日时的两分钟默哀一样。我记得我还小的时候，就怀疑过和平纪念碑下是否真的埋葬着人的尸体，因为政府对于伤感的情绪总是想能省则省，以最小的开销达到最好的效果。一个聪明的宣传口号并不需要一个实在的人的身体，就那么一盒土就足够了。现在我也开始怀疑起大伯乔是不是真的存在。姨母是不是想象力过于丰富了？可能我的大伯乔的故事，以及我父亲、我母亲的故事，并不都是真的。

我并没有打破宁静，而是虔诚地喝了一杯香贝丹葡萄酒，以纪念大伯乔，不管他是不是真的存在。陌生的红酒在我脑子里不负责任地回响：真相真的有那么重要吗？任何人一旦死去，只要他还存在于人们的记忆中，无论怎样都会变成夸大其词的小说。哈姆雷特的真实性并不比温斯顿·丘吉尔差，乔·普林的历史性也不亚于堂吉诃德。在更换盘子时，我突然打了一个嗝。蓝乳酪一拿出来，我的思考又回到

---

1 出自史蒂文森的名诗《安魂曲》。这句话同时也是史蒂文森的墓志铭。

2 前引句紧接着的一节，本为"水手已归来，从那海上；猎人已归来，从那山岗"。

了具体问题上。

"大伯乔啊,"我说,"还是幸运的,不用担心货币限制问题。换成现在,靠那点微不足道的旅行限额肯定没法死得这么壮丽了。"

"他们赶上了好日子。"姨母说。

"那我们要如何实现我们的旅行?"我问,"靠每个人50英镑我们是没法在伊斯坦布尔待那么久的。"

"我从没担心过货币限制的问题。"姨母说,"上有政策,下有对策。"

"希望你可千万别做什么违法的事。"

"我这辈子从来没做过什么违法乱纪的事情,"姨母说,"我从来没读过法律,完全不知道法律为何物,又如何能去策划任何违反它的事情呢?"

8

姨母提出我们应该先坐飞机到巴黎。前不久才听了她那番言论，这让我有点儿震惊，因为很明显从伦敦到巴黎是有其他可替代飞机的交通工具的。我指出了她前后的矛盾。"这是有原因的，"姨母说，"理由足够让你信服。因为我太熟悉希思罗机场了。"

对于她坚持我们必须去肯辛顿城市候机楼坐机场大巴去希思罗机场的决定，我也感到十分不解。我说："姨母，我开车来接您，然后直接去希思罗机场会轻松很多的。"

"那你得付一笔高昂的停车费。"她回答道。姨母的节俭理论来得牵强又突然。

我拜托了我那直率的邻居查奇少校第二天帮我给大丽菊浇水。他之前看到了斯帕洛探长和另一位警察在我门前，仿佛被好奇心咬了一口似的急于知道发生了什么。我告诉他我违反了交规，他立马便同情起我来。"每周都有一个小孩被谋杀，"他说，"他们警察能做的却只有追查机动车驾驶员。"我不喜欢撒谎，而且感觉到在我意识深处是想为斯帕洛探长辩护的，因为他的人就跟他的言辞一样好，还把骨灰盒用特快挂号包裹给我寄了回来。

"斯帕洛探长不在负责凶杀案的小组,"我回答道,"况且每年因交通事故死亡的人数比凶杀案还多。"

"死的都是些不懂交规乱穿马路的人,"查奇少校说,"说白了就是些炮灰,死不足惜。"不管怎么说,他还是同意帮我给大丽菊浇水。

我在冠锚酒吧接到了姨母,她正在那里喝饯行酒。我们坐出租车去了肯辛顿城市候机楼。我注意到她带了两个箱子,其中一个很大。然而我问她我们要在伊斯坦布尔待多久,她回答说:"二十四小时。"

"路上耗费这么长时间,在目的地就待那么一小会儿啊?"

"关键是旅行的过程,"姨母回应道,"我享受的是旅行本身,而不是到目的地后一直待着。"

我质疑道,就算是大伯乔,也不得不忍受在同一间房子里待上一个星期。

"乔是个病人,"她说,"但我的身体目前好得很。"

因为我们坐的是头等舱(这点也是,从伦敦到巴黎好像并不需要那么豪华),所以虽然她的大箱子异乎寻常地重,但行李还是没有超出限额。我们坐在巴士里时,我指责道,头等舱和经济舱的差价比机场停车费多多了。"这点差价,"她说,"靠鱼子酱和烟熏鲑鱼的价值就能弥补回来,况且咱俩肯定能喝大半瓶伏特加。更别说香槟和白兰地了。总之,不管怎样我有很重要的理由必须坐巴士去机场。"

我们快到希思罗机场时,她把嘴靠近我耳边说:"行李,在后面的拖车上。"

"我知道啊。"

"我有一个绿箱子和一个红箱子。这是票。"

我一脸不解地接了过来。

"巴士停了之后你赶快下车,看看拖车是否还连在后面。如果依然在,立即告诉我,我会给你接下来的指示。"

我姨母的说话方式让我有些紧张。我说："它肯定还在后面啊。"

"我真心希望不在，"她说，"要不然我们就没法在今天启程了。"

一到达机场我立马飞奔下车，确切地看到拖车不在了。"我现在该做什么？"我问她。

"什么都不用做。所有事情都按计划进行着。你把行李票还我，然后歇会儿吧。"我们坐着喝了两杯金汤力之后，大厅的喇叭便响了："378号航班的乘客请前往海关进行海关安全检查。"

桌上就剩我俩了，在乘客、扬声器以及觥筹交错的嘈杂声中，姨母并没有被打扰，减小她说话的声音。"那就是我想避免的，"她说，"他们那些人现在正在对出国的乘客们进行现场检查。他们挨个地削弱我们生而为人的自由。我还是个小女孩的时候，不用护照就可以在欧亚大陆的各个国家间旅行，除了俄罗斯。还可以由着自己性子随意带钱带物。如今他们就知道问你身上带了多少钱，甚至会翻你的钱包。人性之中如果有什么让我讨厌的话，那一定是'不信任'。"

"按您所说，"我半开玩笑道，"您的包裹没被搜查算是撞大运了。"

我完全可以想象姨母会把一打五英镑的纸币塞入她拖鞋的尖端。毕竟曾经是个银行经理，我可能过于抠细节了，但是我得坦白我也折了一张五英镑的纸币放在上衣胸前的口袋里。或许我不应该太在意这些小事。

"我不会考虑运气的因素，"姨母说，"只有蠢蛋才会相信会有好运，可能现在飞往尼斯的航班上正有一个蠢蛋在追悔自己之前是多么愚蠢。不管何时只要新的限制令一出台，我都会仔细研究如何采取措施积极应对。"她微微叹了一口气。"我能对希思罗这么熟，主要归功于华兹华斯。他曾有一段时间在这里做过搬运工。他离开的时候，有一些黄金邮包的纠纷。虽然没有任何对他不利的证据，但整件事情来得太突然，让他感到无比厌恶。他告诉了我整个事情的原委。一个装卸工偷走了一块很大的金块，但是在工人们下班之前金块丢失的事情就已经被发现了。他们知道结果肯定是离开的时候被警察一个个地搜身，所有滑行的飞机也会停止起飞，接受检查。在他们不知道该怎么办的时候，华兹华斯建议将金块裹进沥青里，然后把它用作海关大棚的制门器。因此那个东西就那样被放置在那里好几个月。每次沿着棚道搬运货箱时，他们都能看到他们的金块支撑着开着的大门。华兹华斯说他实在忍受不了天天看到那个金块了，于是辞了职。然后他就去了格林纳达宫当门卫。"

"那金块最后怎样了？"

"我估计当钻石盗窃开始频发之后，高层领导就丧失了对金块的兴趣。钻石可以买到好运，亨利。你看，他们会给价值较高的货物套上盖有专用章的麻袋，这些麻袋外层又会套上一个普通袋子，目的就是为了不让装卸工们辨认出来。官方的想法还真是愚昧无知啊。只要你干上一两周装卸工，就可以轻松感知出哪个麻袋里面还套有一个麻袋。然后你需要做的就只是划开所有的包装物，然后家常便饭一般地取出物品。就好像圣诞节孩子们的摸彩桶游戏一样。在飞机到达目的地之前没人会发现这个切口。华兹华斯认识一个男的，他第一次就走了红运，拉出一个装有五十颗宝石的盒子。"

"确定不会被人看见吗？"

"只有其他搬运工看得到啊，他们都是一丘之貉。当然也有人不走运。华兹华斯曾经有一个朋友拖出一大包纸币，但后来发现是巴基斯坦的货币。如果你正好在卡拉奇生活的话，可以值一千英镑呢。可是，在这儿哪有人肯跟他换这种货币。停机坪上一有飞往卡拉奇的飞机，就可以看见这个可怜的工人带着纸币走过去。可是他一直没找到一个合适安全的换钱对象。华兹华斯说，经过这事儿之后，他更加怒火中烧了。"

"我完全不知道在希思罗竟然还发生了这种事。"

"我亲爱的亨利啊，"姨母说，"如果你还正值青壮年的话，我一定会建议你去做一个装卸工人。装卸工的生活充满冒险，比你在银行支行有多得多的机会接触到财富。我无法想象还有什么比宝石盗窃更适合一个有野心的年轻人了。在华兹华斯的老家塞拉利昂是训练这种能力的好地方。那里的保安没有南非的有经验，也没那么无情。"

"有时候你的话很让我吃惊，姨母。"我说。但是这些陈述几乎没可能是真实的。"我的行李箱从来没有被偷过，而且我的行李箱甚至都不会锁。"

"那可能是你保护得好。没人会去关注一个锁都不锁的行李箱。华兹华斯认识一个装卸工，他有各种行李箱的钥匙。其实并没有多少种类，他曾在一个俄罗斯产的行李箱上首尝败绩。"

这时，喇叭响了。乘坐我们航班的乘客被告知立即前往 14 号门准备登机。

"作为一个不喜欢机场的人，"我说，"您似乎对希思罗机场知之甚多啊。"

"我一直对人性颇感兴趣，"姨母说，"尤其是其令人浮想联翩的那一面。"

我们一上飞机她就又点了两杯杜松子酒。"这可以从头等舱的价格里又值回来 10 先令，"她说，"我一个朋友曾经坐飞机去塔希提，那个时候飞到那儿要 64 个小时以上，他曾经计算过，自己在飞机上吃回了 20 英镑，当然他是一个爱酒如命的瘾君子。"

那种听姨母讲话就好像翻阅美国杂志的感觉又来了，于是我又不得不翻回去确认已经读过的部分。我说："但我还是不明白拖车和行李箱的事情。为什么您这么希望拖车不见呢？"

"我觉得啊，"姨母说，"你真的会被一些钻法律空子的琐碎小事吓倒啊。等你到了我这个年纪就能忍受了。多年前巴黎还被当作世界邪恶中心，再往前是布宜诺斯艾利斯在那个位置上，然而戴高乐总统夫人改变了一切。在那之后罗马、米兰、威尼斯、那不勒斯的恶势力继续存活了十多年，最后剩下的只有澳门和哈瓦那两座城市。然而现在，澳门已经被中国商会清扫一空，哈瓦那也同样被菲德尔·卡斯特罗占据。有一段时间希思罗被称作西方的哈瓦那。当然这并没有持续很久，但必须承认现在伦敦机场有一种魅力叫作'让大英帝国活跃在最前线'。有伏特加吗？我就着鱼子酱喝。"她问给我们递盘子来的空乘服务生，"比起香槟我更中意伏特加。"

"但是姨母，你还是没告诉我关于拖车的事情。"

"那很简单，"姨母说，"如果行李是直接被装上飞机，那么拖车会在伊丽莎白女王建筑的外面就被拆卸下来。那个地方时常塞车，乘客们无法注意到任何情况。如果巴士已经开到英国欧洲航空公司或是法航的入口，人们发现拖车依旧在大巴后面的话，就意味着这些行李将会被送去海关。我极端反感摸过别人脏行李之后的手，又来胡乱鼓捣我的行李。"

"那如果海关检查你的包裹怎么办呢？"

"那就不需要带着行李箱去旅行了。我会把它放在寄存处，然后再择机取回。或者我会取消行程改日再试。"她吃完了烟熏鲑鱼，转而开始吃鱼子酱。"多佛尔海峡的海关实在太严格高效了，要不然我就去那边坐船了。"

"姨母，"我说，"你都在你的行李箱里放了些啥啊？"

"只有一个稍稍有点危险，"她说，"就是那个红色的。我一直都用红色来表达那个意思。"她略带微笑地补充道,"红色是危险信号。"

"那你在红箱子里面装了什么呢?"

"就一个小物件,"奥古斯塔姨母说,"一个可以在旅途中帮助我们的东西。我再也无法忍受这荒谬的旅行现金携带限额了。限额啊!对成年人的限额!当我还是个小孩子的时候我每天收到一先令零花钱。如果按现在的货币价值来算的话,儿时的零花钱都已经超过现在我们每天可使用的现金限额了。你还没吃你那份肥鹅肝呢。"

"不太合我口味。"我说。

"那我帮你吃掉。乘务员,再来一杯香槟,一杯伏特加。"

"飞机马上就要开始下降了,夫人。"

"所以更要赶快啊,年轻人。"她系上她的安全带,"我很高兴我认识华兹华斯之前他就离开了希思罗。他那时正处在堕落边缘。噢,我不是说他偷盗。一次正当的偷盗,特别是涉及黄金时,对任何人都是无害的。黄金需要自由流通。如果不是弗朗西斯·德雷克船长[1]让一定比例的黄金在西班牙市场上流通的话,西班牙帝国可能会衰落得更快。还不止这些。我之前提到了哈瓦那,你可别觉得我刻板,对于性产业我还是蛮赞成的。你可能也知道超人让许多人内心活跃,我相信超人的打扮治愈了很多人的性冷淡。谢谢你,服务员。"她一口干掉了那杯伏特加。"战绩还算不错,算上逃掉的红色箱子的超重费,头等舱和经济舱的差价已经基本补回来了。在哈瓦那有一家妓院,那里有三个美丽的女孩给客人举办皇冠加冕仪式。这些妓院的存在应该拯救了很多深陷厌倦的婚姻。在哈瓦那还有一家上海剧院,在裸体表演的间隙会播放三部黄色影片,只需一美元还可以在临时搭成的剧场休息室里的

---

[1]　弗朗西斯·德雷克(1540—1596),英国航海家、海盗。曾击败西班牙无敌舰队。

淫秽书店购买书籍。我曾经和一个叫作费尔南德斯的先生一起去过那里。费尔南德斯先生在卡马圭[1]有一个养牛场。我是在罗马遇到他的，那时威斯康提先生暂时消失了一阵，正好他邀请我去古巴度一个月的假。虽然还是在革命之前，那个地方却已经几近成为废墟。他们告诉我，为了比得上电视的效果，他们专门放了一个大屏幕。胶片都是16毫米的，当它被放大成立体电影时，如果放的不是完整的身体结构是看不出具体是哪个部位的。"

飞机在巴黎勒布尔热机场上空急剧倾斜地飞行。

"这种性产业真的无伤大雅，"我的姨母说，"而且又解决了一批人的就业问题。但是在希思罗周围发生的事……"

乘务员端来了另一杯伏特加，姨母一饮而尽。她酒量很大，我早就发现了。她的思绪在酒精的作用下开始来回摇摆，捉摸不定。

"我们聊到了希思罗。"我提醒她，因为我的好奇心已经被勾起来了。和姨母在一起时，我总发现自己对自己的国家竟是一无所知。

"在希思罗周围有很多大公司，"姨母说，"电子产业工厂、设计所、胶卷厂房之类的。葛兰素史克，未如大家所期望那样也受到希思罗影响。下班后，一些电子从业人员会开私人派对，机场从业人员通常也可以去，只要有空姐在派对中就行。华兹华斯也被邀请了，但前提是他必须带一个女孩同去，而且愿意在派对上和别人交换女孩。色情影片会在派对一开始就播放，鼓励大家行动起来。华兹华斯是真心爱自己的女朋友的，但他不得不交出她去换取一个技术员的妻子——50岁的家庭主妇艾达。对我来说，旧的职业妓院模式比那夸张的业余爱好者组织的事情要健康得多。业余的东西总容易玩过火。业余爱好者总是无法适度地控制自己的技术。老式妓院里是有严格训练的。老

1　古巴中部城市。

鸨在很大程度上扮演的是一个类似罗丁女校的女校长的角色。毕竟妓院就是一所学校，礼仪和做法与学校一模一样。我认识好几个女性，不管到哪个学校都能让这个学校越办越好。"

"你究竟是怎么认识她们的啊？"我问道。飞机已经碰到了勒布尔热机场的地面，姨母开始急急忙忙地整理她的行李。"我想最好是，"她说，"我们分开通过海关和移民局的窗口。我的红箱子相当沉，如果你能帮我拿它的话我会相当开心。叫一个搬运工吧。有搬运工的帮助通常更容易打到车。在到达海关前多准备些小费。海关官员和搬运工们通常是相互熟识的。我会在外面等你。这是红箱子的托运票。"

9

　　我实在不解姨母这么精心策划预防措施到底是想要做什么。巴黎机场的海关官员并没有细心检查，还彬彬有礼地朝我挥手，显然并没有多少危险存在。英国海关那些傲慢的年轻人可不会这样。姨母在圣詹姆斯和奥尔巴尼酒店已经订好了房间，那是一个老式的二合一旅馆，奥尔巴尼那一边面朝里沃利街，而圣詹姆斯一边，面朝圣奥诺雷路。两个旅馆之间有一个小花园，是共有地。圣詹姆斯前面的那部分花园里有块匾，上面写着这里曾经是法国军官拉法叶签署某条约的地方，或者是庆祝自己从美国载誉归来的地方，我忘了具体是哪一个了。

　　从我们在奥尔巴尼的房间往外能看到杜乐丽花园 [1]。姨母订的是一整套房，可实际上并没有必要，因为我们只是在上东方快车之前在这里暂住一晚而已。然而当我提到这一点时，她非常严厉地指责我。"这已经是今大之内的第二次了，"她说，"你又一次说我太奢侈了，明明都退休了，还摆着银行经理的架子。我都已经超过 75 岁了，没可能再活 25 年。钱是我自己的，我不想为自己的后裔节省什么。我从年轻时

1　巴黎著名景点。位于卢浮宫和协和广场之间。

候开始一直过得很节俭。年轻人又不会想要大手大脚地消费，所以节约起来才无所谓。而且，除了花钱之外他们有其他更多的兴趣爱好。他们就算喝几口可口可乐也会有恋爱的感觉，但上了年纪之后就会厌恶这些。他们并不了解什么是真正的快乐：他们就连做爱也常常急急忙忙、匆匆了事。幸运的是，人到中年快乐也会随之而来，为爱情、红酒、食物而感到快乐。只是对诗的品位可能会稍有减弱。我会非常乐意用自己对华兹华斯（当然是另一个华兹华斯）十四行诗的兴趣去交换——如果能让我对红酒更加喜爱的话。45 岁以后做爱带来的快感终于可以持续更长且更丰富。阿雷蒂诺[1]也不是一个为年轻人歌咏的诗人。"

"我现在开始想要奢侈些也不算太迟吧。"我幽默地说道，努力地想要把这个话题翻过去，因为我对这个话题已经厌倦了。

"你首先要说服自己去过奢侈的生活。"姨母回复道，"贫穷就像流感一样随时会袭来，为了困难的时候能好过些要先储存点奢侈的记忆。所以不管怎么说，这套房都不是浪费。我得和我的一些朋友来个私人会面，你该不会想让我在卧室里和他们见面吧。顺便说一下，其中一位是一个银行经理哦。你会在你的女客户们的卧室里和她们谈生意吗？"

"当然不会啦。也不会在他们家的客厅。我都是在银行办公。"

"那可能你在绍斯伍德还没遇见过任何高端的客户。"

"那你就错了。"我告诉了她海军少将艾尔弗雷德·基恩先生的事，就是作为客户、作为朋友我们都有交往，但却俗不可耐的那个人。

"那就是没有接触过什么机密要务了。"

"在我银行的办公室里，没什么事情是不能讨论的。"

1　意大利宫廷诗人。

"你们那种乡下银行，才不会有什么机密要事呢。"

来见她的那个男人在我看来完全不像一个银行从业者。他高大，谦和，留着黑色的络腮胡。我觉得他会很适合斗牛士运动服。姨母让我帮她把那个红箱子拿过来，然后我就留他们单独交谈了。但我从门口往回看了看，发现行李箱的盖子被打开了，里面塞满了一摞摞的十英镑纸币。

我回到卧室坐下来，拿起了一本《庞奇》[1]开始读，好让自己安心。那么多走私货币着实让我震惊。用于制作行李箱的那些纤维，就跟薄纸板一样弱不禁风。确实是，在希思罗没有任何一个有经验的装卸工会期盼这里面能有什么大宝贝，当然将自己的成功寄托在小偷有无经验的基础上是非常鲁莽的。她很有可能会栽在一个新人的手里。

显然，我姨母在海外生活了很多年，不仅仅是性格，就连她的道德观都受到了影响。我不能把她当作一个普通的英国女人来看待。我读着读着《庞奇》，慢慢开始感受到，姨母作为英国人的性格是改不掉的。确实是，《庞奇》曾经也有过一段不好过的日子，那时候甚至被温斯顿·丘吉尔当作嘲讽对象。但经理以及广告商的优秀品位又将办刊思想拉回了正轨。甚至连丘吉尔本人都开始订阅了。我认为他们的处理方式无可厚非。但让杂志变得鄙俗，就跟将其打发去电视媒体没什么两样。如果十英镑的纸币二十张一捆绑在一起的话，很容易就可以往行李箱里装三千英镑，甚至六千英镑。因为四十张一捆当然也不会显得太厚……我还记起来那个行李箱是展开式的。总共装个一万二千英镑也不是不可能。那个想法稍稍安抚了我的情绪，走私那么大数额的款项与其说像是一种犯罪还不如说是一个商业妙计。

电话响了。是姨母打来的。"你的建议是选择买哪一家，"她问，

---

1 英国讽刺漫画杂志，1841 年创刊。

"联碳公司，日内斯科，德国德士古，还是通用电气？"

"我不想给您任何建议。"我说，"我不够格。我的客户里从来没有人买过美国债券，因为美元的兑换手续费太高了。"

"在法国没有美元兑换手续费的问题，"奥古斯塔姨母已经失去了耐心，"你的客户们真没梦想。"电话挂断了。她难道以为海军少将会走私货币吗？

我心绪难平，于是走到小院中去散散心。正巧看到花园里有一对美国夫妇正在喝茶，不知他们是住圣詹姆斯还是奥尔巴尼。他们中的一个人正提着一个小袋子，袋子的线从茶杯边垂下来。他提着那袋子，就像是拎着一个淹死的动物一样。那令人反感的场景使我感觉我已经离英国非常远了。正因为陪姨母这号人出门，我才愈发想念绍斯伍德和我的大丽菊。我继续走向旺多姆广场，然后穿过道务街去卡布辛大道。在一个酒吧外的角落有两个女人朝我搭话，突然我看到一个开心到咧着嘴笑的男人转向我，我的内心隐隐有些不安。

"普伦先生？"他惊叫道，"感谢君主保佑让我在此遇见你。"

"华兹华斯！"

"真让我惊讶，你想跟这两个女孩子搞搞？"

"我就是在散步而已。"我说。

"那样的女人她们只会骗你。"华兹华斯说，"她们都是打短工的。她们跟你嘿咻嘿咻，一二三，一二三，直到你完事为止。如果你想要找个女孩子，跟我华兹华斯走吧。"

"可我并不想要个女孩子，华兹华斯。我和我姨母一起来的这儿。我姨母正在和别人谈生意，我这才出来散一会儿步。"

"你的姨母也在这儿？"

"对。"

"你们住哪里？"

我不想在没有我姨母许可的情况之下把我们的住址告诉他。我可以预想到华兹华斯会搬进我们隔壁的房间。一想到华兹华斯开始在圣詹姆斯和奥尔巴尼旅馆吸食大麻，我就……我很不确定在法国这种情况会被如何处置。

"我们和朋友住在一起。"我含糊地说道。

"和一个男的吗？"华兹华斯随即用凶恶的语气问道。很难想象，居然会有人吃一个 75 岁女人的醋。但嫉妒心极强的华兹华斯确实是吃醋了。现在我似乎得换种眼光来审视那个络腮胡的银行职员了。

"我亲爱的华兹华斯，"我说，"这都是你的想象而已。"我说服自己说一个无关紧要的谎言，"我们和一对年长的夫妇待在一起。"我觉得在角落里谈论我姨母好像不是很恰当，于是开始朝林荫大道慢慢踱步。华兹华斯也紧跟上我的节奏。"你给华兹华斯准备 CTC 了吗？"他问，"华兹华斯帮你找可爱的女孩，学校的女老师，如何？"

"我不想要女孩子，不想要，华兹华斯。"我重复道。但我还是给了他一张十法郎的钞票好让他暂时闭嘴。

"那你和我这老华兹华斯喝一杯吧。我知道这附近一家一级棒的头等会所。"

我同意喝一杯，他带我到了一个外观像剧院的大楼的入口处。名字似乎是旱金莲剧院。当我们来到剧院正下方的地下室之时，一个留声机正在嚎叫。

"我更想去一个稍微安静点的地方。"我说。

"您就瞧好吧。这可是一等一的花天酒地之处。"地下室热极了。许多无人陪伴的年轻女子正坐在吧台，循着音乐，我转头看见一个近乎赤裸的女子正在几张桌子间来回穿梭，桌上摆着未动过的饮品，桌前坐着许多身着破烂防水织物的男人。

"华兹华斯,"我生气地说道,"如果这就是你所谓的那个的话,我是不需要的。"

"这儿不会有做爱的。"华兹华斯说,"如果想要做爱的话,你可以带她去旅店。"

"带谁?"

"这些女孩,要带一个走吗?"

两个坐在吧台的女孩走过来坐下,将我夹在中间。我感觉被束缚住了。我余光瞥到华兹华斯已经点了四杯威士忌,只用我给他的那十法郎他是肯定付不起这个账的。

"扎克,亲爱的,"一个女孩说,"快介绍一下你的朋友给我们认识吧。"

"普伦先生,这位是丽塔。可爱的女孩,学校老师。"

"哪个学校的老师?"

华兹华斯大笑。我意识到我被耍了。然后华兹华斯和女孩们讨价还价了很长时间,看得出他有些窘迫。

"华兹华斯,"我说,"你在做什么?"

"她们要价200法郎,我说不行。我告诉她们我们持有的是英国护照。"

"英国护照和这到底有什么关系?"

"她们知道英国人很穷,付不起多高的费用。"他又开始和她们交谈,用一种我完全无法理解的法语,然而她们却似乎能很好理解他想要表达的内容。

"你说的是什么语言,华兹华斯?"

"法语。"

"我一句也听不懂。"

"黄金海岸地区的法语。这个女子对达喀尔[1]很熟,我告诉她我曾经在科纳克里[2]工作过。她们说最低 150 法郎。"

"你可以感谢她们,华兹华斯,但同时也请告诉她们我不感兴趣。我得回去找我姨母了。"

她们其中一个女子笑了。我猜想她估计是听到了"姨母"这个词,虽然以我的生活经历无法理解为什么和姨母的会面会比和表妹、叔叔,甚至母亲的会面要更好笑。那个女孩子用法语重复了"姨母"这个词,然后两个人都笑了起来。[3]

"明天?"华兹华斯问。

"明天我得和姨母去凡尔赛宫,然后晚上坐东方快车去伊斯坦布尔。"

"伊斯坦布尔!"华兹华斯大叫道,"她去那里做什么?她要去见谁?"

"我猜想我们可能会去蓝色清真寺、圣索菲亚大教堂、金角海湾、托斯卡帕宫博物馆。"

"要小心,普伦先生。"

"请正确地叫我的名字,我叫普林。"我尽量用幽默的语调以显得不那么生气,"要是我不停地叫你柯勒律治你也不会开心的。"

"柯勒律治?什么东西?"

"柯勒律治也是一个诗人,是华兹华斯的朋友。"

"我从来没见过你说的那个人。如果他跟你说他认识我,那他绝对是在骗你。"

我义正词严地说:"现在我真的得走了,华兹华斯。结账吧,否则

1　西非国家塞内加尔的首都。

2　西非国家几内亚的首都。紧邻塞拉利昂。

3　法语中该词有喜好男色的含义。

我只能丢你一个人在这里付钱了。"

"你浪费了上好的白马威士忌。"

"你自己喝吧，或者分给你亲爱的小姐姐们一点。"我付了账，价钱高得有点离谱，估计一楼的表演也算在内了。所谓表演也就是一个裸体的黑人女子身着白色羽毛披肩在跳舞。我很想知道这里的男人们收入都来自何方。毕竟在银行都尚在营业的时间来这里看表演着实不一般。

华兹华斯说："你得为这些女子的个人秀付 300 法郎。"

"这个价格，太离谱了吧。"

"或许我可以给她们讲到 200 法郎。你把钱留给我华兹华斯吧，我来帮你搞定，好吗？"

试图唤起华兹华斯的道德观是无济于事的。我说："既然你有英国护照，你应该知道一个英国人出国时只允许带 50 英镑现金。200 法郎也就意味着要花掉这所有。"

这么讲，华兹华斯倒是可以认同。他以一种忧伤和怜悯的目光，借着他的高个子俯视着我。"政府都一样，没一个好东西。"

"人都得有所牺牲。政府在防卫和社会服务上的支出都很高。"

"你还可以用旅行支票啊。"华兹华斯很快建议道。

"支票只能在银行、官方兑换处或者注册旅馆兑换。不管怎么说，我在伊斯坦布尔肯定要用到它。"

"你姨母有很多的。"

"她也只有一人份的额度而已，"我说。

我发现华兹华斯很难应付。他和我姨母一起生活过一段时间，他也知道我姨母可以使用一切手段和技巧这一事实。于是，我主动改换话题发起进攻。"华兹华斯，你在我母亲的骨灰盒里掺杂大麻，然后交给我，你到底想做什么。"

他两眼放空，可能还在计算旅行限额的事吧。

"英国没有食人族[1]，"他说，"塞拉利昂也没有。"

"我在说骨灰的事。"

"食人族是在利比里亚，不是在塞拉利昂。"

"我没说食人族。"

"塞拉利昂有个叫'豹子会'的组织。他们杀人，但是从来不会把人剁碎。"

"我说的是大麻！大烟[2]！华兹华斯，大烟！"我讨厌用这种能让我回忆起孩提时代的通俗词汇。"你把大麻粉混进了我母亲的骨灰里。"

我终于让他难堪了。他使劲儿地喝着威士忌。"你跟我来，"他说，"我带你去个更神奇的地方。杜埃街。"

上楼梯时我继续用语言攻击他。"你做这种事到底图个什么啊，华兹华斯？警察来我家把骨灰盒都收走了。"

"他们还你了吗？"他问。

"只还了盒子。骨灰和大麻完全混在了一起，分不开了。"

"我这老华兹华斯并不是有意要伤害你的，"他说，"那些该死的警察。"我们停在了马路边。

我很高兴看到前面就是出租车的停车场。我还担心他会跟着我，一路寻至姨母的住处。

"在门迪人的风俗里，"他说，"母亲下葬时会同时埋入食物。这次你埋下了大麻，性质也没差。"

"可我妈连烟都不会抽，哪需要什么大麻啊。"

"你在你父亲的坟边埋下最好的斧头。"

1　"cannabis"是植物学上对大麻的称谓，发音和"cannibal"（食人族）接近。华兹华斯听错了。

2　此处原作用了大麻的俗称"pot"之后，华兹华斯立刻明白了。

"为什么不给他也埋食物？"

"他会拿着斧头出去觅食。他可以宰杀山鸡。"

我一上出租车，车立马启动了。透过后方的玻璃，我能看见华兹华斯正困惑地站在马路边，仿佛一个站在河堤边等待摆渡船的男子。他试探性地举起了手，好像不确定我是否会回应，不确定我到底是依然把他当作朋友还是心中只剩怒气，而后车流人群来来往往，我的视线也逐渐被遮蔽了。我很后悔没多给他点零用钱。毕竟他本意并不是要伤害我。他虽然块头吓人，却带着一种笨拙的单纯。

10

我发现姨母正一个人坐在巨大而又寒酸的客厅中间。绿色的天鹅绒椅子和大理石壁炉台占去了房间大部分地方。行李箱空空如也地摊开在地上，她无心整理，眼角有泪痕。枝形吊灯上满是灰尘，我打开开关，它发出昏暗的光。姨母冲我心不在焉地微笑了一下。

"发生了什么事吗，奥古斯塔姨母？"我问道。我下意识地猜想她可能被那个络腮胡男子偷走了钱财。那一瞬间我很后悔留她一个人与那么一大堆钱独处。

"没什么，亨利。"她说道，声音温柔而又颤抖得令人吃惊。"我终于还是决定在伯尔尼开一个储蓄账户。你看他们这些规则纪律什么的逼得我们多么平凡陈腐。"她那时满脸疲惫，虽说通常七十五岁老奶奶本该就是这样。

"你不太开心。"

"只是想到了一些往事，"奥古斯塔姨母说，"对我来说这个旅馆里有太多的回忆，都是些好几十年前的事，你那时估计还是个小男孩……"

突然我感到一种对姨母由衷的喜爱。或许只需显现出那么一丁点的纤弱，便可以唤醒相互间内心深处的喜爱之情。我想起了基恩小姐一边说着未知的南非，手指一边随着梭织颤抖的样子，那是我离向她求婚最近的一次。

"是什么样的回忆呢，姨母？"

"是关于爱情的，亨利。爱着的时候非常美好。"

"告诉我吧。"

我很受触动，我会想起偶尔去剧院看戏时，见到那些沉浸在回忆中的老者们。这房间里的豪华装饰已褪去光鲜，刚好和海马基特剧院的舞台布景如出一辙。让我回想起多丽丝·基恩出演的《罗曼史》的海报，她在《里程碑》里面演了谁来着？正是因为自己鲜有记忆可以反复品味，我才越发珍视别人对过往的多愁善感。

她轻轻拍了拍自己的眼睛。"你会觉得很无聊的，亨利。就好像一瓶未喝完的香槟被遗忘在一个老旧的壁橱里，气泡早已散尽一样……"姨母这旧式的比喻像极了海马基特剧院的作家们会用的表述。

我拉过来一个椅子，把她的小手放进我掌心里。她的手奶油般柔滑，香粉未能遮住一块小小的褐斑，这更加令我为之触动。"告诉我。"我重复道。我们彼此都在安静地想着完全不同的事情。我变成了一个演员，在台上参与《坦克瑞的续弦夫人》[1]的重演。姨母的私人生活十分混乱，这一点确凿无疑，但她在这圣詹姆斯和奥尔巴尼酒店也确实付出了真感情。她和那可怜的华兹华斯扯上关系，背后的隐情又有谁知道呢？这客厅让我想起在伦敦的另一个奥尔巴尼酒店，坦克瑞上尉曾在那里住过。

"亲爱的奥古斯塔姨母，"我说着，双手搂住她的肩膀，"有时候说出来心里会好受一些。我知道我不属于那个年代，可能和一个在那个

1　英国剧作家平内罗的四幕戏剧，1893 年作品。探讨"有过去的女人"的问题。

年代生活过的人讲会……"

"是一个很不光彩的故事。"姨母说着，低着头望着膝盖，满脸羞怯。这样的神情我以前从未见过。

我单膝跪在空行李箱上，这跪姿这别扭，但我还是紧握着她的手说："相信我。"

"我很难相信你。你觉得好笑的东西，我可能觉得一点也不。毕竟我们的笑点并不一样。"

"我还以为是个悲伤的故事呢。"我把膝盖从行李箱中拔出来，生气地说道。

"这确实是一个非常悲伤的故事，不过悲伤得有些特别，"姨母说，"但同时也很好笑。"我松开她的手，于是她将手翻来覆去地转动着，好似在廉价市场里挑选手套一般。"我明天得做个美甲了。"她说。

对于她阴晴不定的情绪我有些恼怒。我已经将我日常不会表露出的细腻敏感表现了出来，她却还这样云淡风轻。我说："我刚刚见到华兹华斯了。"想让她惊慌失措。

"什么？在这儿？"她大叫道。

"很抱歉让你失望了，不是这儿。不是在这酒店里。是在大街上。"

"他住在哪里？"

"我没问。我也没把你的地址给他。没想到你这么急着想再见到他。"

"你真是个冷酷无情的人。"

"我不是冷酷无情，奥古斯塔姨母。是谨慎。"

"不知道你到底从哪里继承的这种谨慎精神。你的父亲很懒，但是从不、从不谨慎。"

"那我母亲呢？"我想套她的话，于是问道。

"如果她足够谨慎的话你就不在这里了。"她走到床边，视线穿过里沃利街，落在杜乐丽花园里。"好多保姆和婴儿车。"她说着，然后叹了一口气。身后是冷峻的午后日光，阳光里，她显得苍老而脆弱。

"你曾经想过生孩子吗，奥古斯塔姨母？"

"大多数时候孩子都让人感到不便，"她说，"科伦并不足以胜任父亲的角色，遇见威斯康提先生的时候又太晚了。当然也不是特别晚，但孩子是属于黎明时分的，和威斯康提在一起时连正午时分的炽热都已经过去了。不管怎么说我肯定是一个不称职的母亲。天知道我会把一个可怜的小屁孩拉扯成什么样，说不定最后他自己成长为受人尊敬的人物……"

"我也这么认为。"我说。

"你还年轻，我还没对你绝望呢。"姨母说，"你对可怜的华兹华斯很好。没给他我的地址是对的。他不适合圣詹姆斯和奥尔巴尼旅馆。真是遗憾，奴隶社会已经离我们远去，要是那时的话我就可以假装他有实际的用处，是来为我服务的。我可能就会暂时在花园对面的圣詹姆斯临时为他安排一间住所。"她笑了笑，似乎回忆起了什么。"我想我应该告诉你关于丹布鲁斯先生的事情。我很爱他。我们没有小孩，单纯地应该归功于我们的爱来得太晚了。我从没做避孕措施，一点也没。"

"我进门的时候你正想着他，是吗？"

"是的。我和他一起在奥尔巴尼度过的日子，是我这辈子里最快乐的 6 个月。我第一次见他是在富格酒店门外，那是个周一的夜晚。他邀请我喝咖啡，一直到周四我们都住在这里，门卫和女佣都说我们是天作之合。事实上他是已婚之人，但这丝毫没有影响到我。因为我并不是一个嫉妒心强的女人，而且我觉得我占有的他比他的妻子更多。

他告诉我他在乡下有一套房子，他的妻子和六个孩子在那里生活。那是在图卢兹[1]附近，他的妻子孩子们在那里的生活幸福而富足，并不需要过多操心。他会在每周六早上和我用过早餐之后离开，然后每周一晚上准时回来就寝。可能是为了展现他对我的忠诚，他每周一晚上都深情款款。正因如此，每周中段的时间都悄然流逝了。那其实很适合我的性格，比起每夜的例行公事，我更喜欢偶发的激情纵欲。我真的喜欢丹布鲁斯先生，可能和从科伦那里感受到的温柔不同，但和威斯康提先生的爱相比要自由得多。虽说最深的爱并不是最自由、最无忧无虑的。那时，我和丹布鲁斯先生是多么经常一起大笑啊。当然我后来才知道他这么爱笑是有原因的。"

为什么在那一瞬间是基恩小姐萦绕在我心间呢？"你去过咖啡方丹[2]吗？"我问。

"没有。"姨母说。"为什么这么问？那是哪儿？"

"很远很远的地方。"我说。

姨母继续说道："糟糕的是我发现，丹布鲁斯先生并未走远，他根本不会去图卢兹。他实际上是巴黎人。真相大白之时我才知道，他有一个妻子和四个孩子（其中一个已经在邮电总局工作了）。他们就住在米诺迈尼尔大街附近，从圣詹姆斯酒店背后的通道进入圣奥诺雷大街，十分钟就到了。而且他还有另一个情人，就住在圣詹姆斯旅馆一层的套房里，套房的规格和我们这套完全一样（他还真是公平呢）。周末他和他的妻子、家人在米诺迈尼尔大街过，周二周三周四和周五的下午，我本以为他是在工作，但他却和那个叫露易丝·杜邦的女孩子在花园对面的圣詹姆斯缠绵。我必须得说，一个五十多岁的男人，因身体状

---

1 法国南部城市。靠近比利牛斯山脉。

2 南非的一座城镇。

况不佳退休之后（他此前是一家冶金公司的董事），还能在三个女人间来回游走，确实是项了不起的成就。"

"他比我年纪大吗？"我脱口而出，完了才意识到自己说了什么。

"当然。他把对我说的话也告诉了另外一个女人。她也知道图卢兹的妻子的存在，却完全没料到在几乎同一个宾馆还有另一个女人存在。他是一个充满幻想的男人，喜欢某个固定年龄的女子。那段时间很开心，有时他让我想起你的父亲。你父亲也是这样，时常昏睡，却偶尔激情澎湃。一切都暴露了之后，丹布鲁斯先生说我是他的午夜女郎，在明亮的电灯光线下是如此美丽。他说另一个女人是午后女郎，虽然她只比我小一两岁。他真的太好色了，与他冶金公司的出身不相匹配。"

"你是怎么发现的？"

"他太相信自己的运气了。前六个月一切都进展得太过顺利。我上街买东西的时候都走里沃利街，东西买够了我就去史密斯书店喝茶小憩。丹布鲁斯下午都在露易丝那里，所以她通常早上出门购物，因为早上丹布鲁斯在我这里要睡到十一点才起。露易丝总是从圣奥诺雷大街走。本来我们正好错开，相安无事，但有一天他是真遭报应了。那是一个周末，他带着他的妻子和两个小孩子去卢浮宫看了普桑[1]的画展。之后他们想要喝茶，他的妻子建议去丽兹酒店。'那个地方太吵了，'他说，'那里到处都是叽叽喳喳的贵妇，像个鹦鹉笼子一样。我知道一个小巧幽静的花园，你们谁都没去过……'问题在于，那个下午我和露易丝也都去了那个小花园。"

"我此前从来没在圣詹姆斯和奥尔巴尼中间的那个花园喝过茶，露易丝也是，但某种冲动引导我俩在那天同时踏进了那个花园。虽然我

1　尼古拉斯·普桑（1594—1665），法国画家。法国古典主义绘画奠基人，主要作品有《四季》等。

是天主教徒，但我有时相信在人之外还有一种更高深的力量存在。那个地方就只有我俩，你也知道法国女人们是多么擅长社交。一个礼貌性的鞠躬和一句'女士您好'，再聊几句天气，没过几分钟我们就坐在一起，分享糖和三明治。陪着一个男人在旅馆房间里住了六个月之后，女性之间的这么一小点对话都让人十分愉悦。"

"我们各自介绍了自己，我俩都在谈论我们口中所谓的丈夫。当我们发现他俩在同一个冶金公司上班的时候，只觉得充其量不过是一个不可思议的巧合罢了。记忆里，只要可以，丹布鲁斯先生一定会讲真话，这点我特别喜欢。他比世上大多数虚荣心泛滥、一味撒谎的男人更值得信任。'我在想他们会不会彼此认识啊。'露易丝说。正在这时，丹布鲁斯先生和她相当肥胖的妻子以及两个发育过剩的孩子一起走进了花园，其中一个女孩子眼睛有点斜视，好像还受着枯草热的困扰。露易丝哭喊道：'阿喀琉斯！'他转过头来看见我俩竟然正在一起喝茶。我每次一想到他那一刻的表情都会情不自禁地想笑，就连现在也是。"姨母轻轻地用手绢拍了拍她的眼睛。"也会流一点泪，"她补充道，"因为那就是整个美好田园生活的结尾了。任何一个男人都无法忍受把自己当傻子看的人。"

"什么？难道无法忍受的不应该是你们女方吗？"我言语里满是怒气。

"噢，不是那样，亲爱的。事发之后我还是准备和他继续生活，露易丝也同意和我分享他，而且我觉得丹布鲁斯夫人依然蒙在鼓里。他的名字确实是阿喀琉斯，他把我俩介绍给他的夫人，说我们是冶金公司另外两位主管的妻子。但丹布鲁斯先生的自尊永久地失去了。他每周中段愈发平静，他了解我知道原因，这让他觉得很尴尬。他不是一个滥交的男人，他只是爱保有自己的小秘密而已。现在他感觉自己被剥得全身赤裸，饱受嘲弄。"

"但是奥古斯塔姨母，"我大吼道，"你怎么能忍受一个男的欺骗你这么多个月？"

她握紧小拳头，起身大踏步向我走来，我还以为她要揍我。"年轻人，我的小蠢货，"她说话的语气好像我只不过是一个还在上学的男孩，"丹布鲁斯先生是个堂堂正正的大男子汉，我期望你有一天能有机会历练成他那样。"

突然间她笑了，把手温柔地放在我脸颊上。"我很抱歉，亨利，这不是你的错。你是被安吉丽卡抚养大的。有时我心绪难平，感觉这世界上就只有我是在任何地方都能发现生活中乐趣的人。所以你进来的时候，才会看见我因此而抽泣。我对丹布鲁斯先生说：'阿喀琉斯，我和之前一样喜欢我们现在做的每一件事情。我不在乎知道或是不知道你下午去了哪里。那对我来说没有任何差别。'但是对他而言是有差别的，因为他就不再有秘密了。他的乐趣点就在那秘密上。后来，他离开我两去别的地方找寻新的可以拥有秘密的场所了。他要的不是爱，只是一个秘密而已。他说过最令我伤心的话：'全巴黎没有第二个圣詹姆斯和奥尔巴尼酒店了。'我说：'你不能在丽兹酒店的不同楼层开两个房间吗？'他说：'那样电梯引导员就知道了，算不上真正的秘密。'"

我听完了她讲的每一个字，心中又是惊讶又是不安。我第一次意识到自己即将面对危险。我被拉上了她那条充满荒诞侠义行为的船，就好像桑丘·潘沙成了堂吉诃德的随从一般。只不过这次出行不是为了骑士精神，而是她所谓的乐趣。"你为什么要去伊斯坦布尔呢，姨母？"我问道。

"时间会告诉你答案的。"她说。

一个牵强的想法在我心中油然而生。"你该不会是要去找丹布鲁斯先生吧？"

"不是的，不是的，亨利。阿喀琉斯可能和科伦一样，已经去世了。就算是活着的话现在应该已经将近 90 岁了。威斯康提，那可怜又愚蠢的威斯康提，应该也已经快 85 岁了。都到了必须有一个女人陪伴的年纪了。据说战争结束之后他回到了威尼斯，和某位贡多拉船夫因为一个女人大打出手，然后掉到河里溺死了。但我一点儿也不信。他不是那种会为女人争斗的人，他诡计多端，总能活下来。你看连我都活了这么长，就跟你的大伯乔一样。"

她又一次陷入忧郁中。我第一次发现，对于一个退休男人而言，可能仅仅照顾大丽菊是不够消遣晚年的。"我很高兴能找到你，奥古斯塔姨母。"我一时冲动脱口而出。

她用了一个和她性格不相称的俚语回复我："噢，老女人也有春天啊。"她笑得那么深思熟虑，那么满不在意，那么年轻自在，以至于我都不再惊讶于华兹华斯的嫉妒心了。

11

午夜一过，东方快车便驶离了里昂火车站。真是筋疲力尽的一天。我们先去了凡尔赛宫，姨母第一次去，所以看得饶有兴味。（她觉得凡尔赛的宫殿有些粗俗。）她告诉我："和丹布鲁斯先生在一起时，我也没想着要四处转转。早年我住巴黎时，又实在太忙了。"

我现在对姨母的过去抱有浓厚的兴趣。把她的各种经历以编年体列出来很有意思。"你刚说的早年，是在你上台做演员前还是在那之后呢？"我问她。我们那时站在台阶上，俯瞰着湖面，我一直觉得伦敦的汉普顿宫比凡尔赛宫还要更美更温馨。但那样的话亨利八世就比路易十四更朴素亲切了。英国人更能认同结婚之后赢得尊重的人[1]，而比较难认同蒙特斯潘夫人的豪华情人[2]。我还记得那首音乐剧里的老歌《我叫恩利八世》[3]：

---

1 指亨利八世。亨利八世一生共有六次婚姻。

2 指路易十四。蒙特斯潘为路易十四的情人之一。路易十四的子女多为非婚生。

3 发表于 1910 年，词曲作者为弗雷德·穆雷和 R. P. 韦斯顿。1965 年被"赫尔曼的隐士们"乐队重唱，成为大热单曲。

我娶了邻居家的寡妇

在此之前她和七个恩利结过婚

我是第八个恩利

应该没人会为太阳王路易十四写这样的音乐剧歌词吧。

"你刚刚说我上台表演？"姨母相当心不在焉地问道。

"是啊，你在意大利的时候。"

她似乎是在努力回忆，我以前可从没像现在那样意识到她的高龄。"噢，"她说，"是的，是的，现在我想起来了。你是说在巡演团啊。那是我离开巴黎之后的事。我是在巴黎被威斯康提先生发掘的。"

"威斯康提先生是巡演团的经理吗？"

"不是，但在你坚持要称之为上台表演的那方面，他是个很厉害的业余演员。某个下午我们在普罗旺斯大街偶遇，他说我很有天赋，规劝我离开之前所在的公司。然后我们同行到米兰，在那里我的事业才真正开始。我真的很幸运，如果我一直留在巴黎，就不会有机会帮助你的大伯乔。乔和你父亲吵架后，把他大部分的财产都留给了我。那可怜的人哟，我现在好像都还能看到他一点点沿着走廊朝着盥洗室爬行的样子。我们返回巴黎，去格雷万蜡像馆吧。我需要个东西让我振作一下。"以前蜡像确实让她振奋过。我还记得在布赖顿她告诉过我，成名就是让自己的蜡像穿着自己的衣服，被安放在杜莎夫人蜡像馆里。我敢肯定，就算是恐怖屋蜡像室她也愿意接受，蜡像被放在那儿，总好过一尊蜡像也做不成。真是个荒诞的想法。即使姨母的某些行为严格意义上并不合法，但她也并非一个拥有犯罪人格的人。我想那孩子气的俗语"捡的便宜不要白不要"，该是她十大戒律之一吧。

我自己更想去卢浮宫看维纳斯和胜利女神像，但姨母对此一点都不感兴趣。"所有那些有肢体残疾的女人，"她说，"都是病态的。我曾经认识的一个女孩就被肢解了，就在巴黎北站到加来海路站的那条道上。她在我工作的地方遇见了一个四处推销女性内衣的男的——至少那男的自己是这么宣称的。他公文包里装满了花哨的胸罩，他极力劝说那个女孩穿上。这些胸罩其中有一个形状像紧握着的两只黑手，着实逗笑了她。那男的邀请她一起去英国，于是她毁了和我们女老板签订的合同跑掉了。这件事在当时闹得沸沸扬扬人尽皆知，报纸媒体都称他为铁路怪物。他在忏悔、接受圣洁的洗礼之后被处决了。据他的律师说，因为耶稣会士对他的错误教育，他对处女有一种极端的错误崇拜。因此他总想除去所有像安妮 - 玛丽卡·洛那样生活放荡的女人。胸罩就是一个测试工具，就像《威尼斯商人》里面可怜的人一样，选错了就会被判刑。他不是一个普通的犯罪分子，这点没错。曾有一个年轻的女人在巴克街的一个小教堂替他祈祷时见到了圣母马利亚，圣母对她说：'弯曲的道路应该掰直。'她把这句话当作是救赎他的宣告。另一方面，一个有名的道明会教士坚信处决那个男的就是在批判他的耶稣会士教育。总之，许多人开始狂热崇拜这位所谓的'圣洁的杀人凶手'。如果你想去看你的维纳斯，就去吧。不过请允许我去蜡像馆。我们经理那时被叫去确认女孩的身份，他说她被肢解得就只剩一副躯干了。从那时起，我就开始厌倦所有残缺的老雕像了。"

　　晚上我们在马克西姆餐厅吃了一顿安静的晚餐。姨母特地选了一个小包间，意在避开嘈杂的游客人群，却还是没能完全避开。包间里有位穿西服，系领带的女士，声音像男子一样浑厚。她的同伴却是一个胆小羞怯的金发女性，也不知几岁了。她对同伴呼来喝去，整个房间就听见她一个人在说话。所有在国外的英国人都这样，完全忽视周围外国人的存在，她大声喧哗着就好像世界上只有她们两个人一样。她的声音有种奇特的腹语效果，最开始我还以为是我们对桌的老绅士在讲话。那老绅士身上还别着玫瑰结荣誉勋章，显然早就被教育每一块肉都要细细嚼三十二下。"亲爱的，四条腿的动物，总让我立马想到桌子。桌子站着都能睡觉，可比两条腿的动物体面又明智多了。"所有能听懂英文的人都回头注视着他。看到所有人的目光都聚集在自己身上，那位老绅士紧张地使劲一咬嘴里的肉，闭上了嘴。"背要是足够宽的话，还能伺候人晚餐。"这个声音说道。旁边胆小的女人傻笑着说："噢，伊迪丝。"我这才知道原来从刚才开始都是这个女人在说话。我很确信那个女人并不知道自己在做什么，她并没有意识到自己在不知不觉中导演了一场腹语表演，也以为周围的都是些不懂英语的外国人，再加上喝了几口异乡的酒，便肆意妄为了。

那声音苍劲有力，似从一个颇有涵养的教授口中发出——可以想象这个声音会出现在老牌大学里，绘声绘色讲解着英国文学。这是我第一次将注意力从奥古斯塔姨母身上移开。"达尔文，我说的是另一个达尔文[1]，写了一首关于植物之间的爱恋的诗。我也能想象出一首诗来写桌子之间的爱恋。想想看，数十张桌子，乐而忘忧地相互紧贴，虽然画面有些拥挤，但看起来该是多么美味啊。"

"为什么所有人都盯着你看？"奥古斯塔姨母看着我问道。那个瞬间很尴尬。那个女人突然停止讲话，开始专心吃她的烤羊排，气氛变得更加尴尬。问题出在我的习惯上。我思考事情时总会情不自禁地动嘴唇，所以除了周围几桌之外，所有人都以为我是那个声音的发出者。

"我不知道，姨母。"我说。

"你肯定是做了什么奇怪的事，亨利。"

"我只是在想事情而已。"

1　指伊拉斯谟斯·达尔文，是写《物种起源》的查尔斯·达尔文的祖父。这首诗是其组诗《植物园》的一部分。

那一刻我多么希望自己可以立马改掉那个习惯。肯定是早期做数钞员时，经常默默地数一大捆一大捆的钞票导致的。这个习惯曾经就让我尴尬过一次了。那是和一个叫作布洛涅纳·哈赛特的夫人一起的时候，夫人非常美，嫁给了绍斯伍德市的市长，但是她双耳全聋，是一个读唇语的人。她曾经来过我的私人办公室咨询投资方面的事务，我一面翻找着材料，一面却忍不住留恋她的可爱容颜。任何人的思想都远比语言活跃，我抬起头时她已脸色羞红。她很快办完业务离开了。让人惊讶的是，不一会儿她又来了，将此前我们已确认的军事公债项目做了些小幅修改。然后她说："你刚才说的话都是真心的吗？"我以为她说的是国家储蓄存单的事情。

"当然，"我说，"那是我最诚挚的想法。"

"谢谢，"她说，"您千万不要觉得刚才冒犯了我。你表达得那么诗意，没有任何一个女人会觉得被冒犯的。但是，普林先生，我必须告诉你，我真的很爱我的丈夫。"她因为耳疾无法分辨出我嘴唇的嚅动是在讲话还是内心所想，所以才会有此误会。那天之后她一直对我很好，只是再没踏进过我的办公室。

那晚在里昂车站，我看着姨母走进卧铺车厢，然后找列车员预订了明早八点的早饭。我在站台上等着从伦敦开来的列车从巴黎北站的方向进站。列车晚点了五分钟，东方快车必须等它进站后才能开出。

火车缓缓驶入，整个站台蒸汽弥漫，我猛地看见华兹华斯正穿过雾气朝这边走来。他同时也认出了我，大喊道："嗨，伙计。"这美式腔调，肯定是他在战时学的，那时美国的中东护航舰队停在弗里敦港。我不情不愿地走向他。"你在这儿做什么？"我问。我一直都不喜欢出乎意料的东西，不管是一次活动还是一次邂逅。不过和姨母一起生活久了，我也渐渐习惯了。

"普伦先生，普伦先生，"华兹华斯说，"你真是个诚实的人，普伦先生。"他走到我身边，紧握住我的手。"我永远是你的朋友，普伦先生。"他说话的方式就仿佛是和我相知多年，我欠他很多年的债一样。"你没有骗我吧，普伦先生？"他从上到下扫视着整个火车。"那个女孩在哪儿呢？"

"我姨母？"我说，"如果你所谓的女孩是指她的话，那她现在已经在卧铺车厢里入眠了吧。"

"那你赶快告诉她华兹华斯在这里。"

"我不想叫醒她。她一个老妇人，前面的旅途还很漫长，如果你想要钱的话，这些你拿去。"我伸出手给了他一张 50 法郎的纸币。

"我不要 CTC，"华兹华斯一边说着，还一边使劲挥着一只手强调道，但同时他还是用另一只手接下了钞票，"我要我的宝贝女孩。"

听到他用这样的词汇来形容奥古斯塔姨母，我感到强烈的不适。我转身踏上车厢门口的陡峭阶梯，他却用手抓住我的胳膊，把我拽回了站台。他力气很大。"你搞了我的宝贝女孩。"他指责我。

"你太可笑了，华兹华斯。她可是我的姨母。我母亲的妹妹。"

"没骗我？"

"没骗你。"我说，虽然我很不喜欢他用的"骗"这个词，"就算她不是我姨母，你难道不知道她已经是一个老妇人了吗？"

"没人因为太老就不能嘿咻嘿咻了，"华兹华斯说，"你告诉她请她一定要回这儿，回巴黎来。华兹华斯会一直等她，不管多久。要甜蜜蜜地说。你告诉她，她依然是我的宝贝女孩。她不在的时候华兹华斯睡都睡不好。"

火车即将出发，列车员催促我赶快上车。华兹华斯很不情愿地松开了我的手。在轻微的震摆中列车逐渐驶离里昂车站，我站在台阶顶端看着华兹华斯跟随着火车下了站台，穿梭在蒸汽烟雾中。他在哭喊着，这场景让我想到一个自杀者衣冠楚楚地朝着浪头走去。突然，他瞪着我前方的一扇窗户开始歌唱：

> 好好睡吧，宝贝女孩
>
> 再看我一分钟
>
> 在你入睡之前

列车加足马力，彻底驶出了车站，将他远远甩在身后。

我从列车长身前挤过，来到姨母的 72 号卧铺车厢。床铺好了，但床上却坐着一个身着迷你裙的陌生女孩。姨母此刻正把身体探出窗外，向华兹华斯挥手致意，狂送飞吻。我和女孩尴尬地对视着，我们很难开口，生怕打断了这分别的仪式。她很年轻，也就十八岁左右，黑森森的眼睛，赤褐色的长发及肩，她沿着上下眼睑，用化妆笔勾勒出细长眼线并在眼尾添上了假睫毛，真睫毛也随之凸显，有一种亦真亦幻的立体画似的效果。她衬衫上部的两个纽扣缺失了，好像是因为过于丰腴而被撑开了。她的眼睛微微突出，像狮子狗一样，可仍然很好看。她的长相在我们那个年龄层被叫作性感的外表，但也可能由于我近视或便秘而判断有误。当她意识到我不是闯入姨母隔间的陌生人的时候，很奇怪，她对着我这样明目张胆盯着她看的人羞涩地笑了。仿佛是谁将她打扮得漂漂亮亮的专门来吸引人。她就像一个被拴在树上、引虎出山的小孩儿。

姨母把头伸了回来，她的脸被煤灰和眼泪弄得脏兮兮的。她说："我心爱的人，我得看他最后一眼。到我这个年纪，什么事情都说不准。"

我不赞成，说道："已经告一段落了，奥古斯塔姨母。"为了让女孩认识，我还特意称呼姨母的名字。

"谁也说不准啊。"姨母说，"这位是 71。"她指着那个女孩说道。

"71？"

"就是住旁边 71 号包厢的。你叫什么名字，亲爱的？"

"图利。"那个女孩回答道。这可能是爱称，或者姓，我不确定。

"图利你也要去伊斯坦布尔，对吧，亲爱的？"

"只是路过。"她用一种美国口音说道。

"她要去加德满都。"姨母解释道。

"没记错的话那应该是在尼泊尔。"

"应该是，"那女孩说，"差不多吧，就那附近。"

"我俩刚刚正在聊天，"姨母告诉我，"因为，呃，你叫什么名字来着，亲爱的？"

"图利。"那个女孩说。

"图利带了一大袋食物。你知道吗，亨利，这趟东方快车上竟然没有餐车。时间真是改变了一切。在进入土耳其境内之前都不会有餐车。我们要面对两天的饥饿。"

"我带了很多牛奶巧克力，"女孩说，"还有一点火腿切片。"

"我们还要面对口渴。"奥古斯塔姨母说。

"我带了一打可乐，不过现在应该已经不凉了。"

"想我以前可是在这趟车上开过派对的，"奥古斯塔姨母说，"和威斯康提先生以及阿卜杜勒将军一起，我们吃着鱼子酱，喝着香槟，几乎就是住在餐车里了。一顿接着一顿，吃得昏天黑地。"

"你们可以喝我的可乐啊，"图利说，"还有牛奶巧克力也可以。当然火腿也行，只是那不多而已。"

"列车员说至少早上会提供咖啡和羊角面包。"我说。

"那我尽可能睡到晚一点起，"姨母说，"我们应该能在米兰站随便吃点什么。和马里奥一起。"她补充道。

"马里奥是谁？"我问。

"列车会在洛桑和圣莫里斯停靠。"博闻强识的女孩说道。

"瑞士就适合被雪覆盖，"奥古斯塔姨母说，"就像有些人只适合躺在被窝里。现在我得睡了。你们两个年轻人也已经不是小孩了，可以放心让你们独处。"

图利依然斜眼看我，毕竟我还有可能是"一头凶恶的老虎"。"噢，我也得睡了，"她说，"我喜欢睡觉。"她看了看手上巨大的腕表，猩红色的表带有一英寸宽，但表盘只有四个数字。"还没到一点，"她疑惑地说道，"我还是吃颗药吧。"

"你就那样睡，能睡着。不用吃药。"姨母用不可违逆的语气说道。

12

　　我醒来时列车刚刚离开洛桑。我能从两幢高高的灰色公寓楼中间望见湖区，还能看见一幅诱人的巧克力广告以及另一幅手表的广告。是列车员叫醒了我，他给我送来了咖啡和奶油鸡蛋卷（我要的是羊角面包）。"72号包厢的女士醒了吗？"我问。

　　"她在到达米兰之前都不希望被打扰。"他回答道。

　　"咱们列车上真没有餐车吗？"

　　"是的，先生。"

　　"至少你明天早上是会给我们早餐的，对吧？"

　　"不会，先生。我在米兰就换班了。将会有另一位列车员来接替我的工作。"

　　"意大利人？"

　　"是南斯拉夫人，先生。"

　　"他会说英语或是法语吗？"

　　"好像都不会。"我感到了在国外的无助。

　　我喝着咖啡，看到靠走廊一侧的窗外，瑞士小镇一个个地飞掠而过：蒙特勒皇宫酒店的装潢是英王爱德华时代的巴洛克风格，看起来好似鲁里坦尼亚王国[1]的宫殿，酒店后方纯净的山峦耸立在团团晨雾中，像一张曝光不足的底片：艾格勒、贝城、菲斯普……我们几乎每站都停靠，但很少有人上下车。大多数的外国游客都和姨母一样，对没有覆上白雪的瑞士毫无兴趣，然而正是在这里，我萌生了离开姨母独自旅行的念头。我有 50 英镑的旅行支票，我对土耳其没有一点兴趣。我瞥见牧草倾斜垂向水边，旧城堡被藤蔓包裹，女孩骑着自行车，所有事物都干净整洁、井然有序，就像母亲葬礼前我的生活那样。我想到了我的花园，我想念我的大丽菊。在一些小站，邮递员正骑着自行车投递信件，车站里还有一丛淡紫色和红色相间的花。要不是图利突然碰了一下我的胳膊，我想我可能真的就下车了。难道热爱和平宁静的生活有什么问题吗？我就非要被奥古斯塔姨母强行从平和的生活中拖离吗？

"你睡得好吗？"图利问。

"很好，你呢？"

"我一秒钟也没睡着。她那狮子狗一般的眼睛盯着我，好似在觊觎我碗里的食物。我递给她一个奶油鸡蛋卷，她却拒绝了。"

"不用了，谢谢。我已经吃了一个巧克力棒。"

"你为什么睡不着呢？"

"我有点担心。"

我记得我在做出纳员的时候，也是和她一样羞怯紧张，费力地透过消毒屏障来看客户。消毒屏障处有一个告示，指引人们通过一个不太方便、位置靠下的孔来讲话。我刚刚几乎快问图利有没有透支过了。

"有什么我可以帮忙的吗？"

"我就是想说说话。"

1　位于欧洲中部的虚拟理想王国。出自安东尼·霍普的小说。

除了邀请她进门我还能做什么其他的呢？我到走廊时就已先把床调成了沙发，于是我们并排坐下。我递给她一支烟。就是那种普通的senior service 牌烟，但她翻转着反复打量，好像这烟有多特别，她以前从未见过似的。

"英国烟？"她问。

"对。"

"senior service 是什么意思？"

"就是海军的意思，和 navy 的意思一样。"

"你不介意吧，我喜欢抽我自己带的烟。"她从包里拿出一个锡皮盒子，上面有桉树牌薄荷含片的菱形标志。她从中抽出一根没名字的自制卷烟。她想一想，给了我一支，我觉得要是拒绝会很不友好。那是一支很小的烟，看起来不太干净。抽起来有一股奇怪的草药味，但并不难抽。

"我从来没抽过美国烟。"我说。

"巴黎拿的，一个朋友给的。"

"法国烟我也没抽过。"

"他是一个相当好的男人。很好很好。"

"你说的是谁？"

"我在巴黎遇见的那个人。我也向他倾诉了我的烦恼。"

"你的烦恼是什么？"

"我和我男朋友吵架了。他非要坐三等舱去伊斯坦布尔。我说那太疯狂了，我们在三等舱都没法睡在一起，况且我已经拿到钱了。'你那臭钱，'他说，'卖掉你所有的东西然后把钱捐给穷人吧。'那是句名言对吗？出自某个地方。我说：'那没用。我爸会把它们都赎回来的。''你得不让他知道。'他说。'他有信息渠道，'我说，'他地位很高的，我是说，他是中央情报局的。'他说：'那你拿着你的钱滚吧。'

那是一句英国俚语不是吗？他是英国人。我们是在伦敦的特拉法尔加广场坐着的时候认识的。"

"喂鸽子的时候吗？"我问。

她肆无忌惮地大笑，还被吸进去的烟给呛着了。"你是在讽刺我吗？"她说，"我很喜欢会讽刺别人的男人。我父亲就很爱讽刺人。这么一想你还真有点像他。讽刺是一种很有价值的品质，颇带书卷气，不是吗？就跟激情一样。"

"你可不要问我关于文学的问题，图利小姐，"我说，"我对文学一无所知。"

"别叫我图利小姐。图利是我朋友们对我的昵称。"

列车到圣莫里斯车站后，一帮学生妹经过站台。她们长得很标致，没有一个人穿了迷你短裙或者化了浓妆，她们都背着整洁的小书包。

"这么美的一个国家怎么却这么无趣呢？"图利把心中所想和盘托出。

"怎么无趣了呢？"

"她们都没有兴奋起来，"她说，"没有一个人会被刺激得兴奋起来。你想再来一根吗？"

"谢谢。这烟很温和。口味很容易接受。对咽喉也没什么刺激。"

"我真的很喜欢你的遣词造句。听着令人愉悦。"

我感觉自己比以往早晨这个点清醒多了。我还发觉有了图利的陪伴，事物也变得新颖很多。我很开心姨母睡到很晚，这才给我们机会独处，相互增进了解。我的保护欲油然而生。我本来想要一个女儿，虽然我从未想过基恩小姐会成为一位母亲，一位母亲不该是需要被保护的。

"你在巴黎的这个朋友，"我说，"对烟有很好的品位。"

"他非常好，"她说，"我的意思是说他很适合在一起交往。"

"法国人？"

"不是，他来自非洲大陆深处。"

"黑鬼？"

"我不这么称呼他们，"她的语气里含有责备，"我们叫他们有色人种或黑人，他们喜欢哪个称谓我就叫哪个。"

突然我脑子里闪现出一丝模糊的疑虑。"他是叫华兹华斯吗？"

"我只知道他叫扎克。"

"就是他。他来车站送你了对吗？"

"当然了，要不然还有谁会来。我没期望他会来，但他在大门口跟我说了再见。我给他买了一张站台票，但可能他害怕了吧，不肯再往前走一步。"

"他也认识我姨母。"我说，我没告诉她他用她给他买的站台票做了别的用途。

"这不就是那种最不可思议的巧合吗？就像托马斯·哈代小说里的故事一样。"

"你好像对文学很了解。"

"我的专业是英国文学，"她说，"我爸爸让我学社会学，因为他要我在和平队服务一段时间，但我和他的想法不仅在这件事上，在其他很多事情上都不一致。"

"你的父亲是做什么工作的？"

"我告诉过你他在中央情报局，做秘密的事务。"

"那应该很有趣。"我说。

"他经常性地四处奔波。自从我妈和他在去年秋天离婚之后，我就只见过他一次。我告诉他，他看世界的方式是水平的，我的意思是说是表面的，难道不是吗？我想要垂直地看待这个世界。"

"深入地看。"我说。我很自豪能跟上她观点的节奏。

"这样说很对，"她一边挥着卷烟一边说道，"我感觉已经有些被刺激得兴奋起来了。全靠你绝妙的谈话方式。我感觉好像是在英国文学课上遇见你。一个小说里的人物。我们很深入地学习过狄更斯。"

"是垂直地学习过。"我说，然后我们一起大笑起来。

"你叫什么？"

"亨利。"她又笑了起来，我也迎合她笑了笑，虽然我不知道笑点在哪里。

"他们不会叫你哈利吗？"她问。

"哈利是昵称。接受洗礼时是不会叫哈利的，因为从来不会有圣哈利这样的人存在。"

"那就是人们所谓的教会法规吗？"

"我觉得是。"

"我认识一个很棒的男孩，被取名叫'推倒我'。"

"我很疑惑他是不是真的被取名叫作那个。"

"你是罗马天主教徒吗？"

"不是，但是我觉得我姨母应该是。我也不太确定。"

"我差点成了一个罗马天主教徒。因为肯尼迪家族。但是之后两个肯尼迪都被射杀了。我是想说我很迷信。麦克白是天主教徒吗？"

"我从没有想过这个问题……我猜想……好吧，我想说我是真不知道。"似乎我是在学她讲话。

"或许我们应该锁上门、打开窗。"她说，"我们现在在哪个国家了？"

"我想我们应该快到意大利边界了。"

"那赶快打开窗。"我虽不明白为何，但还是照做了。我的烟抽完了，她把她的烟蒂抛掉，然后将烟灰缸里的东西倒到铁轨上。那一刻我想起了华兹华斯。

"我们刚刚抽的烟到底是什么？"我说。

"大麻啊，当然是。怎么了？"

"你意识到我们可能会因此入狱吗？我不了解瑞士或者意大利的法律，但是……"

"不会的。我年龄还不够。"

"那我呢？"

"你可以辩护说你不知道是大麻啊。"她说着说着笑了起来。这时。门开了，意大利警察朝里面看。

"护照拿出来。"他们要求道，但他们甚至都没打开看一眼。风从开着的窗户吹进来，吹掉了一个男人的帽子，我只能寄希望于这风能把大麻的味道都吹散到走廊上。他们之后，海关官员也紧接着来查，但海关官员相当体贴，只是其中一个人吸了吸鼻子。几分钟后他们回到站台，我们安全通过了检查。我看见站牌上写着"多莫多索拉"[1]。

"我们已经在意大利了。"我说。

"那再抽一根？"

"我不会再做这种事了，图利。我不知道……看在上帝的份上，请你在夜晚到来前彻底处理掉这些大麻吧。在南斯拉夫，即使你年纪没到，他们也会不假思索地将你逮捕入狱的。"

"我一直以来都被教导说南斯拉夫是个好国家。我们还卖给他们战略物资，不是吗？"

"但可没卖毒品啊。"我说。

"你又开始讽刺了。我想告诉你我的烦恼，但你一直这么讽刺我，我要怎么开口啊。"

"你刚刚才说讽刺是一种很有价值的文学品质。"

---

1 意大利北部小镇。靠近瑞士国界。

"但你不是一部小说啊！"她说着，然后对着窗外远去的意大利的湖光山色哭泣。大麻曾经带来了欢笑，现在我猜想它也造就了这哭声吧。我看着她，心中也有些不悦，头开始眩晕。我关上窗户，透过窗格看到山间的小村庄都是一片整齐划一的黄色或赭色，雨后春笋般从泥土里冒出来。铁路边有一个工厂，一幢红色的大庄园，一条高速公路，一个佩鲁贾的广告，还有那些支撑我们进入无烟时代的高压电网。

"你的烦恼是什么，图利？"我问。

"我忘了吃该死的避孕药，我已经六个月没来例假了。昨晚差一点我就跟你妈妈讲了这件事……"

"是我的姨母，"我纠正她，"你应该跟她说的。我实在是不清楚女性生理这方面的事情。"

"但我想跟男的聊，"图利说，"我的意思是说我是那种在同性面前会羞涩的人。我并不能像跟男人相处一样很好地和她们相处。但问题是现在的男人都太无知了。以前都是女孩子不知道该怎么办，现在是男人不知道该怎么办了。朱利安说那是我的错，他原本一直信任我来着。"

"朱利安就是那个所谓的男朋友吗？"我问。

"因为我忘了吃避孕药，他很生气。他想要搭车去伊斯坦布尔旅行。他说一路会很有趣。"

"我记得你之前说的是他想坐三等舱去。"

"那是在我把没吃避孕药的事告诉他之前。后来他遇到一个开卡车去维也纳的男人，于是他给我下了最后通牒。我们在圣米歇尔宫酒店的咖啡馆里，他说：'把握机会现在上路。'我说：'不要。'于是他说：'那你他妈滚蛋去吧。'"

"他现在在哪里？"

"从这儿到伊斯坦布尔之间的某个地方。"

"你怎么找到他？"

"去古尔汗就行了。"

"那是什么？"

"在蓝色清真寺附近。在古尔汗的每个人都相互认识。"她开始擦拭自己的泪痕，然后看看自己巨大的只有四个刻度的手表说道，"快到午餐时间了。我饿极了。感觉我能吃两个人的量。来块巧克力吗？"

"我等到米兰再吃。"

"那再来一根烟？"

"不用了，谢谢。"

"那我抽了。可能能顶一点用。"她又开始笑了，"我的想法很滑稽，我是指我总认为任何事物都是有用的。在巴黎时我喝白兰地的同时喝下干姜水，因为在学校他们说生姜管用。我也洗桑拿。真有趣，我真正需要的其实是打掉这孩子。华兹华斯说他会帮我找一个医生，但他说得费点时间。那样的话我就得卧床一小段时间，势必会耽误去古尔汗寻找朱利安的行程。如果到了古尔汗发现朱利安已经先走了就不好了。他到底会去哪儿呢？我问你。我在巴黎遇见一个男孩，他说他们都被从加德满都赶了出来，现在能去的只有老挝的万象了。当然美国人无所谓，因为有那个签署的法案。"

她的语气和措辞让我觉得，仿佛全世界的人都在旅行。

图利说："朱利安离开巴黎后，我和一个男孩睡了。因为我觉得，嗯，可能那样会让情况好一些。我是想说例假有时候就在性高潮的顶峰时段到来，但我没有到达性高潮。我之前并不会这样，我猜我是担心朱利安了。"

"我觉得你应该直接回国去，然后告诉父母你的状况。"

"说父母的时候请用单数形式，"她说，"因为我从没考虑过母亲。我不知道我的父亲在哪里。他出差实在太频繁了，都是秘密任务。据我所知他现在有可能在万象，他们说那里到处都是中情局的人。"

"这世界上有任何你能以之为家的地方吗？"

"和朱利安在一起的时候让我有家的感觉。但他因为我没吃避孕药而对我发火。他是个急脾气的人。他说：'如果我每次都要提醒你吃药的话，我就不再会有想自发做爱的冲动了，你不明白吗？'他自己有一套理论，说女人都想阉割掉男人，其中的方式之一就是除去他们的自发的性冲动。"

"那你还觉得和他在一起有种家的感觉？"

"我们可以一起讨论任何事情，话题从艺术到性，再到詹姆斯·乔伊斯[1]和心理学。"她一边说着一边脸上洋溢着幸福而又怀旧的微笑，估计大麻又开始起作用了。

"你不应该吸食那东西。"我抗议道。

"你说大麻吗？为什么不？大麻对身体又没坏处。迷幻药不一样。朱利安曾鼓励我尝试迷幻药，但我拒绝了，我说我不想破坏我的染色体。"

有那么一些瞬间，我一个字也听不懂她在说什么，然而似乎我可以毫不疲劳地听她说很久。在她的身上有一种温柔和甜美，这让我想起基恩小姐。这个对比当然很荒谬，可能这就是她所说的被激励得兴奋起来的感觉吧。

1　詹姆斯·乔伊斯（1882—1941），爱尔兰作家和诗人。代表作有《都柏林人》《尤利西斯》等。

13

列车即将驶进大城市，我感觉像是歌剧序曲到了尾声。农村和城市的主题旋律再次交替响起：工厂后面紧跟着是牧场，一小块的高速公路之后是乡村小道，过了煤气厂却又是现代化的教堂；大小房子鳞次栉比，菲亚特汽车的广告牌挤挤挨挨地接连出现。列车长拿着早餐经过走廊，热情地叫醒某位重要旅客。田地慢慢被侵占挤压，最后只剩下房子、房子、房子以及米兰。窗外闪过站牌标志，上面写着"米兰"。米兰到了。

我对图利说："到了。我们最好吃个午餐。这是我们能饱餐一顿的最后机会了……"

"你妈妈……"图利刚要开始说。

"奥古斯塔姨母，她在这里。"

列车员比她先走下过道（我早就应该意识到这个重要的旅客是谁），现在她正站在我们隔间的门口，揉搓着她的鼻子。"你俩在这儿忙什么呢？"

"抽抽烟，聊聊天。"我说。

"你看起来好像心情特别愉悦啊，亨利。不像你啊。"她又擤了一下鼻子，"我都快以为可怜的华兹华斯依然和我们在一起了。"

"太不可思议了，"图利说，"我是说，你真的认识华兹华斯。"

"有位先生要求见您，女士。"列车员打断了我们，我看见在姨母前面，在卖报纸和茶点饮料的推车之间，站着一个高挑纤细，留着精致白发的男子。他正挥舞着雨伞和我们打招呼。

"噢，是马里奥。"姨母说，她毫不犹豫地转过身去。"我写信告诉了他我们要在这里吃午餐。他应该已经订好了。来吧，亲爱的，来吧，亨利，没时间磨蹭了。"她先我们一步下了台阶，一头扎进那白头发男子的怀抱里。白发男子似乎有钢铁般的力气，可以让姨母就那样悬挂在他手臂上一段时间。"妈妈，妈妈。"他呼吸急促地叫喊道，丢掉他的雨伞，然后小心翼翼地将她放在站台上，好像她是一件易碎品一样。我竟把易碎品和奥古斯塔姨母联系在一起，这个想法真是滑稽好笑。

"他究竟为什么那么叫你啊？"我小声说道。可能是因为大麻的效果，我对眼前这个人有种极端的厌恶感，而他现在正在亲吻图利的手背。

"他是我看着长大的，"奥古斯塔姨母说，"他是威斯康提先生的儿子。"

从戏剧的角度来讲他长得很标致，他有一张老演员的面孔，似乎要把自己所有的能耐都展现在图利面前，我很不喜欢。他在表演完和姨母情感爆发的戏码后，引导图利走在前面，走下站台去往饭店方向。同时他还拿着那把金属材质的雨伞，弯钩状的伞柄仿佛就是牧杖。他那满是白发的头倾斜向图利的一边，看起来就像一位主教在用催眠术向新教徒讲述童贞。

"他是做什么工作的，奥古斯塔姨母？演员吗？"

"他写戏剧诗。"

"做那个能养活自己？"

"威斯康提先生在战前给他存了一点钱。幸好存的是瑞士法郎。我猜想他也从女人那里拿钱。"

"这把年纪还这么做，让人感到厌恶。"我说。

"他能讨得女孩儿的欢心。你看图利现在笑得多开心。他父亲也是一个德行。亨利，那是赢得女孩子芳心的最好办法。现在的女人们可比男人聪明多了。她们知道时光就是在一次做爱和另一次做爱之间流逝掉的。我年轻时那个年代，还没有多少女人抽烟，你看看图利现在。"

我突然感觉到大麻的作用上头了。"在你认识威斯康提时，马里奥应该已经出生了……你认识他母亲吗？"

"并不是很熟悉。"

"她应该是一个很美的女人。"

"我无法给出公正的判断。我讨厌她，她也讨厌我。马里奥一直把我当成他真正的母亲。威斯康提先生叫她金色的奶牛。她是德国人。"

马里奥·威斯康提给我们每个人都点了一块罗曼娜意式煎小牛肉火腿卷和一瓶弗拉斯卡蒂白葡萄酒。姨母开始用意大利语和他交谈。"你们得原谅我，"姨母说，"马里奥不会说英语。而且我们已经很久没见面了。"

"你会讲意大利语吗？"我问图利。

"一个字也不会。"

"可刚刚你们相谈甚欢啊。"

"噢，他太善于表达了。"

"他都表达了些什么？"

"他有点喜欢我。'cuore[1]'这个词是什么意思？"

---

1 意大利语，意思为心、心脏。

我用一股怨恨的眼光看了看马里奥·威斯康提，但却发现他哭泣了起来。他说了一大堆，用手又比画了好一阵，还有一次捡起他的雨伞，举过头顶。在某些讲话的间隙他塞了很多牛肉火腿卷进嘴里。他将英俊的面庞靠向盘子，以便叉子就食的距离可以短一些，眼泪流的距离也可以短一些。还好菜已经够咸了。姨母借给他一张网状的手绢，他用它擦了擦眼睛，然后把它插到自己胸前的口袋里，露出一个花哨的边角。虽然我觉得酒味道很好，但他不满意，于是把服务生叫过来换了一瓶，喝了口新换的酒后又继续掉他的眼泪。我注意到服务生对这场景相当冷淡，就好像电影院里的女引座员在看一部已经循环放映了一周的电影一样。

"我不喜欢动不动就哭的男人。"我对图利说。

"你没哭过吗？"

"没有，"我说，然后为了保证精确性补充道，"至少在公共场合没有过。"服务员给我们每人上了一份三色冰淇淋。我看着觉得恐怖就没吃我那一份，但马里奥很快就吃完了，我还注意到他的眼泪止住了，好像冰能迅速冻住他的泪管一样。他朝姨母孩子气地害羞一笑，像个大男孩，这和他的白发格格不入。于是姨母悄悄地把自己的钱包递给他，他便去结账了。

我们上火车台阶时，他抱着姨母，我还以为他又会哭起来，但他并没有，而是给了她一个用棕色纸张包起来的包裹。之后便举起他的雨伞，藏起似有还无的感伤之情，默默走开了。"也就这样了。"姨母冷静地思考着。图利不见了，我猜想她又去厕所抽烟去了。我决定告诉姨母图利的烦恼。

但我发现，当我在她身旁坐下之后，她更想说自己想说的。"马里奥看起来像个上年纪的老人，"她说，"他是不是染发了？他不可能超过 45 岁，或者 46 岁。对时间我总是不敏感。"

"他显然看起来比实际年龄大很多。可能这就是诗歌的力量吧。"

"我一直都不喜欢撑伞的男人，"她说，"但他却像小孩子般可爱。"她望向窗外，我也望着，一座座新落成的红砖瓦房庄园散落在铁路沿线，远处小山丘上的中世纪古村落在这些庄园堡垒的背后暗自破碎凋敝着。

"他为什么哭啊？"我问。

"他没有哭啊。他那是在笑来着。"她说，"我们在说关于威斯康提先生的事情。我都有三十多年没见着马里奥了。那时他还是个可爱的小男孩，太可爱了反而不能持久。于是战争袭来，我们分离了。"

"那他父亲呢？"

"'可爱'这个词和威斯康提先生毫不沾边，或许'魅力'这个词更适合他。他是一个大骗子。他能让我愉快地吃奶油面包，但是一个人不可能靠奶油面包为生。可能我太不公平了，但是人对于自己之前深爱过的人都是很不公平的。而且毕竟开始时他对我还是很好的，是他给我在意大利找到了工作。"

"在剧场？"

"我不明白你为什么老是坚持不懈地说那是剧场。'世界是一个大剧场'¹，确实。但是隐喻这东西一旦大众化就没了意义。只有一个二流演员才会靠着他二流的禀性，骄傲地写出这样的话。这就是为什么连莎士比亚偶尔也会写烂作品。你不信看看他有多经常爱在书里用引语。喜欢引述名言的人都是喜欢毫无意义的普世价值的人。"

我没曾想她竟然会攻击莎士比亚。我感到有些震惊。可能因为莎士比亚也像马里奥一样写戏剧诗吧。"你刚刚在讲威斯康提先生来着。"

1　出自莎士比亚《皆大欢喜》。

我提醒她。

"我必须承认在巴黎时他对我还是很好的。离开科伦的时候我心痛极了。我不能向你的父亲求助，因为我已经跟安吉丽卡保证会离得远远的，不打扰他们。我们吵完最后一次架后，科伦便离我而去。除了教堂募捐箱里的现金和十二罐沙丁鱼罐头之外，他带走了剩余的所有东西。他超爱吃沙丁鱼。他说沙丁鱼可以舒缓他的神经，吃沙丁鱼就好像把油泼在一大片水上，可以息事宁人。募捐箱里面的钱够我买船票穿过海峡到达欧洲大陆，很幸运我在普罗旺斯大街找到了工作。但在那里我并不开心，我很感激威斯康提先生能带我到意大利。工作是一样的，但是我喜欢在各个城市间来回游走的感觉。我也很享受每八周回一次米兰见威斯康提先生。相对于沙丁鱼，奶油面包是一个很大的改善。他是个骗子，这毋庸置疑，但这世界上有很多比骗子还要坏的人。"她叹了口气，看了看窗外波河平淡的风景。"后来我越来越爱他，爱到胜过我所遇见的所有男人。除了初恋，因为初恋总是最特别的。"

"你后来又为何隐退了呢？"我问。我正要脱口而出"从舞台上"，但记起来她对这个词有种莫名的不喜。我没有忘记图利的烦恼，但我想先让姨母结束由威斯康提先生的儿子引起的回忆再讲比较好。

"你的大伯乔把他所有的钱都留给了我，我真是受宠若惊。当然那栋房子也给了我，但是我却没法处理，依旧任它在高速公路边继续溃烂下去。后来战争爆发了，我不得不离开意大利，我把房子安排给了马里奥。我想他可以偶尔带一个女人去那古老的家庭宫殿度过周末。他甚至把那里叫作威斯康提宫（他有些自命不凡，这点很不像他的父亲）。总有一天政府会想要新修一条连接线到高速公路，那样的话如果他可以证明房子有人居住就可以从政府那里获得赔偿。"

"你为什么没有嫁给威斯康提先生呢，奥古斯塔姨母？"

"意大利不允许离婚。威斯康提先生是天主教徒，虽然他并不虔诚。他甚至还执意要我入教会。他的妻子掌管着所有财产，那对他是个极大的束缚。后来他有机会碰乔留给我的那部分钱，状况才好一些，不过钱最后也被他挥霍了就是。那段时间我很粗心，威斯康提先生又很会花言巧语。很幸运那时候没人买那套房子，至少那段时间它可以做我的容身之所。他计划跟沙特阿拉伯人做新鲜蔬菜的生意，主要是卖番茄。起初我以为他是真的相信自己可以赚到钱。甚至他的妻子都借钱给他。我永远忘不了在罗马精益酒店举办的那场讨论会，出席者有穿着长袍的阿拉伯显贵以及一众太太团，还有一位品鉴师（试味员）。威斯康提先生要包下精益酒店的一整层，你可以想象那会把大伯乔的遗产挖空多少。但活动进行之时还是相当浪漫的。我获得了很多乐趣。他让大家每时每刻都觉得很有趣。他还劝梵蒂冈的罗马教廷投资，所以我们在大饭店和红衣主教喝起了鸡尾酒。大饭店那边以前是修道院，教廷的人感觉像在家里一样无拘无束。他们在门口就被侍者点着高蜡烛夹道欢迎，那真是一个盛景啊，当阿拉伯人和红衣主教相会，沙漠长袍和绯红色的无沿便帽交相辉映，他们互相鞠躬、拥抱，一方双手合十跪拜，另一方则亲吻戒指祈祷，特别美好。阿拉伯人，当然是只喝橙汁的。品鉴师（试味员）在吧台边试喝了每一壶，碰巧喝到威士忌和苏打水时就放到一边。每个人都很享受派对的气氛，但结果是只有阿拉伯人肯为他们的愉悦买单。"

"那意思就是威斯康提先生的计划泡汤了？"

"他及时地把我和他妻子剩余的那部分钱都抽了出来。他把我的一部分钱给了马里奥。当然他消失了一段时间，但事情平息之后他很快又回来了。罗马教廷和墨索里尼一起大赚了一笔，你还记得吧，与之相比，他们因威斯康提而亏损的那点钱简直就是九牛一毛。他留给我的钱足够我节俭地过完一生，可是我从来没想过要节俭。威斯康提先生消失之后，我的生活变得非常单调乏味。我甚至去了哈瓦那，我之前跟你说过。那之后我又回巴黎待了一段时间（马里奥那时和耶稣会信徒们一起待在米兰）。就是在那时，我遇见了丹布鲁斯先生。不得已结束了和丹布鲁斯的恋情后，我又回到了罗马。我总期盼着威斯康提先生某一天会再次出现。在罗马我住在一个两室套房里，同时在信息报社背面的公司打零工。虽说没有阿拉伯人和红衣主教们富有，但生活也算是到了中产阶级的水平。我已经被科伦和威斯康提先生宠坏了，没有男人给我的乐趣可以胜过他们。"我姨母补充道，"对了，穷光蛋华兹华斯！他和他们属于一个完全不同的国度。"她像年轻人一样开怀地笑着，把手放到了我的膝盖上。"然后，就像华兹华斯经常爱说的那样，赞美我最圣洁的主。我正在信息报后面的地方做着兼职，一般要是有人找我都得去接待室，但威斯康提先生没有。完全是一个巧合。他并没刻意寻找我，我们只是偶然相遇。但是我们都很开心，非常开心。就是因为我们又相见了。女孩们都不明白我们为什么旁若无人地牵着手在沙发间跳舞。那是凌晨一点钟，我们没有上楼而是直接出去，到外面的小巷子里。那里有一个像动物的头一样的饮水器，他接了点水泼在我脸上，然后吻了我。"

"那个兼职到底是个什么兼职啊？"我突然爆发了，"那些女孩子又是谁？沙发放那里是做什么用的？"

"那有什么意义吗？"姨母说，"那真的有丝毫关系吗？我们又在一起了啊，他泼了我一脸，泼了我一脸，他亲吻了我！亲吻了我！"

"但按道理这个男的做了那么多亏心事，你不应该鄙视他才对吗？"

列车正穿过通往威尼斯城市火车站的长长陆桥，陆桥横跨过潟湖，可城市里没什么美景，只有傍晚夕阳下隐约可见的烟囱，冒着灰烟好似旗帜一般。我完全没有料到姨母在这一刻爆发了。

那一刻，她是真真切切地怒目圆睁地看着我，就好像我是一个不小心打碎了她珍视多年的美丽花瓶的小孩，而花瓶中封存着她美好的记忆。"我不鄙视任何人，"她说，"任何人！如果你喜欢顾影自怜和沉湎己心，那就后悔你自己这么多年的所作所为去吧。但坚决、坚决不要鄙视别人。永远不要觉得自己站在道德制高点上。你觉得我在信息报社后面的房子里做的是什么工作呢？我对你撒了谎，对吧？那为什么威斯康提先生就不能对我撒谎呢？但是你，我猜在你这小乡村银行职员的一生中，从来没有欺骗过任何人吧，因为没有什么是你所渴望的，金钱、女人你都不在乎。你就像一个照顾别人家小孩子的保姆一样照顾别人的钱。你以为我看不见吗？在你工位旁的箱子里堆着一摞摞五英镑的纸币，永无止尽，它们都在等你把他们分放到合适的人手里。安吉丽卡确实是按她想要的方式把你抚养长大了，你的父亲根本没机会插手。他也是个骗子，我只希望你也是。那样我们也算有些相同之处了。"

我震惊了。我无法反驳。我想在威尼斯就下车，但图利还在车上，我感觉必须对图利负责。这个肮脏的车站用它的脏和吵闹包裹着我们。我说："我想最好去找找图利去哪里了。"然后我走开了，留这位老妇人和她的怒气在她的包厢里。只是在我关隔间门的时候，我好像听到她在里面笑。

14

　　我很开心自己没有情绪崩溃到跟姨母大发雷霆。但我仍然很惊讶，需要一点时间沉思一下。因此我走上站台，开始环顾四周找寻食物。这是明早到达贝尔格莱德之前唯一的机会了。我从一个手推餐车上买了六个火腿卷和一瓶意大利基安蒂红葡萄酒以及一些甜蛋糕。这点东西和我家附近的"鸡料理"饭店提供的餐食相比差远了，我有些失落。这可真是一个索然无味的小站啊。旅行就是在浪费时间。现在正是入夜时分，太阳不再炎热似火，阴影应该正投射在我家的小小草坪之上吧。要是在家，我此时该正拿着黄色洒水壶，拧开花园里的水龙头，将它灌满水……

　　图利的声音突然传到我耳畔："介意帮我再买几瓶可乐吗？"

　　"火车上可没地方让它保持冰凉哦。"

　　"没事，温的可乐我也不介意。"

　　噢，多么荒谬啊，我都快大叫出声了，餐车的售货员不收英镑，我只好给他藏在我随身笔记本里应急用的两张美钞。而且他还不找零，尽管我知道实际的汇率，告诉他应该找我多少里拉也不管用。

　　"朱利安曾经画过一幅很棒的可乐瓶的图。"图利说。

"谁是朱利安啊？"我漫不经心地问。

"当然是我男朋友啊。我告诉过你的。"她带着蔑视的口吻说道，"他画了一瓶明黄色的可乐，野兽派的风格。"

"他是画家，是吗？"

"那就是他觉得东方对于他很重要的原因。你知道的，大溪地就是高更作画的灵感来源。他想在开始自己的伟大计划前亲身体验一下东方。我来拿这些可乐吧。"

火车在威尼斯的停留时间不到一个小时，但是当列车再出发的时候，夜色已经深沉，我已经完全看不清窗外的事物了。仿佛我离开了克拉珀姆回到了维多利亚时代一样。图利坐在我边上喝着她的可乐。我问她她男朋友大计划的具体内容。

"他想要用极好的色彩，画一系列的亨氏牌汤罐头。这样富人可以在自家的每间房间里放一种不同汤的画，比如在卧室放鱼汤的画，在饭厅放土豆汤的画，在客厅放韭葱汤的画。就像他们以前常放的家庭肖像照一样。这些画都要用艳丽的色彩来描绘，都是野兽派风格的。一个罐头配一个房间，都是唯一的。你明白我说的意思吗？那种感觉很怡人，每次换房间时无须转换心情。就好像一个房间里有斯塔尔夫人[1]，另一个房间里有鲁奥[2]。"

曾经看过的周日增刊中的某些内容浮现在我的记忆中。我说："好像此前有人画过亨氏的汤罐头吧。"

"亨氏的没人画过，坎贝尔公司的金宝浓汤倒是有人画过，"图利说，"画那个的人叫安迪·沃霍尔。他第一次告诉我他的计划之时，我也说了同样的话。我说：'亨氏和坎贝尔的金宝浓汤形状确实完全不

1　斯塔尔夫人（1766—1817），法国评论家和小说家，法国浪漫主义文学前驱。主要作品有《论卢梭的性格与作品》和小说《黛尔菲娜》和《柯丽娜》。

2　乔治·鲁奥（1871—1958），法国野兽派画家。代表作有《镜前裸妇》《敲鼓丑角》等。

同。亨氏的是蹲伏式的，而坎贝尔的是长条形的，就像英国的邮筒一样。'我喜欢你们英国的邮筒。很帅气。但是朱利安说那不是关键所在。某些固定的主题属于固定的时代和文化背景。就像所有以'圣母领报'为主题的画一样，波提切利不会因为和皮埃罗·德拉·弗朗西斯卡做了相同的事情就被世人忽视，他并不是一个模仿者。[1]耶稣诞生图也有那么多，但每幅图都有自己的价值。朱利安说，我们就是属于这个描绘汤的时代。但他不会说得那么直白，他说那叫'技术结构的艺术'。某种程度上来说，画汤的人越多，这个题材也就越好。这会创造一种新文化。单独的一幅耶稣诞生图没有任何作用，不会受世人关注。"

聊到文化和人类经历的话题时，我完全达不到图利的思想深度。她和我的姨母很像，我敢肯定，她绝对不会批判威斯康提先生，她也会接纳他。你瞧，朱利安的项目计划、去伊斯坦布尔的旅行、我的陪伴以及她肚子里的宝宝，她都在同一时间全部接受了。

"你母亲住哪里？"

"我猜想她现在应该在波恩。她嫁给了一个在时代生活公司工作的人，那个男人负责西德和整个东欧，所以他们经常四处出差走动，就像我父亲一样。你要来根烟吗？"

"我不用了。你也最好等过了下一个边界之后再抽。"

我们到达塞扎纳[2]时已接近晚上九点半了。检查护照的人用看帝国主义间谍般的眼神看着我们。三等车厢停靠的位置没有月台，老女人们身上背着大包小包，等在裸露的轨道边准备上车。她们从四面八方涌来，像支迁徙大军。甚至那些还没挂上的货车厢和火车之间的地方

1　波提切利与弗朗西斯卡均为意大利文艺复兴时期的画家。两人都创作过以《圣经》故事"圣母领报"为主题的画作。

2　斯洛文尼亚边境的镇子。靠近意大利。

也挤满了人，似乎这些货车厢永远不会再与火车连在一起出发了一样。除了她们之外没有人上车，也没有人下车。车站没有灯，目力所能及之处也没有候车室，空气很冷，暖气也没有打开。前方的路上，如果有路的话，没有车辆驶过。也没有铁路旅馆写着"欢迎光临"的牌子。

"好冷啊，"图利说，"我要去睡觉了。"她递给我一支烟，但我拒绝了。我不想被这冷峻的边界逼得放弃原则。又有一个穿着制服的男人往里瞅了瞅，用敌视的眼光打量着我放在挂架上的新行李箱。

夜间我总共起来了两次，分别是路过卢布尔雅那[1]和萨格勒布[2]的时候。但车站周围没什么风景。车站小路上停靠着的全部车辆，都像被遗弃了一般，货车车厢里没有东西，也没人有精力去开动它们。唯一还在动的只有我们乘坐的这列冒着蒸汽的火车。它被一个愚蠢的司机驱动着，司机根本没有意识到，这个世界业已停止，我们无处可去。

在贝尔格莱德的站前旅馆里，我和图利吃了早餐，干面包、果酱以及难喝的咖啡。我们买了一瓶甜白葡萄酒准备午餐时候喝，但没有可以下酒的三明治。我就由着姨母一直睡下去，这早餐确实不值得她特意起来吃。

"你们两个人为什么要去伊斯坦布尔呢？"图利一边问，一边舀起一勺果酱，她已经放弃弄碎这面包了。

"她喜欢旅行。"我说。

"那为什么要去伊斯坦布尔呢？"

"我没问她。"

田野里马拉着犁耙，缓缓前行。我们回到了工业化之前的时代。图利和我都很沮丧，但这还不是我们旅程中的最低谷。最低谷是夜幕

---

1 斯洛文尼亚首都。

2 克罗地亚首都。

降临索非亚[1]时，我们想着买点吃的东西，但是没有商贩愿意收保加利亚货币以外的钱，除非用极高的汇率兑换。即使我同意那样兑换，能买的也只有用一些质量差到无法辨认是用什么肉做的微热的香肠、用代可可脂做的巧克力蛋糕以及粉红色的气泡酒。我已经一整天没见到我的姨母了，她只进来瞧过我们一次，拒绝了图利给的最后一根巧克力棒的同时，还令人意外地悲伤地说道："我以前很喜欢巧克力的，我变老了。"

"享有盛名的东方快车原来是这样的，真让人不悦。"图利说。

"这是它的遗物而已。"

"伊斯坦布尔不会比这更糟了，是吧？"

"我也没去过，但我觉得应该不会。"

"我猜你会告诉我不准抽烟，因为又快到边界了。"

我看着时刻表说："在四个小时不到的时间内，总共有三个边界。保加利亚边界，希腊－马其顿边界，土耳其边界。"

图利说："对于一个不慌不忙的人而言，可能这是一次真正的豪华旅行。你觉得咱们火车上会有能做无痛人流的医生吗？很幸运我还没有怀孕九个月，不是吗？否则我都不知道我的孩子到底会是保加利亚人还是土耳其人，抑或是——另一个是什么来着？"

"希腊－马其顿人。"

"这个听起来挺别致的。我会选这个。不选保加利亚，因为如果是个男孩子就会被嘲笑了。"

"但是你没法做出选择。"

"我可以坚持着啊，当他们说使劲用力的时候我就不用力，一直憋到希腊－马其顿的边界。我们在希腊－马其顿会待多久？"

"只有四十分钟。"我说。

"哎呀，那就麻烦了。我得抓紧。"她补充道，"一点也不好笑。我很害怕。要是月经还是没来，朱利安会说什么呢？我真觉得火车摇摇晃晃，是可以做到的，我是说把月经从我身体里甩出来。"

"你有错，朱利安也有过错。"

"但已经不再是朱利安的错了。要是吃了药的话就好了，现在错误都在女方的身上。我是真的忘记了。当时我吃了安眠药沉沉睡去，晕晕乎乎醒来，忘记发生了什么事。我又吃了一颗梅太德林，清醒倒是清醒了，但过于兴奋，已经记不得吃药啊、洗碗啦什么的烦心事了。但我觉得朱利安不会相信我的说辞。他会觉得又被束缚住了。他总有被束缚着的感觉。他说他最开始被他的家庭困住，后来又差点被牛津大学的学业拴住，于是他很快放弃学位退学了，再后来又差点被托洛茨基分子牵绊住，好在他及时抽身。他觉得束缚一直存在于前方的漫漫人生长途中。但亨利，我不是故意要成为他的束缚的。真的，我不是。我不能叫你亨利。亨利听起来不像是个真正的名字。我可以叫你史马季[1]吗？"

"为什么是史马季？"

"我曾经有一只狗名字就叫史马季。我和它无话不谈。父母离婚后，我向它倾诉了所有的糟心的细节。我的意思是说，那些精神上的虐待。"

她靠着我，坐在客车厢里。我喜欢她头发的香味。我猜想要是我对女人了解得更多，我应该能够分辨出她在巴黎用的是什么洗发水。她把手放在我的膝盖上，只有四个深红色数字'12，3，6，9'的那只巨大的腕表将它苍白空虚的脸面朝向我，好像只有这四个数字值得记

1　原文为英语单词"smudge"，含义为"玷污，污点"。

住，提醒主人那是该吃药的时候。我还记得基恩小姐的迷你金腕表，造型就像个洋娃娃，那是埃尔弗雷德先生在她21岁生日的时候给她的礼物。在它小小的表盘上包含了所有时间的数字，仿佛没有一个是不重要的，每个都有特殊的职责。我生活的大部分时间都被图利的手表排除在外了。比如静静地坐着看一个女人盘头的时间，就没有标记出来。我感觉就像是上半夜在绍斯伍德我本有机会组建家庭，但我却转身离开了，下半夜便只能在这保加利亚的暗夜中颠沛流离。

"你刚刚说的精神虐待是什么？"我得接着问问题，这是我唯一可以找到的在这个新世界继续过下去的方式，虽然提问并非我的习惯。长年以来都是别人问我问题："你推荐哪个信托投资公司？""你觉得我应不应该在下一次癌症报告书下来之前卖掉我的一百份帝国烟草股份？"而且，当我退休之后，所有我想问的问题都已经写在《每个人都是自己的园丁》这本书里面了。

"唯一一次我亲眼见到的精神虐待，"图利说，"是当我爸端着他的早餐茶叫她起床的时候。啊，那糟糕的保加利亚香肠破坏了我正常的新陈代谢。我现在胃好疼。我得去躺着了。那很有可能是马肉，你不觉得吗？"

"马肉的味道就是那样甜甜的。"

"噢，天啊，史马季，"她说，"我并不想要一个字面上的答案，我是说我不想知道真相。"她用手轻拍了拍嘴唇，然后贴在我脸颊上，就走开了。

我走下过道去找奥古斯塔姨母，内心有些紧张。我几乎一整天都没见她了，图利的问题我觉得是需要跟她分享的。我找到她的时候她膝盖上正摊开着一本《贝德克尔旅游指南》[1]和一张伊斯坦布尔的地图，

---

1 著名的国际旅行指南，最早在19世纪由德国出版商贝德克尔推出。

看起来就像是一个将军在策划一场战役。

"对于昨天下午的事，我很抱歉，奥古斯塔姨母，"我说，"我不是故意要说一些针对威斯康提先生的话的。毕竟我对情况确实不了解。您再告诉我一些关于他的事情吧。"

"他确实不是个好人，"我的姨母说道，"但我喜欢他，他对我的钱所做的事只不过是他做的坏事中很小很小的一件。其他大的坏事，要是举例说的话，他就是人们所不齿的卖国贼。在德国占领意大利期间，他为德国政府做过艺术方面的参谋，所以墨索里尼死后他必须尽快离开意大利。纳粹德国元帅戈林一直在做图画的收藏，但就算是他也没法轻松地偷到乌菲兹美术馆里已注册编号的藏品，不过威斯康提先生知道很多没注册编号的藏品，那些珍宝都藏在一座跟你大伯乔的宫殿几乎一样破的宫殿里面。当然他的身份很快暴露了，他在当地某个餐馆里吃午餐时便被认出来，闹得村子里人心惶惶。问题在于，要是他不欺骗德国人的话，德国人早帮他逃跑了。他打着德国的旗号向各地的侯爵要钱，并且还暗中对德国人隐瞒。获得的钱成了他的流动资金，他还收了些自己想要的画儿。但这也让他很快失去了盟友，德国人很快便怀疑上他。这可怜的老魔鬼，"她说，"他都没有一个可以信任的朋友。马里奥那时还在和耶稣教士一起上学，战争开始后我也已经回到英国。"

"最后他到底怎样了？"

"我很长一段时间都以为他已经被游击队员处决了，因为我一点也不相信贡多拉船夫的那个·故事。我猜那一定是他托人替他散播的假消息。威斯康提先生，就像我告诉过你的一样，他绝对不是一个会用刀子和拳头去战斗的人。一个摆弄拳脚功夫的人活不长久，而威斯康提先生可是十分擅长活下去。这个老家伙是怎么做到的，"她说着，脸上浮着淡淡的喜悦，"居然活到了现在。他要是真还在世的话现在已经

84 岁了。他给马里奥写信，马里奥又写给我，这就是为什么我和你要坐这趟火车去伊斯坦布尔的原因。我在伦敦的时候没法给你解释这些，一切都太复杂了，而且我也不怎么了解你。多亏了那块金砖，这就是所有我能说的。"

"金砖？"

"别放在心上。那又是别的事了。"

"在伦敦机场的时候你告诉过我金砖，奥古斯塔姨母，确定……"

"当然不是，不是那个。那只是很小很小的一块。别插嘴，我接着跟你说可怜的威斯康提先生。他现在好像已经举步维艰了。"

"他在哪里？伊斯坦布尔吗？"

"你最好别知道，因为还有别的人也在找他。噢，亲爱的，他的逃跑之路太艰辛了。威斯康提先生是一个优秀的天主教徒，但他非常反对教权主义。可他最后还是要靠装扮成神父才得救。盟军逼近意大利时，他去了罗马的一家牧师用品商店，付了一大笔钱将自己打扮得像一个大主教，连紫色袜子都穿上了。他说他的一个朋友在袭击中弄丢了所有的衣物，店员们都假装相信了他。然后他拖着行李箱去了精益酒店的洗手间，把装扮换上。精益酒店就是我们给天主徒们办鸡尾酒宴会的地方。他故意远离接待桌，但他很不明智地看了看酒吧里面。他知道吧台里的调酒师很老且近视，这让他放松了警惕。你知道，在那个时候许多女孩常常来酒吧钓德国军官。其中一个女孩突然良心发现，她不想再和军官回房间了，我猜是因为盟军即将到达。她一直在为自己失掉的纯洁懊悔不已，她不愿再犯罪了。军官不停地灌她酒，但是她越喝越虔诚。她猛然发现正在阴暗角落处喝着威士忌的威斯康提先生。'神父，'她向他哭喊道，'请听我的忏悔。'你可以想象那时酒吧里气氛有多紧张，院外正在撤离，吵吵闹闹，孩子在哭泣，酒吧里的人烂醉如泥，头顶上盟军的飞机呼啸而过……"

"你是怎么知道这些事的，奥古斯塔姨母？"

"威斯康提先生去米兰的时候，把基本情节告诉了马里奥，剩余的我可以自己想象。我完全可以在脑海里勾勒出可怜的威斯康提先生穿着紫色袜子的样子。'孩子，'他说，'这不是一个适合忏悔的地方。'

"'别在意地点。地点重要吗？我们所有人都要死了，我犯了不可饶恕的大罪。拜托你，拜托你，神父。'（在这个时候她已经注意到他的紫色袜子了。）最让威斯康提先生烦恼的就是她这样喊叫引来了大家关注的目光。

"'孩子，'他告诉她，'在紧急情况下简单的一个悔罪行为就已足够。'但是，噢不，她可不会像所谓的'因经营场地关闭而进行打折促销'那样，这么便宜就被打发了。她走过来跪在他的膝前。'主教大人！'她大声叫道。她过去习惯用比实际更高的头衔来称呼德国军官，比如将上尉尊称为少校，这样总能让军官心情愉悦。

"'我不是主教，'威斯康提先生说，'我只是一个身份卑微的神职工作者。'马里奥很仔细地向他父亲询问了这段故事，我可没有添油加醋。如果有人添加了什么细节，那一定是马里奥。要知道他可是写戏剧诗的。

"'神父，'那个女孩接受了他的解释，换了称呼。然后继续乞求道：'帮帮我。'

"'那可不可以不公开进行忏悔？'威斯康提先生反过来恳求道。他们正在相互恳求，她抓着威斯康提先生的膝盖，他用牧师的方式轻抚她的头顶。可能就是这些相互安抚的动作让那个德国军官不耐烦了。

"'看在上帝的面上，'军官说，'如果她想要忏悔，神父，就让她忏悔吧。这是我房间的钥匙，就在走廊下面，过了洗手间就是。'

"于是威斯康提先生就和这个歇斯底里的女孩离开去了房间。他没忘记喝光自己的威士忌。他别无选择，虽然他自己这三十多年来也没忏悔过，更没有学过神父这一部分的工作内容。幸运的是房间里有一个空调，运转时声音很大，使他的念祷词变得模糊。女孩把注意力都集中在自己的忏悔上，并没有在意他嘴里念叨了什么。威斯康提先生刚在身边放了一个铁质头盔和一瓶烈酒，坐上床，她就已经开始说起细节来了。他想让事情尽快结束，但他告诉马里奥，在她开始讲述之后，他情不自禁地产生了些许兴趣，想要知道更多，虽然并不是从牧师的感觉出发的兴趣点。毕竟他只是个新手。

"'多少次，我的孩子？'这句话他从青春期开始就牢记于心了。

"'你怎么会问这个，神父？被占领之后我一直都在做这个啊。毕竟他们是我们的盟友，神父。'

"'是的，是的，孩子。'我都能看见他在享受这种能学习一两样事情的机会，虽然他的生命已危在旦夕。威斯康提先生是一个很好色的男人。他说：'每次都做一样的事情吗，我的孩子？'

"她惊讶地看着他。'当然不是，神父。你到底把我当成什么了？'

"他看着她跪在他的跟前，我敢肯定他渴望去捏一下她的身体。威斯康提先生总爱偷腥揩油。'有没有不自然的事呢，我的孩子？'

"'神父你说的不自然是什么意思？'

"威斯康提先生解释了。

"您确定那是不自然的吗，神父？

"然后他们讨论了很久什么是自然的，什么是不自然的，威斯康提先生兴奋到几乎都忘记了自己身处危险之中，直到有人敲门。此时，威斯康提先生在用一种不对称的方式模糊地画着十字架，嘴里不停地嘟哝，在空调的吵闹声下显得特别像是在做赎罪祷告。那个德国军官进来了，站在中间说：'赶快，神父。我这儿有个更重要的客人需要你。'

"所谓重要的客人就是将军夫人。她在往北逃亡之前，走下楼到酒吧准备喝上最后一杯干马天尼。碰巧听到说有人可以做忏悔，于是她一口干掉了她的酒，命令那个军官替她安排。所以威斯康提先生又被抓来了。威尼托大街上队伍排得老长，因为坦克已经从罗马开出来了。将军夫人使劲朝着威斯康提大吼，她的声音相当有男子气概，威斯康提说就像是在广场上听游行示威的声音。当她朝着他咆哮'通奸，三次'的时候，他吓得差一点就把他穿着紫色袜子的两只脚连在了一起。

"'您结婚了吗，我的女孩？'

"'我当然结婚了。你到底在想什么呢？我可是将军夫人。'我已经忘了那个丑陋的日耳曼人的名字叫什么了。

"'您丈夫知道这些事吗？'

"'他当然不知道。他又不是神父。'

"'那么说来你还有撒谎的罪了？'

"'是的，是的，很自然，我觉得是这样。你必须赶紧，神父。我们的车正在装箱。几分钟之内我就要起程去佛罗伦萨了。'

"'你还有什么其他事情没有告诉我吗？'

"'没什么打紧的事了。'

"'你不曾错过弥撒吧？'

"'噢，偶尔错过，神父。这可是战争时期。'

"'周五吃肉？'

"'你忘了啊？现在这是可以的，神父。盟军的飞机已经到头顶上了，我必须马上离开。'

"'上帝可催不得，我的孩子。你曾经沉溺于不洁的思想中吗？'

"'神父，把你想问的所有问题都附上"是"的答案吧。但请给我免罪祷告。我必须走了。'

"'我不能感受到你已经拷问过自己的良心。'

"'你要么赶快给我做免罪祷告，要么我马上让人以蓄意破坏的罪

名逮捕你。'

"威斯康提先生说：'那还不如你给我个你们车里的位置。我们可以今晚完成忏悔。'

"'车里已经没座位了，神父。司机、我丈夫、我自己和我的狗，已经没有任何空间再坐一个人了。'

"'一只狗不占空间。它可以坐你腿上。'

"'那可是一只爱尔兰猎狼犬，神父。'

"'那你必须把它留下。'威斯康提先生坚定地说。正在那时，一辆车的发动机发生了反燃，将军夫人以为车爆炸了。

"'我需要猎狼犬来保护我，神父。战争对女人来说是很危险的。'

"'你会被我们圣母教会所保护的，'威斯康提先生说，'还有你丈夫也会。'

"'我不能丢下我的猎狼犬不管。它是我在这个世界上的挚爱。'

"'我还以为你爱的是你那三次通奸者和你的丈夫呢……'

"'他们对我来说什么都不是。'

"'那样的话我建议，'威斯康提先生说，'我们把将军留下。'于是事情就这么发生了。将军正在叱责酒店服务员放错了他的眼镜盒，这时将军夫人已经自己坐在了副驾驶位置上，威斯康提先生坐在了后座猎狼犬的边上。'开车！'将军夫人说。

"司机犹豫了一下，但比起她的丈夫，他更害怕夫人。发现车已开走，将军跑到大街上向他们大喊大叫。一辆坦克停下来让他们的指挥车优先通行。没有人注意到将军的喊叫声，除了猎狼犬。他爬到威斯康提先生的身上，用力把它身上恶臭的各个部位都挤到威斯康提先生的脸上，还弄掉了威斯康提先生的牧师帽，一直狂吠着要出去。将军夫人可能以前确实很爱这只猎狼犬，但是猎狼犬爱的人是将军，可能将军管着它的食物和操练。威斯康提先生看不清周遭，摸索着找到了车门把手。还没等车门完全打开猎狼犬就跳了下去，正好跑到坦克的路线上。它被轧扁了。威斯康提先生回头望了望，发觉那狗与他给孩子们做的动物饼干很相似。

"如此一来，威斯康提先生成功摆脱了将军和狗，身体可以舒适地待在车上坐到佛罗伦萨了。可精神上的舒适又是另一回事，因为将军夫人沉湎于歇斯底里的悲痛之中。我猜想科伦应对这个情况可能会比威斯康提先生熟练很多倍。在布赖顿，科伦会仪式性地给刚去世的狗狗提供骨头作为最后一顿圣餐，当然这些可怜的狗已经不可能再吃下去了。在布赖顿海滨有很多狗被车撞死，警察被那些拒绝移动狗狗尸体的主人们烦得厉害，于是只好召唤科伦来替狗狗尸体祷告。但威斯康提先生，就像我告诉过你的一样，并不是一个虔诚的人，他所能提供的安慰，我想象得到，肯定是不充分且令人生疑的。可能他会说将军夫人所犯之罪会面临的惩罚（因为威斯康提先生有施虐狂倾向），还会说世上我们每个人都在承受炼狱。可怜的威斯康提，他一定在去佛罗伦萨的路上度过了一段艰难的时光。"

"将军最后怎么样了？"

"我相信他被盟军抓住了，但我不确定他是不是在纽伦堡被绞死了。"

"威斯康提先生的良心肯定备受谴责。"

"威斯康提没有良心。"姨母开心地说。

15

　　不知何故，列车进入土耳其后，一辆过时的风格典雅的老旧餐车车厢连了上来。然而它来得太迟，几乎没什么作用了。姨母那天起了个大早，我俩坐下来享受着绝妙的咖啡、吐司和果酱。奥古斯塔姨母坚持要加一杯淡红酒，虽然我不习惯一大早就喝酒。窗外草原一望无际，若海洋般延伸到远方那苍白又发绿的地平线上。空气中弥漫着乘客们因长途旅行行将结束的喜悦而相互交谈的声音。车厢里坐满了人，都是我们之前从未见过的：一个穿着粗蓝布裤的越南人正和一个穿中短裤、头发凌乱的女孩以及两个美国男孩在说着什么，这两个男孩头发留得跟女孩一样长，手拉着手。他们在仔细清点了自己剩下的钱之后拒绝了续杯咖啡。

　　"图利去哪儿了？"姨母问道。

　　"她昨晚觉得不舒服。我很担心她，姨母。她年少气盛的男朋友是搭车去伊斯坦布尔。现在可能还没到呢。或者也有可能已经不等她，继续一个人往前走了。"

　　"去哪儿？"

"她也不确定。加德满都或者万象。"

"伊斯坦布尔是一个相当无法预知的地方，"奥古斯塔姨母说，"我也没有信心能不能找到我想找的那个东西。"

"你想找什么？"

"我有点事情要和老朋友阿卜杜勒将军商量。本来我是期望着能在圣詹姆斯和阿尔巴尼酒店收到他发来的电报的，但结果什么也没来。我只期望在佩拉宫酒店会有他留下的消息。"

"这位将军是谁？"

"和可怜的威斯康提先生在一起的时候我认识了他，"姨母说，"和沙特阿拉伯人谈判时他派上了大用场。他那时是土耳其驻突尼斯的大使。我们当时一起在精益酒店办了好多美妙的宴会。和在冠锚酒吧的气氛不同，和与可怜的华兹华斯一起喝酒时的气氛也不同。"

列车靠近伊斯坦布尔，风景也随之一变。草原的海洋已被抛诸车后，列车渐行渐缓，速度与通勤列车相当。靠在窗户前，我能越过围墙望见村舍里的花园，列车缓行而过，我和一位抬头望着我们的穿红色短裙的小姑娘近到都可以直接对话；一个骑自行车的男子和我们并行了一段时间。停在红色平坦屋顶上的鸟儿们翘着尖嘴往下望，像是在交流村里的八卦琐事。

我说："我非常担心图利会把孩子生下来。"

"她应该先做好预防措施，亨利，但不管怎么说你担心这事情都太早了。"

"我的天啊，奥古斯塔姨母，我不是那个意思……你怎么会想到那里去……"

"这是个很正常的结论啊，"姨母说，"你们也相处一段时间了，女方也胖乎乎的很可爱。"

"我已经太老了，没法做那方面的事情。"

"你才五十多岁，还年轻。"奥古斯塔姨母回答道。

餐车的门嘭的一声响，是图利来了，不过她完全变了个样。可能只是她脸上的阴霾不见了而已，但在我看来，她眼睛闪闪发光，好似我之前完全不认识她。"嗨！"她向一整节车厢的人打招呼。四个年轻人转过头来看向她，回了一句"嗨"，好像他们已经认识很久一样。"嗨！"她也回应他们打了一声招呼，我感到一丝嫉妒涌入脑海，就跟起床气一样的莫名其妙。

"早上好，早上好。"她挨个儿跟我和姨母打招呼，好像是在用一套完全不同的话语体系跟我们两位长者讲话。"噢，普林先生，那件事真的发生了。"

"什么发生了？"

"月经啊，我终于来月经了。我是对的吧，你看。列车的晃动，我的意思是说，这晃动真的做到了。虽然晃得我之前肚子疼，但现在我感觉非常好。我迫不及待地要把这个消息告诉朱利安。我希望在我到达的时候他已经到了古尔汗。"

"你要去古尔汗啊？"那个美国男孩搭话道。

"对啊，你也去？"

"当然。我们大家可以一起走。"

"那真是太棒了。"

"过来喝杯咖啡吧，如果你带了钱的话。"

"您不介意，对吧？"图利对我姨母说，"他们也要去古尔汗。"

"当然我们不介意，图利。"

"你真好，普林先生，"她说，"我真不知道这一路上要是没有你我会做什么。我的意思是说，对灵魂来说，这一路就像飘在黑夜里。"

我猛然意识到，我更喜欢她叫我史马季。

"别抽那么多烟，图利。"我提醒她。

"噢，"她说，"我现在不需要节省了。那些烟很容易得到，我的意思是说在古尔汗。在古尔汗你能得到任何东西，甚至迷幻药。离开之前我会来跟你们告别的。"

但她并没有来。她现在已经变成了年轻人中的一员，我只能在她走在我们前面过海关的时候向她的背影挥挥手。那两个美国男孩依旧手牵手地走着，越南男孩提着图利的旅行袋，手臂搂在她的肩上保护她穿过进入海关大厅的拥挤人流。我的责任已经结束了，但她一直留在我的记忆里，就像无关紧要却旷日持久的小小痛楚。癌症这种严重的病不也是这样一点点发展而来的吗？

我疑惑朱利安到底有没有在等她。他们会继续去加德满都吗？她能记得每天吃药吗？当我到达佩拉宫酒店后仔细刮胡子时才发现，我忘记擦去那天在昏暗的沙发上图利轻拍嘴唇后印在我脸颊上的那个淡淡的吻痕了。姨母得出的错误结论或许就是拜这吻痕所赐。我将脸颊上的痕迹拂去，发现自己正不由自主地担心起她此刻的行踪。我怒视着镜子里的自己，但我真正怒视的是她在波恩的母亲和在某个地方的中情局父亲，还有害怕被家庭生活阉割的朱利安，以及所有那些应该照顾她却没负起任何责任的人。

奥古斯塔姨母和我在一间名叫阿卜杜勒之家的饭店吃过午饭后，她又带我转了转周围的旅游景点——蓝色清真寺和圣索菲亚教堂。但我明显感觉得到她在担心着什么，酒店里并没有任何留给她的消息。

"你就不能给那位将军打个电话吗？"我问她。

"就算是在突尼斯大使馆，"她说，"他也不相信从自己的电话线里传出的内容。"

我们本分地站在圣索菲亚教堂的中心，这形状可能在以往是美丽的，现在却被卡其色的阿拉伯符号所遮掩，导致它看起来就像非上班高峰期火车站单调又宽敞的候车大厅。一些人站着在看列车时刻表，还有个人正拿着行李箱。

"我都忘了这儿已经变得有多荒谬了,"我的姨母说,"我们回家吧。"

"家"这个词用来形容佩拉宫酒店着实奇怪,酒店的外观像为世界博览会而建的东方庭院一般。酒店的酒吧里全是浮雕和镜子。姨母点了两杯拉基酒,依然没有阿卜杜勒将军的消息。这是我第一次看见姨母眉头紧锁、束手无策。

"你最后一次和他有联系是什么时候?"我问。

"我告诉过你,我在伦敦的时候收到了他的来信,就是在那些警察上门之后的第二天。我在米兰的时候也通过马里奥从他那里得到了一些信息。一切进展顺利,他说。如果个中有变,马里奥应该清楚才是。"

"快到晚饭的点了。"

"我没胃口。抱歉,亨利。我感到有些沮丧。可能是火车颠簸造成的。我回房间睡会儿,等电话。我不敢相信阿卜杜勒将军竟然让我失望了。威斯康提先生对他可是有着绝对的信任,他能信任的人真的是少之又少。"

酒店的饭厅巨大到让我想起圣索菲亚教堂,我一个人吃了晚餐,味道一般。我喝了好几杯不太习惯的拉基酒,可能姨母不在,我有些随性。我现在没什么睡意,要是图利现在在我身边就好了。走出酒店大门我发现一个能说一点英文的出租车司机。他告诉我他是希腊人,但是他熟知这座城市的程度和自小在此长大的人没什么区别。"安全,"他一直说的,"跟我一起去很安全的。"他一直摇着手,好像在表明街角和巷子里潜伏着饿狼。我让他带我转一下整个城市。他穿过一个又一个灯光昏暗的窄巷,然后在一扇暗淡且令人生畏的门前停了下来,门前还有一个当值的大胡须男子在台阶上打着瞌睡。"安全的房间,"

他说，"安全，干净，非常安全。"此情此景让我想起了一些不舒服的事情，一些若是忘记了我会很开心的事情，就是那些信息报社背后有沙发的房间。

"不，不，"我说，"继续开。我不是那个意思。"我试着解释。我说："带我去一些安静的地方。你自己会去的那种地方，或者是和朋友会去的。你经常和你朋友喝一杯的地方。"

我们沿着马尔马拉海开了几英里，来到一个外观朴素无趣，写着"西柏林旅馆"的地方，在我印象中没有比这里和伊斯坦布尔更格格不入的地方了。建筑是方形的，有三层楼高，就像是一位本地的承包商用低成本在柏林的废墟上建起来似的。司机带我进到一个大厅里，大厅占了整个酒店的一整层。一个年轻的女孩正站在钢琴边，唱着听起来很感伤的歌，听众都是只穿着衬衫坐在大桌边喝啤酒的中年人。他们中的大多数，都和司机一样，留着灰色的大八字胡须，每到一首歌结束时，他们都猛烈地鼓掌。啤酒端到了我们面前，司机和我碰杯。酒是好酒，只不过将这酒又浇灌到我已经下肚的拉基酒和红酒上后，我的精神反而变得愈发清醒。在那个年轻的女孩身上我看出了和图利的相似之处。我看着周围这些健硕的男子们，心想会不会有人认识姨母要找的那个人。"你认识阿卜杜勒将军吗？"我问司机。他赶紧示意我闭嘴。我环顾四周发现在这大厅里除了台上年轻的歌手之外，再没一个女人。此时钢琴声停了下来，女孩看了一眼挂钟，显示已是午夜，于是抓起她的手提包从背后的门走了出去。然后，在大家的酒再一次被斟满之后，钢琴家开始演奏一首更加激昂的曲子，所有中年人都起身，将自己的胳膊搭在旁边人的肩膀上，跳起舞来。队伍围成圆形，越围越大，而后散开，又再一次结成。

他们猛冲，他们后退，他们一齐在地板上跺脚。没人和旁边的人说话，也没有醉酒引发的撒欢。我像是一个在某种宗教仪式上无法解读他们专有符号的局外人。司机也离开了我，把他的手臂放在另一个人的肩膀上，我喝了更多的酒，想把自己的思绪从被排除在外的感觉中抽离出来。我喝醉了，我知道，因为醉酒的眼泪在我的眼眶里打转，我想把啤酒杯都扔到地板上，和他们一起跳舞。但我被排除在外了，我一直都被当成一个外人。图利加入了她年轻朋友们的队伍中，基恩小姐将她的梭织物留在了凡·德·威尔德下边的椅子上，离开我去了她咖啡方丹的表妹家。我还是个现金出纳员时，就一直被窗口前的塑料隔板与外界隔离开来。现在，我就连这些人围着我的桌子跳舞时的呼吸声都听不到。姨母可能正在和阿卜杜勒将军说着她眼中的要紧事。她跟她继子问候的时候都比跟我问候时更亲切，更无忧无虑。她在巴黎还用飞吻跟华兹华斯告别，那时候她眼里还噙着泪水。她有一个只属于她自己的世界，我完全无法被接纳。我告诉自己，兴许我和我的大丽菊还有我母亲的骨灰待在一起会好一些，虽然按姨母所说，那并不是我的亲生母亲。于是，我坐在西柏林旅馆流着啤酒一般的泪，泪里满是自卑和对周围搭着陌生人肩膀跳舞之人的艳羡。"带我离开这里，"当司机回来时我对他说，"喝完你的酒带我离开这里吧。"

"刚才那地方不好玩吗？"当我们一路朝佩拉宫酒店去的路上他问我。

"我只是累了，没别的。我想睡觉了。"

两辆警车停在佩拉宫酒店前堵住了我们的去路，当我们停下时，一位左手臂上挂着拐杖的年长之人，右脚僵硬地下了警车。司机用畏怯的语气对我说："那是哈基姆上校。"上校身着英式风格浓郁的有着白色细纹的灰色法兰绒外套，留着短短的灰色八字胡，看起来就像某个陆军或海军俱乐部里退伍军人的一员。

"一个非常重要的人物，"司机告诉我，"对希腊人也特别公平公正。"

我从上校身旁走过，进了旅馆。接待员站在入口处，我猜大概是在欢迎他。我是那么不重要，以至于他都不会转个身让我通过。我不得不绕过他，我对他说了句晚安，他也没有回应我。电梯载我到达五层。姨母房门下面的门缝漏出灯光，于是我敲门进去。她正披着一件寝居外套笔直地坐在床上，手里拿着一本封面血红的平装书在读。

"我去转了转伊斯坦布尔的城区。"我告诉她。

"我也去了。"窗帘拉开着，城市的灯光躺在我们脚下。她合上书。封面是一个裸体的年轻女人被人用小刀从背后刺杀，瘫倒在床上。身后一个戴着土耳其帽的男子一脸凶相地注视着她。书名叫《土耳其软糖》。"我也沉浸在了土耳其的氛围中。"她说。

"那个戴土耳其帽的男的是杀人犯吗？"

"不，他是警察。一个让人很不舒服的男人，名字叫哈基姆上校。"

"好奇怪啊，因为……"

"凶杀案就发生在这个佩拉宫酒店里面，但因为是小说，所以很多细节是错的。封面上这女孩被一个英国情报人员爱着，那人名叫艾米斯，是一个很多情的男子。头天晚上他们还在阿卜杜勒之家饭店一起吃过晚饭，你还记得吧，就是我们昨天吃晚餐的那个地方。故事里也有他们在圣索菲亚教堂的爱情场景，在蓝色清真寺有人袭击了艾米斯。我们也几乎算是做了一次文学的朝圣之旅了。"

"我们白天的旅程可没多少文学性。"我说。

"噢，你可是你父亲的儿子啊。他让我读沃尔特·司各特的作品，特别是《罗布·罗伊》，但找更喜欢我手上这本。这个情节推进更快，描述性的语言也更少。"

"是艾米斯谋杀了她吗？"

"当然不是，但是她被哈基姆上校怀疑，上校会各种严酷的审问手段。"姨母饶有兴味地说着。

电话响了，我接了起来。

"可能是阿卜杜勒将军终于来电话了，"她说，"虽然这个点打电话对他来说有点晚了。"

"这里是前台。请问伯特伦小姐在吗？"

"在。怎么了？"

"很抱歉打扰她了，但哈基姆上校想要见她。"

"这个点吗？不太好吧。什么事啊？"

"他已经在上去的路上了。"说着对面便挂掉了电话。

"哈基姆上校正在上来见你的路上。"我说。

"哈基姆上校？"

"是真的哈基姆上校。他也是个警官。"

"一个警官？"奥古斯塔姨母说，"又来了？好似又回到了从前，和威斯康提一起的时候。亨利你可以帮我打开行李箱吗？绿色的那个。你会发现有一件薄外套在里面，浅黄褐色的，有个毛皮领子。"

"是的，奥古斯塔姨母，我找到了。"

"外套下面的薄纸箱里，你会发现一支蜡烛，一支精心装饰的蜡烛。"

"嗯，我看到纸箱了。"

"拿出那支蜡烛来，小心一点，很重。放在我床头柜上，然后点亮它。烛光更适合我的肤色。"

那支蜡烛真不是一般的重，我都差点把它弄掉了。我觉得很有可能它的底部放了个铅坠用来保持稳定。那是一支足有一英尺[1]高的蜡烛，四周还装饰着涡卷型的纹样和徽章。虽说不过是一块很快就会被烧掉的蜡，却制作精美，有极高的艺术性。我点亮了烛芯。"现在把灯

1　英制长度单位，1英尺约合 0.3048 米。

关上，"姨母说着，整理着她的寝居外套，拍了拍枕头上的灰尘。此时敲门声响起，哈基姆上校走了进来。

他站在门口，鞠躬。"伯特伦女士？"他问。

"是的。你是哈基姆上校？"

"很抱歉这么晚也没事先告知就突然打扰您。"他用缺乏热情的音调说着英语，"我想我们有共同的熟人——阿卜杜勒将军。我可以坐下吗？"

"当然。梳妆台边上那把椅子坐着最舒服。这是我的外甥，亨利·普林。"

"晚上好普林先生。西柏林旅馆的舞蹈看得还愉快吗？那是一个大多数旅游者都不知道的交际场所。我可以开灯吗，伯特伦女士？"

"希望你别。我有眼疾，总是喜欢就着烛光读书。"

"这蜡烛真美。"

"托人在威尼斯做的。四个徽章来自从前威尼斯的四位伟大总督。别问我他们的名字是什么，问了我也无法回答，我记不得了。阿卜杜勒将军怎么样了？我一直期望着能见上他一面。"

"病情好像不太乐观。"哈基姆上校把他的拐杖挂在镜子前，然后落座。他的头微微前倾靠向我姨母那边，那本是尊重对方的姿势，但我注意到真正原因是他的右耳戴了一个小小的助听器。"他是您和威斯康提先生的重要朋友，不是吗？"

"你心里清楚啊。"姨母动人地笑着。

"噢，我这工作真不受人欢迎，"上校说着，"总要问东问南。"

"是问东问西吧。"[1]

"我的英语不好，您见笑了。"

1　本为 Nosey Parker，意为"爱问这问那的人"，哈基姆错用成"Nosey Harker"。

"你跟踪我到了西柏林旅馆？"我问。

"没有。我只是建议司机应该载您去那里，"哈基姆上校说，"我想那里可能比较对您的胃口。这边的时尚夜店都很平庸和国际化。就跟巴黎和伦敦没什么两样，表演都很一般。当然我也告诉司机可以先带您去别的地方。毕竟也不知道您中意什么。"

"告诉我阿卜杜勒将军的事情，"姨母没耐心地说，"他生什么病了？"

哈基姆上校又往前倾了些，调低他的声音，就好像是在说一个秘密一样。"他被击中了，"他说，"在他逃跑的时候。"

"逃跑？"姨母大吼道，"从谁的手里逃跑？"

"从我的。"哈基姆上校用略带羞涩和谦逊的语气说道，同时用手拨弄了下他的助听器。在他的话之后，气氛陷入了长久的沉闷。似乎已经没什么可说的了。就连我那叱咤风云的姨母也觉得束手无策。她嘴角微微张开，身体向后靠着枕头。哈基姆上校从衣兜里掏出一个小盒子，将它打开。"不好意思，"他说，"这药片是桉油和薄荷醇做的。我有哮喘的毛病。"说着，他放了一片药在自己嘴里，吞了下去。然后气氛又陷入了沉闷，最终还是姨母先开口了。

"那些药片对你没什么作用。"她说。

"也就是个心理暗示吧。哮喘算是半个神经疾病。这药片效果不错，但有可能是我内心觉得它效果会不错才真正起了作用的。"他讲话的时候有点大喘气。"案子一到关键时刻，我的哮喘总会袭来。"

"威斯康提先生也曾饱受哮喘之苦，"奥古斯塔姨母说，"后来是被催眠治好的。"

"我不会把自己完全交到别人的手里，任人宰割。"

"当然，威斯康提先生对催眠的技术了如指掌。"

"嗯，那就完全不同了，"哈基姆上校频频点头，"威斯康提先生现在何处呢？"

"我不知道。"

"阿卜杜勒将军也不知道。我们只想要一点信息来填写国际刑警组织给的材料。这事件都已经过去三十年了。我只是顺带问问您。我个人没有任何兴趣。那并不是我此次审问的真正主题。"

"我现在是在被审问，上校？"

"是的。从某种意义上讲。我希望是以一种可以接受的方式。我们发现了您和阿卜杜勒将军之间的一封信，说的是关于他建议您投资的事。你回信告诉他，在欧洲做这笔投资很有必要但必须匿名。您这么一回复，事情就变得麻烦了。"

"我可以确定你不是替英国银行工作的吧，上校？"

"我没这么幸运，但是阿卜杜勒将军曾在此做了些比较麻烦的计划，他很缺资金。他又忆起了从前做风险投资时结识的旧友们，于是他和您联系了（可能您也希望通过他再一次联系上威斯康提先生）。他还和一个叫魏斯曼的德国人联系了，你可能没听过，还有芝加哥的肉类加工商哈维·克劳德。中情局已经监视他很长一段时间了，他们向我们报告了情况。当然我能提到这些名字都是因为这些人都被逮捕了，而且已经坦白了。"

"如果为了完成你所谓的材料，你一定要知道的话，那我告诉你吧。阿卜杜勒将军建议我买德意志德士古的可转换债券，在英国购买是不行的，因为兑换美元需要缴纳高昂的手续费，而如果在英国以外的地方购买的话，作为一个英国公民又是不合法的。于是我不得不匿名。"姨母说。

"好的，"哈基姆上校说，"您这话用来创作一个封面故事也差不多够格了。"他又开始喘气，于是又吃了一片药。"我提到这些名字只是为了告诉您，阿卜杜勒将军现在有点老糊涂。用国外的资金给土耳其国内的企业投资做买卖，怎么可能呢？像您这么聪明的女人肯定早就意识到了，如果他的企业有机会成功的话，他早就在当地找到资金支持了。他完全没必要支付给一个芝加哥肉类加工商百分之二十五的利息，还有盈利的分红。"

"威斯康提先生肯定早就看穿了这一切。"我姨母说。

"但现在您是一位独居的女士，没有威斯康提的建议这一得天独厚的优势，可能会被这迅速又丰厚的利润冲昏了头脑……"

"为什么？我又没孩子，不需要给后代留下什么遗产，上校。"

"也可能是被冒险之心驱使。"

"在我这个年纪吗？"姨母开心地笑着。

敲门声响起，一位警官走了进来。他对上校说了一番话，上校为了我们方便，替我们翻译成了英语。"没什么，"他说，"普林先生的包里没有发现任何东西，但如果您不介意的话……我们工作人员非常小心细致，他们都会带上干净的手套，我保证一点细小的褶子都不会留下……您介意在他工作的时候我开灯吗？"

"我非常介意，"我的姨母说，"我把我的墨镜忘在火车上了。除非你希望我患上严重的偏头痛……"

"当然不希望，伯特伦女士。不开灯也行，但如果耗时有点长，还请您原谅。"

警官先检查了我姨母的手提包，交给了哈基姆上校几张纸。"旅行支票，40 英镑。"他记了下来。

"我已经兑现了 10 英镑。"姨母说。

"我看您的机票，您准备明天就离开。我的意思是今天。真是趟短暂的旅行啊。您为什么还要坐火车来呢，伯特伦女士？"

"我想在米兰看看我的继子。"

上校惊奇地看着她。"需要跟您确认一下，看您的护照说您是未婚啊。"

"是威斯康提先生的儿子。"

"噢，又是威斯康提先生。"

那个警官现在正忙于检查我姨母的行李箱。他看到了那个此前装蜡烛的纸箱，摇了摇，又闻了闻。

"那是我装蜡烛的箱子，"姨母说，"就如我刚才所说，这些蜡烛应该是在威尼斯制造的。一支差不多正好够我出一次门，它可以不间断地燃烧 24 小时。不对，有可能是 48 小时。"

"您这是在烧一个卓越的艺术品啊。"上校说。

"亨利，拿着蜡烛让这位警官看得更清楚些。"

当我举起那蜡烛的时候，再一次被它的重量所震惊。

"不用麻烦了，普林先生。他已经检查完了。"

我立马把蜡烛放回了原位。

哈基姆上校笑着说："我们没发现您的行李里有什么可疑的物品。"那位警官正在将箱子里的东西物归原处。"现在按规矩，我们还需要检查一下房间。还有这个床，伯特伦女士，请您挪到椅子上稍坐片刻。"

哈基姆上校也帮着进行搜查，他蹒跚着从一件家具走到另一件家具，有时候用他的拐杖戳戳，扫一扫床下或写字台的背后。"还需要查看一下普林先生的衣兜。"他说。我相当生气地将衣兜掏空，把东西都放在梳妆台上。他很仔细地查看了我的笔记本，从中抽出一张我夹在里面的纸条，那是我从《每日电讯报》上剪下来的剪报。他皱着眉头大声地读着："'我中意的是宝石红的美特尔·罗杰，淡红色、白尾梢的琪瑞，深红的天方夜谭和黑闪电，以及猩红的巴克斯。'"

"请您解释一下，普林先生。"

"这还需要解释吗？写得再清楚不过了。"我强硬地说道。

"请您务必原谅我的无知。"

"这是一则大丽菊展的感想。展览是在切尔西办的。我对大丽菊很感兴趣。"

"花？"

"这不是废话吗？"

"名字听着像是鸟的。所以我就没太明白深红色的鸟是什么样的。"他放下剪报，一瘸一拐地朝姨母那边走去。"我现在得跟您说晚安了，伯特伦女士。多亏您的配合，我今天的工作才能顺利结束。您无法想象我每天和一堆自尊心受到伤害、清白廉洁的人待在一起是多么无聊和失望。明天我会派一辆警车来送您去机场。"

"不用麻烦了，我们可以自己打车去。"

"如果您误了机的话，我们会深感抱歉的。"

"我说不定还要再多待一天，见见可怜的阿卜杜勒将军。"

"恐怕他没条件会客。您读的是什么书？多丑的一个红胡子男人。是他刺伤了这个女孩吗？"

"不。他是警察。他的名字叫哈基姆上校。"姨母得意地说。

门关上后我生气地转向姨母。"奥古斯塔姨母，"我说，"这所有的一切都是怎么回事？"

"可能也就是一点小小的政治纠纷吧。相比英国，土耳其对待政治更加严肃。最近他们不是才处决了一位首相吗？我们脑中曾思考过的事情，他们付诸了实践。我承认，我之前确实不知道阿卜杜勒将军到底在忙什么。他确实到了糊涂的年纪了。他至少有 80 岁了，但我相信在土耳其有着比其他欧洲国家更多的百岁老人。估计可怜的阿卜杜勒很难活到一百岁了吧。"

"你意识到了吗？他们是在将我们驱逐出境。我觉得我们应该联系英国大使馆。"

"你太夸张了，亲爱的。他们只是借警车送我们一程而已。"

"如果我们拒绝乘坐呢？"

"我并没有想要拒绝。我们已经订好机票了。投资也做完了，我也没心思再在这儿逗留了。我并没期望能尽快盈利，而且百分之二十五的利息总是伴随着风险的。"

"什么投资，奥古斯塔姨母？你不是只有 40 英镑的旅行支票吗？"

"噢，不是的，亲爱的，我在巴黎买了一块很大的金块。你还记得吧，那个从银行来的男人……"

"那么说来那个东西就是他们在找的东西了。你到底把金块藏哪里了，奥古斯塔姨母？"

我看着那支蜡烛，想起了它的重量。

"是的，亲爱的，"姨母说，"你真的很聪明，一猜即中。但哈基姆上校并不会。你现在可以把它吹灭了。"我再一次把它举起来，它至少得有 20 磅重。

"你现在准备怎么处理这个东西？"

"我准备让它和我一起回英国。可能在将来某个时候还会派上用场。真是太幸运了，你想想看，他们在我给阿卜杜勒将军蜡烛之前就射中了他，而非之后。他现在是否还活着都是个未知数。这些臭警官，对着我们女人也可以面不改色地说这些开枪啊什么的可怕话题。我得给他做个弥撒，不管怎么说，他这个年纪的男人被击中后很难再活多久。单子弹的冲击就足够可怕，即使不是打在要害部位……"

我打断了她的推测。"你不能把那个金块带回英格兰，"金块——英格兰，这种词汇的组合 [1] 听起来就像滑稽歌曲大吵大闹的歌词，我有些怒不可遏，"你就没一点尊重法律的意识吗？"

"那要看情况，亲爱的，要看你指的什么法律。如果就像十诫一样，说什么牛呀毛驴之类的，那太不靠谱了。[2]"

"英国海关的人可没有土耳其警察这么好糊弄。"

---

1 金块"ingot"和英格兰"England"发音相近。

2 《圣经》记载上帝借由摩西所颁布的律法中首要的十条规定。各教派内容不尽相同。

"一支用过的蜡烛是不会引人怀疑的。我之前试过。"

"除非他们不举起来试重量。"

"他们不会的，亲爱的。可能只有烛芯和蜡完好无损的时候他们才会想着找我要关税，某些多疑的官员会想这可能是支装有毒品的假蜡烛。但是一支用过的蜡烛，危险系数非常小。而且我的年龄总是能保护我。"

"我拒绝和那个金块一起回英格兰。"这辩解再次激怒了我。

"但你别无选择，亲爱的。上校肯定会一直看着我们上飞机，在到达伦敦之前不会有任何停站。被驱逐出境的巨大好处是我们无须再过土耳其海关了。"

"你究竟为什么要这么做，奥古斯塔姨母？冒这么大的风险……"

"威斯康提先生需要钱。"

"他之前可是偷偷拿过一次你的钱啊。"

"那是很久以前的事了。现在早就一笔勾销了。"

16

我似乎又回到了自己最初的幸福世界：我回家了，在临近傍晚的午后，影子渐渐拉长，一个男孩嘴里哼着披头士的曲调，诺曼小道上一辆摩托车老远就开始加速。我给"鸡料理"餐馆打了个电话，订了一份菠菜奶油浓汤、一份羊排和一块切达干酪来犒劳自己——这可比我在伊斯坦布尔吃的东西好多了。我走进了花园。查奇少校根本就没帮我照看大丽菊，给它们浇水时我很开心，周围干燥的土壤像个口渴的人似的使劲儿喝着，我甚至可以想象花儿们在用花瓣的一颦一蹙回应着我。"罗伊·阿尔伯特的哀伤"已经过了盛花期，但"宾虚"的颜色闪烁着崭新的光彩，仿佛那长时间干燥的战车竞赛[1]只是一场过眼云烟的梦。查奇少校站在对面栅栏那边，问道："旅行愉快吧？"

"挺有趣的，谢谢你。"我没好气地说着，卸下了没用的喷管，直接用大口径的水管往大丽菊的根部灌着水。

"我很谨慎，"查奇少校说，"没给它们浇太多水。"

"土壤表面已经非常干了。"

1　"宾虚"既是花的名字，也是一位古罗马时期的犹太贵族的名字，擅长驾驭战车。

"我养金鱼，"查奇少校说，"如果我不在家的话，我那该死的女佣总会给它们喂太多的食物。当我回来的时候一半的小家伙都已经死了。"

"花和金鱼是不一样的，少校。像这么干燥的秋天它们需要喝很多水才能活下去。"

"我讨厌过度，"查奇少校说，"政治上也是一样。极端激进和保守都没任何用处。"

"你是自由党成员？"

"噢，我的老天，怎么可能，"他说，"你为什么会那么想？"然后消失在我的视线中。

下午五点邮件准时送到：一张来自利特尔伍德之家的传单，我从不赌博，他们却还是照送不误；一张加油站的账单；一本英国保皇党的小册子，我一看到立马将它扔到了废纸篓里；以及一封贴着南非邮票的信。信封上的字是机打的，所以我并没有第一时间意识到这是基恩小姐寄给我的。铲土机边上靠着一个"奥妙"的包裹，但我记得我并没有订购任何洗涤剂。我走近些一看才发现是赠品包裹。这些制造商估计浪费了不少钱。他们要是雇佣当地商店来配送，一定会知道我早就是奥妙产品的忠实购买者了。我拿着包裹走进厨房，发现洗涤剂正好快用光了非常开心，省得再去买瓶新的了。

傍晚这个点天已经有些冷了，于是我打开电暖炉，然后开始拆信。我一眼便看到了最后的署名，是基恩小姐寄来的。她给自己买了一台打字机，但很显然，她练习得还不够多。行与行之间参差不齐，她的手指总是按错键盘上某个字母，或是忘记按某个字母。她写道，她开车去了咖啡方丹，开了三个小时的车，去看一场叫《和秦德一起走》[1]

---

[1]　这里指电影《乱世佳人》。英文本该为"Gone with the wind"，基恩小姐误打为"Gone with the Qind"。

的日场电影。她写道，感觉克拉克·菲伯尔[1]已经没记忆中那么好看了。就算是打错了也不更改，她那独有的温顺特质，或者说那种接受生活的挫败感更清晰地呈现在我面前。也许对她来说，更正更像是掩饰，反而不好。"一周一次，"她写道，"表妹载我去银亍[2]。她和经理相处融洽，但他们的关系还没到你和我父亲那种程度，还称不上真正的朋友。我很想念圣约翰的教堂和教区牧师的布道授业。离这儿最近的教堂是一座荷兰人开的畸形的教堂，我一点也不喜欢。"她划去了"畸形的"一词。她或许觉得，要是不划去我可能会觉得她不够善良。

我在想要怎么回复。她应该会乐于从我的信中读到关于绍斯伍德的新闻：城市里的日常生活之类的。就算是讲讲我的大丽菊的状况也蛮不错。那我应该如何描述那趟异乎寻常的伊斯坦布尔之旅呢？一笔带过的话会显得不自然，但若是描述哈基姆上校、金块以及阿卜杜勒将军等一系列的事情的话，又会让她觉得我的生活已经发生了天翻地覆的变化。这可能会进一步加剧她在咖啡方丹生活的孤立和孤独的情绪。我问自己，忍住什么也不回，会不会好一些？但在信的最后一页，她打出了："我非常期待收到你的信件，因为它们能把绍斯伍德带到我的身边。"虽然打印出来的字体歪歪斜斜，还和前一行重合了。我把她的信收起来，和她之前寄来的信一起，放在书桌的抽屉里。

现在天已经很黑了，"鸡料理"饭店的外卖还有一个多小时才能送到。于是我走到书架前选了一本书。虽然我不像父亲那样限定自己只读一个作家的书，但很少买新书这一点却和父亲一致。现当代义学完全无法吸引我，在我看来，在维多利亚时代，英国的诗和小说已经达到了顶峰。年轻时，在母亲给我找到银行工作之前，我偶尔幻想过，

1　克拉克·盖博（Clark Gable），《乱世佳人》的主演被基恩小姐误打成了"Clark Fable"。

2　指"银行"（bank），基恩小姐漏打了"n"写成了"bak"。

如果我有机会自己创作的话，我会将自己塑造成一个维多利亚时代的小众作家：可能是类似史蒂文森或者查尔斯·里德，毕竟文学巨匠们都是无法超越、举世无双的。我还有一套威尔基·柯林斯的书，我更喜欢他非侦探小说的作品，毕竟我和姨母不同，我对侦探小说可没多大兴趣。如果我可以成为一个诗人，我希望自己能成为英格兰的马奥尼，就算地位卑微我也很幸福。像他歌颂尚登[1]一样，我也要大肆歌颂绍斯伍德。他的那首诗被帕尔格雷夫选入了《英诗金库》，是书中所有诗里我最爱的一首。可能是基恩小姐提到了圣约翰的教堂，我便想起了他，并且从书架上取下了这本书。每周日的早上我在花园里工作时都可以听到教堂的钟声。

> 有一只钟在莫斯科
>
> 在塔上在电话亭里
>
> 在圣索菲亚教堂
>
> 土库曼人得到了
>
> 钟声响彻每一寸空气
>
> 呼唤人们去祷告
>
> 从那锥形的顶端
>
> 高高的清真寺尖塔
>
> 这些空虚的幻象
>
> 我慷慨地承认它们
>
> 可是有一首赞歌
>
> 于我更加亲切
>
> 那就是尚登的钟声

1　英国苏格兰小镇。靠近格拉斯哥。

那声音如此悠扬婉转

回荡在欢快的水面

利河的水面上

圣索菲亚教堂的轮廓从来没有像现在这么真切地展现在我面前：那昏暗又阴冷的陵庙完全无法和我们的圣约翰教堂相比。一提到那里，我总会想起哈基姆上校。

翻了第一本书我就会想翻第二本，我发现自己已经好多年没有翻阅沃尔特·司各特的书了。我还记得父亲是如何用这些书来玩翻页占卜游戏的，但我母亲觉得父亲是在亵渎神灵，因为翻页占卜必须得在严肃场合下，而且只能用《圣经》进行。我有时会怀疑父亲在某些页折了角，方便他可以选择合适的话来挑逗和震惊母亲。有一次他患了严重的便秘，他显然是很随机地翻开了《罗布·罗伊》，然后大声读着："欧文先生进来了。这位好汉的生活习惯和情绪是如此有规律……"我试着也替自己占卜了一下，惊讶地发现我竟也选到了适合心境的句子："一顿丰盛的晚餐可以给我那些精神，我需要它们，来抑制脑子里渐渐出现的那些无意识的沮丧情绪。"

太正确了，我确实很沮丧，可缘由是什么我也无法分辨。是因为基恩小姐的信？抑或是因为我比我预想的要更想念姨母的陪伴？还是因为图利走后在我心中留下的空白？现在我对除自己之外的任何人都不再有责任，重回宅子和花园的乐趣反倒开始消退。为了找到更多适合我此刻心境的鼓励话语，我再次打开《罗布·罗伊》，却发现了一张夹在书页间的快照：那是一张用老式勃朗尼相机拍的正方形相片，业已泛黄，相片中一个可爱的女孩穿着一套旧式泳衣，微微侧身朝向相机，肩上的一根吊带滑了下来。她大笑着，好像对换衣服的瞬间突然被拍很惊讶。我花了些时间才认出这是奥古斯塔姨母，我的第一个想法竟然是她那时怎会如此风情万种。这照片是她姐姐照的吗？我疑惑着。但很难想象母亲会送给父亲一张这种尺度的姨母的照片。我必须承认，更大的可能是父亲自己拍的，并且偷偷藏在司各特丛书中的某一本中，因为我母亲根本不会翻阅这套书。这就是很久以前姨母的样貌，十八岁上下，在她认识科伦、丹布鲁斯先生和威斯康提先生之前。她有一种准备好面对一切的神情。照片旁的一页书中印着一句戴·弗农[1]的话："耐心些，安静些，让我走我自己的路；因为当我不服控制之时，任何砮头都阻止不了我。"父亲是特地选了有这么一段话的一页来藏这张照片吗？此时，我的内心中一股忧郁的情绪油然而生，这忧郁和我过去在银行，将寄放的旧文件和花费了长期心力制作的房屋所有权证书交给别人时一模一样。我竟以一种从未有过的温情想着父亲，想着那个穿着大衣躺在空浴缸里的懒男人。我从来没见过他的坟墓，他正好死在第一次也是唯一一次出国的旅途中，我甚至不知道他葬在哪里。

我给姨母打了个电话："就是想跟您说声晚安，确认您一切都好。"

她告诉我："没了华兹华斯，这公寓住着感觉像寺庙，太冷清寂寥了。"

"没有您和图利在身边，我也感觉很孤单。"

"没什么消息吗？你回家之后。"

"只有一封朋友寄来的信。她好像也很孤独。"

我犹豫了一下，但还是继续说了下去。"奥古斯塔姨母，我不知道为什么，我这段时间一直在想我的父亲。很奇怪，一个人竟然对自己的家庭知晓得如此之少。您知道吗，我甚至不知道他埋葬在何处。"

"你不知道？"

1　《罗布·罗伊》中的主要女性角色。

"您知道吗？"

"当然知道。"

"哪怕一次也好，我想去看看他的墓。"

"墓地对我来说相当恐怖。它们像热带雨林般散发着恶臭。或许是因为墓地周围到处栽种着的湿答答的绿植让我有此感觉。"

"一个人随着年纪增长就越来越挂念家庭的事情，挂念房子和坟墓。我很难过，母亲死后竟然还要在警察局的实验室里待着。"

"是继母。"姨母纠正我。

"我父亲现在在哪里？"

"作为一个有着一半天主教信仰的人，"姨母说，"我无法准确地回答你这个问题。但是他的遗体，他遗体所残留的部分，在法国的布洛涅[1]。"

"这么近？为什么不把遗体运回来呢？"

"我姐姐有着十分现实和理性的一面。你父亲是瞒着她去布洛涅玩的，本想当天就返回英国。但吃过午饭后他突然就病倒了，几乎是立刻死亡的。死因是食物中毒。那个时候抗生素还罕见得很。按当地警察要求必须对尸体进行司法解剖，我姐不愿意运送一具残缺不全的尸体回去，于是就直接把他葬在那里的公墓了。"

"那时候您在哪儿？"

"我在意大利旅行。在那之后很久我才听说这件事。我姐和我一直没联系。"

"那你也没去看过墓地？"

"我有一次跟威斯康提先生提议去那边看看，但他用他最爱的《圣经》的话语回答我：'让死人去埋葬死人吧。'"

---

1 法国西部海滨城市。隔着英吉利海峡与英国相望。

"或许某一天我们可以一起去。"

"我非常赞成威斯康提先生的观点，"姨母淡淡地笑着补充道，"但短时间的旅行，我随时都可以出发。"

"这次您一定要接受我的邀请。"

"那就在他忌日那天吧，"姨母说，"秋天，十月二日。我记得这个日子是因为那是守护天使日。可天使好像完全搞错了状况，除非天使是要将你的父亲从一个更坏的命运中拯救出来。那的确有可能，在不适合旅游的十月里，你的父亲专程去布洛涅究竟做了什么事情呢？"

17

奇怪得很，一到布洛涅我立马觉得像回到了家一样。

因为从福克斯通[1]出发的直航船已经停航，我们只能从维多利亚火车站乘坐黄金箭号前往。姨母没有带她的那个红箱子，这让我松了一口气。多佛尔海峡的英国一侧沐浴在金色的秋光之中。到了佩茨伍德，街上的巴士全变成绿色，奥平顿的烘房也戴上了它白色的烟囱帽，仿佛中世纪头盔上的羽毛一样。啤酒花顺着杆往上爬，比藤蔓更多了几分装饰的美。看了肯特郡这20英里[2]的美景，就算是没有见过米兰到威尼斯的那段景致也没有关系。这里有令人愉悦的天空和优美淡然的溪流，这里有长着灯芯草的池塘和满足地安睡着的奶牛。这是布莱克[3]笔下的完美世界，我很遗憾竟然又要出国。为什么父亲不选择在多佛尔或是福克斯通去世呢？这两个地方都很适合一日游啊。

从加米卜车后，我们换乘了唯一一趟开往布洛涅的长途汽车，当最终到达这座港口城市，脚落地的一瞬间，我竟然感觉自己仿佛回家

1　英国海滨城市，与布洛涅隔英吉利海峡相望。

2　英美制长度单位，1英里约合1.6千米。

3　威廉·布莱克（1757—1827），英国浪漫主义诗人。

了。天空已经蒙了一层灰，空气阴冷，码头上风急雨骤。我们酒店的接待桌上摆放着一张女王的照片，我可以辨认出一家酒馆的窗户上写着"供应好茶，欢迎来自东肯特郡的游客团队"。在铅灰色的暮色中，铅灰色的海鸥盘旋在渔船之间，别有东盎格鲁的风情。一个猩红色的标志闪过码头，上面写着"汽车轮渡"和"英国铁路公司"。

天色已经太晚，今天已没法去找寻我父亲的墓了，而且反正明天才是他真正的忌日，因此姨母和我一起去上城区[1]溜达。穿过狭长的壁垒和羊肠小道，眼前景色让我想起了英国的拉伊[2]。在大教堂的地下室，一位英国的国王曾在此结婚，这儿还有亨利八世[3]的炮兵留下的加农炮弹，墙外的小广场上竖立着一尊身着棕色燕尾服、脚踏流苏靴的爱德华·詹纳[4]的雕像。罗伯特·牛顿主演的老电影《金银岛》正在小路旁的一家小影院上映。不远处有一家叫"幸运"的俱乐部，可以听到里面传来哈斯满的音乐。不，我父亲并不是被葬在异国的土地上。布洛涅就像英国过去的殖民地，是最近才脱离了大英帝国的管辖，英国铁路公司还残留在码头末端，好像是被允许留存到撤离完全结束。赌场楼下一间间上锁的更衣间就像是占领军的最后遗迹，码头上骑着马的圣马丁将军[5]雕像就算是换成惠灵顿将军也一点不奇怪。

走过铺满鹅卵石的道路，又穿过四下无人的铁轨之后，我们在码头的餐馆吃了晚饭。车站的柱子就像天黑后冷清的大教堂里的柱子。只有一列从里昂开来的火车到站时，列车序号像赞美诗般被念出声，但没人在意。月台上没有车站工作人员，也没有乘客。车站办公室空

1　布洛涅老城区，保留有老城墙。

2　英国南部小镇，靠近布赖顿，被称为"离天堂最近的小镇"。

3　亨利八世于1544年占领了布洛涅。

4　爱德华·詹纳（1749—1823），英国医学家。发明了接种牛痘治疗天花的方法。

5　圣马丁（1778—1850），帮助智利和秘鲁从西班牙独立的阿根廷爱国将领。

无一人，灯都关着。到处都飘浮着石油、杂草、海和晨间打捞起来的鱼的腥臭味。果然我们是饭店里仅有的两位客人：除了我们，只有两个男人和一只狗站在吧台边，而他们也正准备离开。姨母为我和她各点了一份当地的海鲜料理。

"可能父亲在临死前一晚曾来过这儿。"我心想。自从我从书架上取下了《罗布·罗伊》之后，我常常想到父亲，想到那张照片和照片里那个年轻女孩的神情，我相信姨母肯定也以她自己的方式爱着我父亲。但是我如果要追寻感伤的记忆，那我真是找错了人，在姨母的脑子里，一个死人就只是一个死人而已。

"点个红酒，亨利，"她说，"你的想法有些病态，从你策划这次出行就看得出。你费尽心思想要保护骨灰盒也一样。如果你父亲是葬在伦敦北郊的海格特公墓就好了，那我坚决不会跟你一起来。我从不觉得扫墓有什么用，除非还有别的目的。"

"还能有什么其他目的？"我没好气地问道。

"我此前从没来过布洛涅，"奥古斯塔姨母说，"我随时准备好出发去一个新的目的地。"

"就跟大伯乔一样，"我说，"你想要延长你的寿命。"

"我当然想，"姨母回答说，"活着是那么令人愉悦。"

"那你现在走过多少个房间了？"

"很多，"姨母开心地说，"但我觉得我还没到顶层的卫生间。"

"我得回家了。"吧台站着的两个男人中的一个用尖锐刺耳的英文说道。他有些微醺，弯腰去拍他的小狗时，动作大到有些疯狂。

"还有一趟摆渡船。"他的同伴说。从这句话我分辨出他们是英国铁道公司的人。

"那该死的肯特郡女佣号。我的妻子以前就在肯特郡做女佣。"

"但现在不是了，伙计，不再是了。"

"确实不再是了。这就是为什么我每天晚上必须九点前就得回家。"

"她嫉妒心泛滥，伙计。"

"她那是饥渴。"

"我从来不喜欢任何羸弱的男人，"姨母说，"你父亲一点也不弱，他是懒。在他的观念里没什么东西是值得一拼的。他肯定不会为埃及皇后克丽奥佩特拉挺身而出，但他会找到一种迂回的方式。不像安东尼[1]。所以他竟然来布洛涅这么远的地方，着实很让我震惊。"

"可能只是出差。"

"他只需要交给他的合伙人去做就好了。话说回来，他的合伙人，名叫威廉·科尔路的那个，真是一个很弱的男人。他很羡慕你的父亲可以四处偷腥，毕竟他连一个女人都很难满足。他的心理负担越来越重，因为他的妻子真是好到无可挑剔。她甜美、干练，脾气还很好，稍微有点欲求不满，可能这在其他男人看来也是一种美德。你的父亲，是一个比大家了解的，或是你母亲所认知的还要更富有想象力的男人。正如威廉自己所说，没有人可以离开一个完美的女人，只能让她自己离开，于是你父亲就给他出了个主意：匿名给他的妻子写几封信控诉他的不忠。这些信有四重功效：既可以保全他作为男人的面子，又可以给他在床上日渐衰退的精力找一个合理的解释，同时击碎他妻子的完美形象，甚至最终让他失去作为一个男人所一直珍视的名誉（因为他下定决心不否认任何事情）。你的父亲亲自创作了第一封信，威廉用他自己的打字机杂乱地打了出来，装入了一个他用作账单的黄色信封里（那是个错误）。信是这么写的：'女士，你的丈夫，是个可耻的骗子，一个无耻的好色狂徒。你自己问问他吧，你去妇人协会的那些晚上他都干了啥，他是怎么花光他的那些钱的。你操劳家计省下来的钱

---

1 指马克·安东尼，古罗马将领，曾帮助克丽奥佩特拉对抗屋大维。

都进了另一个女人的腰包。'你父亲就是喜欢用那些过时的词，那也是受沃尔特·司各特的影响。

"信送达的晚上，正好科尔路家有一场聚会，科尔路夫人正忙着蓬松坐垫招呼客人，她把黄色信封当成了账单，于是看也没看就扔到了桌子上。你能想象，那个时候可怜的威廉是有多焦急。那几天我和他很熟，事实上你父母亲和我都在那场聚会上。你的父亲希望见证最终时刻，但时间一分一秒过去了，到了该离开的时候，你父亲虽然借口说还有一些工作的事情相商，但也没法留太久。临走前，信依旧没被拆开。没办法，他只好之后再问威廉具体发生了什么。

"梅兰妮，这就是他妻子傻乎乎的名字，可能加上科尔路这个姓之后会更傻。当威廉发现黄色信封在临时茶几下方时，梅兰妮正在洗碗。'亲爱的这是你的吗？'他问道，她回答说只是一个账单而已。

"'就算是账单也要看啊。'威廉说着然后把信封递给了她。然后他就上二楼去刮胡子去了。他以前从来没坚持要在晚餐前刮胡子，但是他们刚结婚没多久的时候，他的妻子确实曾经明白无误地暗示过，她更喜欢他晚上有一个光洁的脸。她的皮肤很娇贵（外国人常常说她的肤色是特别典型的英国人的肤色）。浴室门开了，威廉看到她把黄色信封放到梳妆台上，还是没拆开。他在焦急的等待中不慎割破了三处地方，不得不贴上一小块脱脂棉来止血。"

此前在收银台边的那个男的没精打采地和他的狗一起从我们面前经过。"快走，你这家伙。"他垂头丧气地在前面用力拖拽他的狗。

"回那肯特郡女人身边去。"他的朋友站在吧台那边取笑他。

那一刻，我看得出姨母眼中在闪闪发光。在布赖顿她讲述狗狗教堂的时候，还有在巴黎她告诉我和丹布鲁斯先生的事情的时候，以及在东方快车上她描述威斯康提先生逃亡的时候……眼睛也闪闪发光过。她深深地沉浸在自己的故事里。我相信我的父亲，一位沃尔特·司各特的爱慕者，不会这样戏剧化地描述科尔路的故事；父亲所讲的可能对话更少而描述更多。

"威廉，"姨母继续说，"从浴室出来就径直进入房间，爬上了巨大的双人床，这床还是梅兰妮自己去梅普尔斯挑的。威廉太焦急了，他甚至都没有拿上一本书，他想要危机赶快到来。'我很快就完事了，亲爱的。'梅兰妮一面忙着涂旁氏冷霜，一面对威廉说着。为了保持她原本的肤色，她拒绝使用任何新品牌产品。

"'那账单如何？费用很高吗？'威廉问。

"'账单？'

"'你丢在桌上那个。'

"'啊，那个啊。我还没拆开看呢。'

"'你又会把它弄丢的，要是不仔细点儿的话。'

"'那不是很好吗，难道不是吗？掉了个账单，该是多好。'梅兰妮颇带幽默口吻地说道，但这话与她秉性并不符。她从不让任何一个客人等待，不会延缴费用超过一个月以上。她用舒洁纸巾擦拭手指之后拆开了那个黄信封。她读到的头几个字就是不规则打印出来的：'夫人，您的丈夫……'

"'没啥，'她说，'费用不算高，就是有点让人厌烦。'她仔细把信读到了最后，信尾签名处写着'热心邻居'。然后她狠心地把它撕成碎片扔进了废纸篓。

"'你没必要撕掉一个账单啊。'威廉说。

"'就是个报纸店的几先令钱而已。我今早已经付过了。'他看着威廉说道，'多好的男人啊，你一直都是，威廉。'她来到床上亲吻他，威廉发现了她的意图。他无力地打着哈欠，示弱地说：'聚会让我累极了。'

"'真是辛苦了，亲爱的。'梅兰妮说着，毫无怨言地躺在他身边。'好梦。'她突然发现了威廉手上敷着的脱脂棉。'噢，我可怜的亲爱的,'她说,'你割到自己了。让你的梅兰妮来替你清理干净吧。'好像刚刚什么重要的事情都没有发生过一样。然后她开始忙上忙下,至少10分钟之后,才用酒精把伤口洗净,用弹性绷带固定好。'你现在看起来真好笑。'她轻松愉快地说。之后轻轻亲吻了他的鼻尖。威廉后来告诉你父亲,亲吻鼻尖时他已不再有任何危险。'亲爱的威廉小可爱,我会原谅你做的任何事情。'那句话一出,威廉彻底放弃了。她是一个完美的妻子,完美得无可挑剔。你的父亲经常说,那句'原谅'一直在威廉的耳边回响,像极了新门监狱[1]宣告死刑的钟声。"

"所以他之后再也没能逃出梅兰妮的手心?"我问。

"他很多年后死在了梅兰妮的怀抱里。"奥古斯塔姨母说。之后我们静静地各自吃完了点的苹果馅饼。

---

[1] 伦敦的著名监狱。

18

第二天早上，天还是和前一天一样灰蒙蒙的。奥古斯塔姨母和我开始爬墓地所在的小山。某家商店的广告牌上写着"今日休业"；一只野猪被挂在肉店外，还滴着血，鼻口部用针别着一个小贴士，上面写着"周四不提供食用猪肉"，但我觉得周四和吃猪肉毫无关系，姨母也这样认为。"若是小花菜肴的话还勉强能理解，"她说，看看她随身携带的弥撒书上的日期，"但野猪还真是难说适合。据说这是纪念赫里福德[1]的一个叫圣托马斯的人的节日，他死在去奥尔维耶托的流亡途中。显然很多英国人并不知道这个人的存在。"

在上城区的城门外有一块纪念"抵抗运动英雄"的牌匾。"军队里的死者，"姨母说，"自动就会变成英雄，就像基督教徒死亡之后会自动变成殉教者一样。这个叫圣托马斯的男人究竟是个什么样的人还真不好说。他死在流放地奥尔维耶托而非赫里福德，真是幸运。奥尔维耶托是个虽小但颇有文化教养的地方，同时气候宜人，在加里波第大街还有一个超棒的饭店。"

1　英格兰西部城市。靠近威尔士。

"你真的是罗马天主教徒吗？"我饱含兴味地问姨母。她迅速且严肃地回答道："是的，我亲爱的，只是我并不完全相信他们所相信的事情而已。"

要在巨大的灰色公墓园区找到父亲的墓，就好比不知道门牌号却要在卡姆登镇[1]找到某一间房子一样。山下传来列车经过的嘈杂声响，城镇里煤燃烧带来的烟雾和粉尘吹过墓地的迷宫。看管墓地的男子的住处是像个坟墓一样的小方形房子。他领我们去墓地。我买了一个花环带着，虽然姿态确实有些夸张。"这些花会很扎眼的，"姨母说，"法国人习惯在每年一次的万灵节纪念死者。这样既整齐划一又方便，就跟复活节的圣餐一样。"确实是这样，我几乎没怎么见到墓前有摆放花的，甚至连菊花也没有。相反，却有放雕像的，在大天使、小天使中，有一尊像大学预科教授一样魁梧的男子半身像。就连弗拉基莱特家族的巨大的墓地上也没有种花。一个刻着英文碑文的纪念碑吸引了我的眼球："谨此纪念爱子爱德华·罗德斯·罗宾逊，逝于孟买并入葬。"但墓本身完全不是英国的风格。可以肯定的是，我父亲会更喜欢英国长满地衣的石头砌成的墓地，再配上破旧的碑文和虔诚的诗歌章句，而不是眼前这些闪亮的黑色平板石块。布洛涅气候干燥，没有水汽侵蚀墓碑。碑上的文字近乎完全相同，就像是从同一张报纸上复制下来的一样，上面都用法语写着"死后的追忆""某某的身体在此安息"。偌大的墓地里只有一个矮小的年长女性身着黑衣站在长长的教堂通道的末端，就像一个孤独的访客，站在除我们外空无一人的美术馆中。

"是我弄错了。"我们的向导用法语说道，然后突然急着向后转，带领我们向刚才那位老妇人所祈祷的墓前走去。

"太奇怪了，竟然还有别人来扫墓。"姨母说。平坦的大理石板上

---

1 伦敦中央北部街区。

放着一个花环，花环全部用南方的温室花卉做成，一看便知比我买的还要贵两倍。我把我自己的那份放在它边上。碑文的上部被遮住了，只能看到我父亲名字的一部分——"……查德·普林"，依然醒目而突出，仿佛是在表达抗议，上面的日期是 1923 年 10 月 2 日。

这个矮小的妇人惊讶地看着我们。"你们是谁？"她用法语问道。

她的口音明显不够地道，我姨母用冷淡的口吻反问："你是谁？"

"帕特森小姐。"矮小妇人的回答中略带惊慌，但很快又严词厉色起来。

"这个墓和你有什么关系？"姨母声讨道。

"我每年这天都来这里，已经有四十多年了，我以前从来没见过你们中的任何一个人。"

"你有这块墓地的所有权吗？"姨母问。

那个妇人的某种态度惹恼了她，我猜应该是妇人一面羞怯却一面好斗的样子吧。因为姨母最看不惯人示弱，就算不表露出来也不行。

妇人被逼入绝境了，开始咬牙切齿地反击。"我可从来没听说过对墓地还有什么所有权。"她说。

"一个墓，就跟一间房一样，必须有人付钱才能继续使用。"

"那如果一个墓已经被人遗弃了四十年，是不是一个陌生人也有权利……"

"你是谁？"姨母又绕回了那个话题。

"我告诉过你了，我是帕特森小姐。"

"你认识我姐夫吗？"

"你姐夫！"老妇人惊叫道。她看了看我的花环，又看了看我，然后看着我的姨母。

"这位是理查德·普林的儿子。"

她沮丧地说着"他的家人"，就好像这个词的意思不是家人而是

170

"敌人"。

"这下你明白了吧，"姨母说，"不管怎么说我们确实是有一定所有权的。"

我难以理解姨母为何对她如此刻薄，于是介入了她们的谈话。"我觉得您心肠很好，"我说，"还在我父亲墓前放花圈。可能您会觉得很奇怪，我竟然四十年都没有来过……"

"这就是你们家所有人的典型作风啊，"帕特森小姐说，"你们家所有人都是这样。你母亲甚至都没来出席葬礼。我是葬礼上唯一的人。我和旅馆的看门人。一个很和善的人。"她边说边哭，"那是一个潮湿到不能再潮湿的日子，他拿着他的雨伞……"

"那您认识我的父亲……他葬礼的时候您在那里……"

"他温柔地、温柔地死在我的怀里。"帕特森小姐说。她嘴里一直在重复着这句话，就好像在给孩子念童书。

"天太冷了，"姨母打断我们，"亨利，你的花也放了，我们得回酒店了，别在这里说些又臭又长又没用的话了。"她开始往外走——她看起来像是缴械投降了，然而其实她试着用不屑来成功应对，就好像一只大丹犬背过身去不理会那些手无缚鸡之力的小狗的狂吠和挑衅，嘲笑它们都不配让自己磨牙。

我对帕特森小姐说："我必须得陪我姨母回去了。您今晚能来跟我们喝一杯茶吗？我父亲过世我还只是个小孩子。我几乎不了解他。我早该来这里，但我完全没想到事情是这个样子……"

"我知道我很顽固很念旧，"帕特森小姐说，"如此这般的顽固念旧。"

"但您至少可以跟我们喝一杯茶吧？就在莫里斯酒店如何？"

"我会来的，"帕特森小姐说，明明很惊讶却要装作若无其事，"你必须得告诉你的姨母，她是你姨母吧？告诉她朝我发火也是无济于事的。他已经过世很久了。她这样嫉妒我也并不公平，因为我很挂念他，现在依旧很挂念。"

我确实是原封不动地把这话转告给了姨母，她很震惊。"她真以为我是在嫉妒她吗？我唯一一次嫉妒就是对科伦的那次，那之后我变聪明了。你知道的，我在丹布鲁斯那件事的时候都完全不嫉妒……"

"你用不着跟我申诉，奥古斯塔姨母。"我说。

"申诉？我可没有卑微到那种程度。我只是在试着解释我的想法，仅此而已。那个女人一点也不值得怜悯。你没法将一杯红酒倒入一杯餐后的咖啡中。她惹毛我了。一想到是她和你临终前的父亲在一起我就怒从中来。"

"可能还有一位医生也一起吧。"

"要不是那个女人那么脆弱无力，你父亲可能还不会死。绝对是这样。你的父亲就是要人催促才会动起来的人。理查德的一切麻烦都来自于他的外貌。他真是太帅气了。他从不需要努力去吸引任何一个女人。最终他还是太懒了，没努力活下去。如果是我和他在一起的话，他可能会活到今天。"

"今天？"

"他还没威斯康提先生老呢。"

"不管怎么说，还是对她好一些。"

"我会变得和蜜糖一样甜。"姨母承诺。

那天下午，我从帕特森小姐表露出的习性看出，她真的是一直在极力抑制自己的怒气。这些习性除了爱重复词句以外还有很多其他的。比如，她的右腿会突然抽搐，第一次的时候，说真的，我还以为是奥古斯塔姨母踢了她。还有她陷入沉默，思绪开始游走时，牙齿就会发出咔嚓咔嚓的声响，好似在操纵一副假牙。我们住的地方在码头附近，是一栋方形的小型摩天楼，楼两边还有两栋和它完全一样的建筑。因为楼里已没有合适的休息室，我们只能在姨母的房间里喝茶会面。

"请您一定原谅我们，"姨母说，"他们这儿只有立顿的印度茶。"

"噢，不过我喜欢立顿的茶，"帕特森小姐说，"加一块小小的、小小的方糖。"

"你是从加来上岸的吗？"姨母礼貌地问，"我们是昨天从那边过来的。还是说你是坐渡船过来的？"

"不是的，"帕特森小姐说，"我住在这里。我一直住在这里，说起来，自从理查德死后就一直是这样。"她神色有些慌张地瞥了我一眼，然后说"我的意思是说，普林先生死后。"

"战争期间也是吗？"姨母的问话中带着些许怀疑。我猜想她会开心吧，能够从帕特森小姐所谓的事实中找到漏洞，哪怕只是一个不太要紧的小错误。

"那时生活真是辛苦，"帕特森小姐说，"不过因为要照顾好我的孩子们，轰炸也就变得不那么恐怖了。"

"你的孩子们？"姨母惊叫道，"该不会理查德……"

"噢，不是的，不是的，"帕特森小姐说，"我指的是我教的学生们。我在法国公立中学教英语。"

"德国人难道没拘留你吗？"

"这儿的人们都对我很好。我被很好地保护了起来。市长还给我发了一张身份证。"帕特森小姐的腿又跳动了一下，"战争结束后还发给我一个奖牌。"

"奖牌？奖励你教英语吗？"姨母难以置信地问道。

"还有其他事情。"帕特森小姐说。她背靠在所坐的椅子上，牙开始咯咯作响，思绪也开始游走回从前。

"请您告诉我关于我父亲的事情，"我对她说，"是什么让他来了布洛涅？"

"他想让我放松心情度个假，"帕特森小姐说，"他很担心我的健康。他说我需要呼吸海边的空气。"姨母恼火地敲着勺子，我很怕她突然会失去耐心。"就是一趟当日往返的旅行，你们都知道的。我们跟你们一样，先乘船到加来，因为他想向我展示布洛涅的市民们都从哪儿来。然后我们坐巴士来这里看拿破仑纪念柱，他刚读过沃尔特·司格特写的拿破仑的传记。可是，等我们逛完回到码头时，发现已经没船从布洛涅回英国了。"

"那应该让他挺惊讶的吧，我猜想。"姨母用讽刺的口吻说道。这讽刺我完全能够明白，但帕特森小姐似乎不知所云。

"对，"帕特森小姐说，"他很抱歉自己没有提前规划好。于是我们在上城区的市政厅广场附近找到一间很小很小的旅馆，订了两间干净房间。"

"两间挨着的房间吧，我猜是。"姨母说。我实在不能理解她为什么这么苛刻。

"是的，"帕特森小姐说，"因为我当时很害怕。"

"怕什么？"

"我从来没有出过国，普林先生也是。而且我还得给我们两个人翻译。"

"你那时候就懂法语？"

"我之前在贝立兹上过一个课程。"

"请您不要介意我们的好奇心，帕特森小姐，"我说，"您知道的，我们此前完全没有听闻过任何关于我父亲死亡的具体细节。我的母亲从来不说。当我问任何有关父亲死亡的问题时，她都让我闭嘴。她告诉我父亲是死在出差的旅途中的，不知为何我一直确信他死在沃尔夫·汉普顿[1]，他经常去沃尔夫·汉普顿。"

"你第一次见到我姐夫是什么时候？"奥古斯塔姨母问，"要再添杯茶吗？"

"好的，谢谢。稍微淡一点点吧，如果不麻烦的话。我们是在49路巴士的二层认识的。"

姨母的手停在半空中，正要将一块方糖放入杯里。"49路巴士？"她重复道。

"是的，我听到他买票的时候说自己要到的地方，但目的地到了他还在打瞌睡，于是我就把他叫醒了。但太迟了，那是一个要提前说才会停靠的站。他很感激我，一路陪我到了切尔西市政大厅。我那时住在奥克利大街的一间地下室里，他跟我一起走回了家。我直到现在都还记得如此清楚，如此清楚，"帕特森小姐说，"好像那就是昨天发生的事情一样。我们发现我们彼此有很多兴趣相通之处。"她的脚又抽搐了一下。

"这真是让我吃惊极了。"姨母说道。

"噢，那天我们聊得多开心啊！"

"聊了些什么？"

"主要交流对沃尔特·司各特先生的看法。我就熟悉《玛米恩》，其他只略知一二。但他了解沃尔特先生写过的所有东西，张口就能引用……那些诗他都能倒背如流。"她小声念着，像是在跟自己讲话：

> 背叛者长眠于何处
>
> 他这个骗子
>
> 赢得了女孩的心胸

1　英国中部城市，位于伯明翰西北方向。

又始乱终弃离开她？

最终战败……

"一切就这样开始了呗，"姨母用不耐烦的语气打断她，"然后背叛者就长眠在了布洛涅。"

帕特森小姐蜷在她的椅子上，脚使劲地抽了一下。

"没有任何事情开始——就你所言来说，"她说，"晚上我听见他敲我的门，叫着'多利'。"

"多利！"姨母的反感表露无遗，仿佛多利是一个污秽到不能说的词一样。

"是的。他就是那么叫我的。我的名字是桃乐茜[1]。"

"你当时肯定锁了你房间的门吧。"

"我可没有。他是一个值得我完全信任的人。我告诉他请进。我知道他不会因为任何无关紧要的事叫醒我。"

"我肯定不会用无关紧要这样的词来形容他做事的理由，"姨母说，"继续说。"然而帕特森小姐的思绪又一次游离了，她的牙齿不断地发出咯咯的响声。她死死地盯着一个我们都看不见的东西，她的眼中开始泛起泪光。我把手放在她的胳膊上，说："帕特森小姐，如果那会使您伤心，就别再说了。"我很生姨母的气：她的脸僵硬得就像硬币上的人脸一样。

帕特森小姐看着我，看得出她的心开始从旧时光里回来了。"于是他就进来了，"她说，"他呢喃道：'多利，我亲爱的。'之后便倒在了地板上，再也没能说一句话。我坐在他身边，把他那可怜的、可怜的头枕在我腿上。我完全不知道他为什么而来，也不知他所说为何意。"

1　桃乐茜的亲昵称呼即"多利"。

"我能猜到八九成。"奥古斯塔姨母说。

帕特森小姐又把自己蜷进椅子，双手缠到椅背上，不断地向后倚靠。眼前的光景真是令人悲伤，两个上了年纪的女人因多年前发生的事而争执。"应该就是你猜的那样，"帕特森小姐说，"我知道你在想什么，应该就是那样。我会做他叫我做的任何事情，没有遗憾或犹豫。我从没再爱过另外任何一个男人。"

"不过似乎你并没有多少时间去爱他。"姨母说。

"那你就大错特错了。可能因为你不知道爱是什么吧。我从他在切尔西市政厅大楼前和我一起下车的时候就爱上了他，我现在、今天、此时此刻也爱着他。当他过世之后，我为他处理了所有后事，所有的，没有任何人来帮我这可怜的爱人，他的妻子也不来。他的尸体必须经过解剖，但他的妻子却写信给警察说就在布洛涅把他葬了，她不需要他那可怜的、可怜的残缺不全的身体。所以那时就只有我和那个看门人……"

"您可真是一直以来都忠贞不渝啊。"姨母说。但这话听起来并不像是一句称赞。

"没有人再用他叫我的那个名字'多利'来叫我了，"帕特森小姐说，"在战争中，我不得不使用化名。我让他们叫我普皮。"

"你到底为什么必须用化名？"

"因为当时是在艰苦的战争年代。"帕特森小姐说着，然后开始找她的手套。

我对姨母如此对待帕特森小姐感到愤恨。我们第二次也是最后一次出去，是到少有人烟的车站附近吃饭，那时我胸中依然有一股缓缓飘动的怒气在燃烧。被海浪侵蚀得色彩斑驳的渔船靠在码头边，每一艘船上都有一条横幅张贴在驾驶室中，上面用法语写着"上帝赐福于每个家庭""上帝公正不阿"，我很疑惑这些箴言在强劲的海峡大风中还能带来什么安慰。油和鱼的腥臭味一如往常，还是没有人在等从里昂开来的火车，餐馆里依旧是那个不满的英国男子和他的伙伴，还有那只可怜的狗。他们让餐馆显得更冷清了，仿佛除了他们以外，再没其他客人。

姨母说："你很平静，亨利。"

"我有太多东西需要思考消化。"我说。

"你被那个可恶的矮小女人给感动了，不是吗？"奥古斯塔姨母控诉道。

"见到如此爱我父亲的人，我深受触动。"

"有很多女人爱他。"

"我是说一个真正爱他的女人。"

"就那个矮小又敏感的女的？她才不知道什么是爱。"

"那你又知道吗？"我问，一气之下释放了心中憋着的怒火。

"至少在这方面我的经验比你多很多。"奥古斯塔姨母的回答中充满着冷静而细腻的残忍。她说得对，我至今都没有回复基恩小姐最近寄来的那封信。姨母坐在我对面，心满意足地吃着她点的菜。她先把虾挨个吃光，然后再开始吃自己的比目鱼，她很享受这两种完全不同的口味，不紧也不慢。

可能她确实有理由瞧不起帕特森小姐。我想到科伦、丹布鲁斯先生和威斯康提先生，他们都活在我的想象中，仿佛是姨母创造出来的一样，就连可怜的大伯乔挣扎着爬向顶层的卫生间也是。她能赋予人生命。帕特森小姐不也是因为她咄咄逼人的追问而重新振作起来了吗？可能如果她向别人说起我来，我可以想象到她会用我的大丽菊、我对图利那傻傻的温柔，还有我过往的无瑕来编出一个怎样精彩的故事。我本身多多少少也算有些活力，她描绘出的那个人物，我敢肯定，一定比真实的我更生机勃勃。抱怨她的残忍是毫无作用的，我曾经读过一本查尔斯·狄更斯的书，书里说一个作家必须要和他创造出的人物紧紧相连，对待他们不允许有丝毫怜悯同情。似乎，在创作的过程中，总会有一种令人作呕的自私。因此狄更斯的妻子和情妇不得不承受很多，这样狄更斯才能写出绝妙的小说并且大获成功。至少一个银行经理所挣的钱不是被这样的自私所腐蚀出来的。我的职业不那么具有破坏性，一个银行经理不会在自己身后留下殉难者的痕迹。可姨母如何呢？科伦现在在哪里？甚至华兹华斯是否还活着都是个未知数。

"我跟你说过吗？"姨母说，"查尔斯·坡提菲尔的事。他也是和那个帕特森女士一样，用自己的方式展示着对死亡的忠贞。只不过他的情况是死的那个人就是他自己。"

"今天就别讲了，奥古斯塔姨母，"我请求道，"我父亲过世时的事已经足够我一天的故事量了。"

"她确实讲得很好，"姨母承认，"虽然我觉得要是她把机会让给我，我会讲得更好。但我警告你，你总有一天会后悔拒绝我主动给你讲故事的。"

"什么故事？"我想着我的父亲，问道。

"当然是关于查尔斯·坡提菲尔的故事啊。"姨母说。

"下次吧，奥古斯塔姨母。"

"你错了，你总这么自信还会有下一次存在。"姨母话音刚落便大声地叫服务员过来结账，声音大到那只狗从吧台处朝她狂吠了起来。

19

姨母并没有按计划和我一起坐渡轮回英国。早餐时她突然告诉我她要坐火车去巴黎。"有点事情我必须去处理。"她说。我记起她头一晚对我的警告，还疑惑她是否已有死亡的预感，事实证明我想错了。

"你想我陪你去吗？"我问。

"不用，"她说，"从你昨天晚上和我说话的方式来看，我觉得你已经厌倦我的陪伴了。"

很显然，我拒绝听她说查尔斯·坡提菲尔的故事这一举动深深伤害了她。

我送她去火车站，临行前她在我脸颊上冷冷地啄了一下，真是有史以来最冷的一次亲吻。

"我不是有意要冒犯你的，奥古斯塔姨母。"我说。

"比起你母亲，你更像你的父亲。他相信除了沃尔特·司各特的文字之外世上再无任何有趣的故事。"

"那我亲生母亲呢？"我迅速问道。可能最后时分我会从姨母那里得到一条线索。

"她尝试过阅读《罗布·罗伊》，但最终发现是徒劳的。她很爱你的父亲，急于想要让他开心，但读《罗布·罗伊》还是太离谱了。"

"为什么她没有嫁给他呢？"

"她不习惯在海格特的生活。你走之前可以给我买一份《费加罗报》吗？"

当我从书摊回来时，她给了我她公寓的钥匙。"如果我长期未归，"她说，"我可能需要你寄给我些东西，或者顺道去看看是否一切都好。我会写信给房东，跟他说我把钥匙给了你。"

我坐渡船回到了伦敦。两天前，我透过火车车窗在铁路沿线看到了一个金灿灿的英国，而现在景色则完全不同：英国变得潮湿阴冷。列车缓缓驶过多佛尔的街道，在湿答答的雨中开往查令十字街，场景灰黑得像墓地一般。有扇窗可能没被完全关严实，卧铺车厢前积了水。暖气没有打开，对铺角落里一个女人在不停地打喷嚏，此时我正准备读《泰晤士报》。报纸上说一场危害不小的技术人员罢工浪潮让汽车产业面临危险，因为一家生产雨刮器的重要工厂的清洁工也参与了罢工。所有英国汽车公司的工厂里，汽车都在生产线上等着雨刮器的供应。出口额下降了，英镑也贬值了。

报纸的最后是法庭新闻和讣告，这栏目通常没什么有趣之事。有个叫奥斯瓦德·纽曼爵士的人去世了，享年 72 岁。这是所有消息中唯一稍有意思的。20 世纪 50 年代，他从建筑工程部长期秘书的职位上退休后，作为主要仲裁参与调停了一项建筑纠纷。1928 年，他和罗萨·厄克特结婚。膝下育有三子，夫人依然健在。他的长子现在是国际热电联盟的秘书，获得过英国勋章。我想起了在布洛涅上城区小旅店中死去的父亲和他临死前的那句"多利，我亲爱的"，他死的太早了，都没有机会在建筑纠纷仲裁时和奥斯瓦德·纽曼爵士见面，虽然建筑纠纷很可能和他也扯不上任何关系。我母亲告诉过我，他和周围的人总是相处融洽。懒惰和和善总是同时出现。他每年都会收到圣诞节奖金，但他不会做任何努力去把每小时的奖金额提高哪怕一便士。我望向窗外，看到的不是奥斯瓦德·纽曼的英格兰，而是烟雾缥缈中我父亲的墓地以及站在他墓前祈祷的帕特森小姐，我很羡慕他生来就有的吸引女士爱慕眼光的能力。罗萨·纽曼也是这么爱着奥斯瓦德爵士和她那个获得勋章的儿子的吗？

我踏入家门。已经两天不在家了，房子就像个占有欲极强的女人，稍微被冷落一会儿便怨气十足。秋天的尘土总是累积得很快，即使窗户是关上的也是这样。接下来的程序再熟悉不过：先打电话给"鸡料理"餐厅叫外卖，如果雨停了的话去看看大丽菊，可能查奇少校还会从栅栏那边抛过来几句评论。我的父亲小声说着"多利，我亲爱的"死在那个小旅馆里的时候，我还躺在海格特的托儿所里，床边点着一盏病房夜明灯，驱散心中的恐惧，这恐惧总在我母亲亲吻我脸颊、道过晚安之后集聚，或者应该说我继母比较好？我害怕夜里的盗贼，害怕印度暴徒和蛇还有火以及"开膛手杰克"，害怕三十年的银行工作生涯，我还怕接接替别人的职务，怕过早退休，只能陪着"罗伊·阿尔伯特的哀伤"过活。

一个月过去了，姨母那边没有传来任何消息。我打过几次电话，但都是无人接听。我尝试着让自己对萨克雷的小说感兴趣，但小说没有姨母的故事来得出乎意料且真实。仿佛她真的预见到了我会后悔阻止她告诉我查尔斯·坡提菲尔的故事。在我现在的生活里，无论是醒着平躺在沙发或床上，或者是在厨房等着水壶里的水烧开，或者是合上《纽可谟一家》，将其放在腿上，我都会想起科伦、丹布鲁斯先生和威斯康提先生。他们充斥着我孤独的生活。六周过去了，还是没有任

---

1 萨克雷的小说。

何消息，我变得急躁不堪，万一姨母也和我父亲一样，客死他乡该如何是好？我甚至给圣詹姆斯和奥尔巴尼酒店打过电话，这是我从银行退休以来第一次往外国打电话。拿着听筒时，我很怕自己讲得很烂的法语难以表达完整的意思，好像错误会被电话的麦克风放大。负责接待的人告诉我，姨母已经不在那儿了。她三周前就已经离开去了北边的瑟堡[1]。

"瑟堡？"

"坐接送轮船旅客的火车去的。"前台的人这么说。我还没来得及问他是哪趟船，那边就已经挂掉了电话。

我很害怕姨母就这么一去不复返了。她走进我的生活的目的就是打乱我的生活。我已经失去了对大丽菊的兴趣。杂草长了起来，我也任其肆意生长。查奇少校邀请我去参加一个政治性集会，虽然我知道肯定无聊透顶，但还是去了。去了之后发现那是一个保皇党的集会，我猜肯定是查奇把我的地址给了这组织，他们才会给我寄小册子来。在那儿我见到了几个我的老客户，包括那个海军少将。这是我第一次庆幸自己已经退休了。银行经理不能有政治喜好，特别是异乎寻常的政治立场。要是我还未退休，我出席了保皇党集会的流言很快就会传遍绍斯伍德。现在，如果我的老客户看着我，一定是满脸疑惑的神情，他们不确定我和他们什么时候见过，在哪个场合见过。就像一个在休班的服务员一样，我走过人群，没有人认出我来。这对于我这个以绍斯伍德为中心生活的人来说是一种颇为奇怪的感受。当我上楼睡觉之时，我感觉自己像是一个鬼魂回到了家中，跟水一样透明。连科伦都比我更有活力。我甚至看见自己在镜子里的样子都很惊讶。

可能是为了证明我还活着，我开始给基恩小姐写信。我先打了几

1　法国西北部港口城市。

份草稿，直到自己满意为止。现在誊写出来的信的内容，在许多细节上与我最开始写好的都颇为不同。"我亲爱的基恩小姐"，草稿上是这样写的，但最终版里我删掉了"我"字，因为那看起来好像是擅自显示一种她从未了解、我也从未宣称过的亲密感。"亲爱的基恩小姐，我真的感到很悲伤你还未完全融入咖啡方丹的新家庭，虽然我不由自主地会感到一点愉悦。"（在最终版里我把这句话中的"我"换成了"我们"。）"对你的思念不时会闯进绍斯伍德我们静谧的生活。我没有一个朋友好过你的父亲，我的念头也经常信马由缰地回到那些愉悦的夜晚，艾尔弗雷德先生好客地坐在凡·德·威尔德风格的油画下面，我和他喝着红酒，你在一旁缝纫。"（后半部分我从第二稿开始就删掉了，里面包含了太多无处隐藏的感情。）"上个月我的生活过得很不平常，大部分时间我都和我姨母在一起，就是我之前告诉过你的那个姨母。我们一起去了很远的地方，远到了伊斯坦布尔，我对那有名的圣索菲亚大教堂很失望。虽然我没法跟我姨母说，但我可以坦诚地告诉你，就宗教氛围来讲，我更喜欢我们自己的圣约翰教堂。幸好我们的牧师不觉得在尖塔上用留声机放音乐召集虔诚信徒是必要的。10 月初我们一起去了我父亲的墓地。我想我应该没有告诉过你，事实上我自己也是最近才知道的，我的父亲死在布洛涅，并葬在了那里。这中间牵扯到太多事，太复杂了，篇幅有限没有办法一一写给你。我多希望你现在在绍斯伍德啊，这样我就可以把所有事情都告诉你。"最后一句我也觉得要小心一些，于是也删掉了。"我现在正在读《纽可谟一家》，但我一点也读不进去，不像我读《亨利·埃斯蒙德》那样。可能那才是我内心的浪漫所在吧。我偶尔也读读帕尔格雷夫的《英诗金库》，看看我自己的旧爱。"我用伪善的笔触继续写，"我读的书是对抗外国旅行的一个很好的手段，也是增强我对英格兰热爱的一种手段。但有时我很疑惑我花园的篱笆或者教堂路之外的地方是否还算是英格兰。于是我想在咖啡方丹你该是多么难保持过去的喜好。未来对我来说好像已经完全没了吸引力：就像菜单上的一顿饭一样，它的功能只是为了填饱肚子。如果你有机会回英格兰来……"那是一句我永远也没有写完的话，我现在已经记不得我当时想要写什么了。

圣诞临近，姨母那边还是没有任何消息，甚至一张圣诞贺卡都没有。当然，从咖啡方丹寄来了一张贺卡，正面画着一座在一大片雪地中孤独矗立的老教堂。我还收到了一张查奇少校寄来的滑稽版贺卡，上面画着一个鱼缸，里面的金鱼正在接受圣诞老人的喂食。不过这张贺卡是手动投递的，为了节省邮票钱。地方的商店给我寄来了可以撕页的挂历，每个月的上方都印着一幅英国名画，色彩明快闪闪发光，就像是用奥妙洗衣液洗过一样。12月23号的时候，邮递员一大早给我带来了一个大包裹，我放在早餐桌上打开，一大堆银箔落到了餐盘里，搞得我都没法吃我的果酱了。这些银箔是从一个埃菲尔铁塔模型上掉下来的，一个圣诞老人正背着他的麻袋在攀爬铁塔。在打印出来的一行法语单词"最美好的祝福"之下，只有一个名字，用正体大写字母写着的"华兹华斯"。他肯定在巴黎见过我姨母，要不他是怎么知道我的地址的？在银行的时候我都是用官方专用的圣诞卡来给客户们发送祝福。贺卡上还印有银行的盾徽，正面则是位于齐普赛街的总部的照片或是董事会成员的合照。我既已退休了，也就不需要给什么人寄贺卡了：当然，基恩小姐和查奇少校是要回寄的。我还寄了一张给我的医生——我的牙医，还寄给了圣约翰教堂的牧师，以及我以前的出纳总管，现在他已经成了诺丁汉一家分行的经理。

一年前的此时，我母亲到我这里和我一起吃圣诞节晚餐。我们没有点"鸡料理"餐厅的任何外卖，在她的指导下，我成功地做了一道火鸡。饭后我们几乎是安静地坐着，就好像餐车上的陌生人一样，等到两个人都觉得吃饱了，十点钟左右她便离开了。之后我按照习惯去圣约翰教堂唱圣歌，参加圣诞午夜特别活动。今年，因为我完全不打算给自己做一餐什么饭，于是就在拉蒂默街的修道院饭店订了个座。结果证明是个错误。我不知道他们正在策划一个特别菜单——火鸡加葡萄干布丁，以吸引全绍斯伍德的孤独和思乡之人前去用餐。在我离家之前，我又给姨母家打了一次电话，期望她会赶在圣诞节之前回来，然而很明显，我的希望又落空了。电话铃声响彻那间空旷的公寓时，我可以想象噪声会让那些威尼斯玻璃叮当作响。

那个饭店非常小，横梁笨重结实，窗户是有色玻璃的，厕所入口处挂着一丛槲寄生小枝，固定得很好，不会掉落。推开饭店门，我第一眼看到的人是独坐一边的那位海军上将。他显然早些时候已经吃过了晚餐，头上戴着一顶猩红色的纸皇冠，一个已经撕开了的薄脆饼躺在他的盘子里，葡萄干布丁也剩着。我向他鞠了一个躬，他生气地说："你谁啊你？"他对面的那桌坐着查奇少校，正眉头紧锁地看着政论报纸。

"我是普林。"我说。

"普林？"

"之前在银行工作……"

红色的纸帽子之下是他那张生气的脸，喝光了的基安蒂葡萄酒空瓶立在桌上。我补充说道："圣诞快乐，少将。"

"老天爷啊，小伙子，"他说，"你看报纸了吗？"

我好不容易穿过桌子间狭窄的小道，很不幸地发现我订的位置正好在查奇少校的旁边。

"晚上好，少校。"我说。我开始疑惑这里是不是只有我一个人不是军人。

"我想请你帮个忙。"查奇少校说。

"当然可以……什么忙都可以……我只是怕我已经不了解时下债券

市场的状况了。"

"谁说要问你债券市场的事情了？你难道觉得我和城里那些人是一丘之貉吗？他们背叛了他们的国家。我要说的是我养的金鱼的事情。"

杜鲁门小姐打断了我们的谈话，她来问我要点些什么。可能是为了使顾客感受到活力，她戴着一顶纸帽子，形状像是军队的，但颜色却是显眼的金色。她是一个胖且聒噪的女人，喜欢人们叫她皮特，这小饭店总是显得太窄小，容不下她也容不下她的伙伴——一个叫南茜的女人。南茜总是很胆怯，不合群，可能正因如此才能偶尔在传菜口见到她。

因为无法看向其他地方，我只好客套地赞美了几句她的帽子很美。

"就像以前那样。"她说，看起来很开心的样子。我记得她以前是一名海军女军官。

我的记忆是多么模糊啊。此前和姨母在一起时，姨母曾在我内心掀起过多大的波澜。这是我熟悉的世界，小城市里上了年纪的人生活居住的世界，基恩小姐想要回来的世界，人们只有通过报纸才能知晓危险的世界。在这里，人们所期望的最大的改变就是政府换届，我能记得的最大的丑闻就是一个书记官在赛犬场输掉了大量公款。这里比英格兰更像是我的国家，因为我从未看过拳击比赛，也从未去过北边的荒原，我按我的路子在这里快乐地生活。然而，我现在正用讥讽的眼光看着皮特（杜鲁门小姐），好像我借了姨母的视角，用她的眼睛在观察。拉蒂默街再往前就延伸到了另一个世界。那个世界里有华兹华斯、科伦和丹布鲁斯先生，还有哈基姆上校和行踪诡异装扮成主教从盟军手中逃走的威斯康提先生，是的，还有我的父亲，那个在小旅馆的地板上，对帕特森小姐说过"多利，亲爱的"之后就停止呼吸的男人，他死在她的怀里，得到了今生挚爱。我现在该向谁申请一张通行证，才能在我姨母已经离去之后还能去到那个世界。

"你要点套餐吗，普林先生？"

"我觉得我可能吃不了葡萄干布丁。"

"南茜做了些很棒的碎肉馅饼。"

"那要不就来一个吧，"我说，"毕竟是圣诞节。"

杜鲁门小姐转过身去，故作优雅地走开了。我转过头去对查奇少校说："你刚刚说什么来着？"

"我新年要出门一趟。去一个在切舍姆的学习小组。我得给我的鱼儿们找个寄养的地方。坚决不能再相信那些女佣了。你看看皮特，某种意义上说她也算个女人，你看看她是怎么给我们点餐的，让人点一大堆吃一大堆。她可能也会对我的小金鱼们做同样的事。"

"你想让我帮你照看你的金鱼？"

"我都替你照看了你的大丽菊。"

于是我的大丽菊们都快干死了，我心里这么想着，嘴上却还是得说："是的，当然，我会帮你照看的。"

"我一会儿给你它们的食物，每天一勺就好了。即使它们在玻璃缸里面做出想大吃大喝的样子，你也不要管。他们不知道到底什么对它们好。"

"我会坚定我的内心的。"我说。我谢绝了他给的海龟汤，毕竟太不寻常了。我经常打开一罐这样的汤之后连吃鸡蛋的欲望都没有了。我问："是什么样的学习小组？"

"学习关于君主制的问题。"他回答道。他生气地瞪大眼睛看着我，好像我已经做了一些愚蠢且不屑一顾的回应一样。

"那东西不是已经被研究透了吗？"

"精神失常的人才会那么认为。"他猛咬着，用刀刺着他的火鸡肉。

要是选客户的话，比起科伦，我肯定更喜欢他。他绝不会用透支问题烦扰我：他用他有限的养老金小心翼翼地生活着，即使我觉得他的想法令人反感，但他确实是一个诚实的人。我想到了威斯康提先生，他诈骗了梵蒂冈和沙特阿拉伯国王，在意大利银行留下一大摊劣迹之后，去《信息报》报社背后的妓院，在接待室和姨母一起跳舞。是不是只有犯罪者才能永葆青春？

"有个男的一直在找你。"沉寂了很长一段时间后，查奇少校说。海军少将突然从他的桌子前站起来，摇摇晃晃地走向门口。他还戴着那顶纸皇冠，但当他的手碰到门把手时，似乎是记起来了，于是将其揉成一团扔掉了。

"什么人？"

"你应该是去邮局了，那时候，差不多是，我猜想的。反正我看见你当时在绍斯伍德路的尽头是往右转而不是往左转。"

"他有什么事？"

"他没告诉我。他按了门铃又敲门，按了门铃又敲门，弄得好大声响。就连鱼儿们都被吓着了，可怜的小家伙们。他们有两个人。我当时觉得在他们把整个街道的居民都吵到之前，我应该主动跟他们说话。"

我不知道为什么，我那一瞬间想到的是华兹华斯，可能他带来了我姨母的消息……

"他是黑人吗？"我问。

"黑人？这问题真是特别。当然不是啦。"

"他没说他叫什么名字？"

"他俩都没说。他问去哪儿能够找到你，但我不知道你计划着来这里。你去年和前年都没来这里。我以前从来没在这里见过你。我唯一能告诉他的就是你以前晚上都去圣约翰教堂唱圣歌。"

"我想知道到底会是谁。"我说。

我深信我即将再次进入奥古斯塔姨母的世界。我心跳加速，心中充满了匪夷所思的愉悦感。杜鲁门小姐给我拿来两块碎肉馅饼，我把它们都吃光了，仿佛是要为长途旅行积蓄能量。我甚至还自己加了大量的白兰地和黄油。

"以前还会加地道的人头马香槟，"杜鲁门小姐说，"你都还没有撕开你的薄脆饼。"

"跟我一起把它扯开吧，皮特。"我大胆地说道。她有很强的腕力，但最终还是我赢了。一小块塑料物体滚到了地板上。我很高兴看见那不是一顶帽子。查奇少校突然捡起它，然后擤鼻涕似的毫无顾忌地大笑。他把那东西放进嘴里，然后使劲儿呼吸，发出的声响就像是在咋舌一样。这时候我才看清那是个形状像一把小尿壶、把手处有个口哨的东西。

"真是恶趣味。"杜鲁门女士不客气地说道。

"现在是过节期间。"查奇少校说道。他又吹了一口咋舌声。"听，天使在高声歌唱。"他用一种凶恶的语气说道，就好像他正在圣诞前夜做什么复仇计划一样。圣马利亚家族、喂马槽和聪明人都是他的累赘，爱的复仇，为内心深深的失望的复仇。

我是十一点一刻到的圣约翰教堂。为了和罗马天主教的午夜弥撒区别开来，仪式总是从十一点半开始。自我刚成为银行经理之日起，我就开始参加这个仪式，因为若是有人看见我出席仪式，会认为我生活在一个气氛良好且稳定的家庭中。和奥古斯塔姨母不同，我没有坚定的宗教信仰，我更多的是享受基督教中诗意的一面，所以也并不算违背内心。圣诞节，对我来说，是一个很有必要的节日。我们需要一个节日来对我们人际关系中的缺陷进行悔悟。这是一个有关失败的节日，伤感但却又让人备感安慰。

数年以来，我一直坐在彩色玻璃窗下的同一排长椅上，那玻璃窗是 1887 年为纪念特朗布尔议员而特意供奉的。上面画着被小孩们包围着的耶稣坐在一片绿油油的树荫下，上面的文字自然是"救赎孩子"。特朗布尔议员此前负责修建过克兰默路带窗栅的方形红砖大楼，大楼以前曾是孤儿院，现在已经变成了少年犯的拘留中心。

圣歌仪式开始了，开场白可比查奇少校的"听，天使在高声歌唱！"要温和许多。终于唱到那首令人怀念的《好国王，温塞拉斯》了。

"落雪慢慢铺了一地。"女高音从走廊响起，那真是一句美丽的诗，完美呈现出了英格兰的一个小村落的冬日：没有拥挤的人流，没有繁忙交通来弄脏积雪，就连皇家园林也坐落在宁静祥和、人迹罕至的土地之上。

"今年的圣诞节不是白色的，先生。"身后人群中有一个声音在我耳边轻诉道。转过头去，我发现是斯帕洛探长。

"怎么是你？你怎么会在这里？"

"仪式之后可以匀出点时间给我吗，先生？"他回答道，然后高举起自己的祷告书，用优美的男中音演唱着：

尽管寒冬如此冷酷
贫困的男子仍然出现

——可能斯帕洛探长和杜鲁门小姐一样，以前也是海军出身？

拾捡冬日的柴火

我转过头来看了看他的同伴。他穿着整洁，瘦长面庞，典型的警察模样。他的外套是深灰色的，手臂上小心翼翼地勾着一把雨伞。我在想，当他需要跪拜之时，他要怎么处理他的雨伞，还有那些可能因跪拜而出现在裤子上的褶皱。在教堂里，他似乎没有斯帕洛探长那样轻松自在。他也没有唱圣歌，我甚至怀疑他是不是同样也没有祷告。

看清我的脚步，我的小侍童，

警官用力地歌唱着：

勇敢地跟在我的身后。

走廊里领唱人的声音也被听众们的意外的参与热情激励，变得热烈激昂起来。

最后仪式正式开始了，我很高兴《亚他那修信经》也安全完事儿了。"亦非三不受造者，非三无限者，乃一不受造者，一无限者。"（斯帕洛探长在这过程中咳嗽了好几次。）

一直以来我都保持着这个习惯，去吃圣餐。英国国教教堂也不排外：圣餐就是一个纪念仪式，我也可以和真正的信仰者们一起去纪念一段美丽的神话。牧师祷告得清晰明了，相较之下，全体教徒却只是含糊不清地低声祷告，掩饰着他们已经忘掉那些词语的事实。"我们了解并为我们经常会犯的各式各样的错误和罪恶悲伤……"我注意到警探可能由于职业习惯养成的深谋远虑，并没有加入悔罪的行列。"我们真诚地悔悟，且衷心地为我们的罪行感到悲伤……"此前我从来没注意到过，祷告词竟然和一个老囚犯向法官乞求怜悯时说的话这么相像。两位警官的出席似乎改变了整个仪式的风格。当我踏入教堂中殿走上圣餐台时，我听到身后传来一阵强烈的议论声，以及一句有力的"喂，斯帕洛，跟着去"。所以当我看到斯帕洛探长跪在我旁边的通道上时，并未觉得惊讶。可能他们不确定我是否会利用领圣餐的时机从侧门逃跑吧。

当轮到他用圣餐杯的时候,斯帕洛探长喝了一大口,而且我注意到,他喝完之后酒消耗得也越来越快,神父不得不在圣餐结束前又补充上了更多的葡萄酒。当我回到座位时,警探踩了我的鞋跟一下,我身后群众的议论声又开始此起彼伏。"我的喉咙就跟个擦菜板一样。"我听到警探说。我猜想他是在为刚才用圣杯喝了一大杯酒的举动道歉。

仪式快要结束前,他们站在教堂门口等我。斯帕洛探长介绍了他的同伴。"这位是警官伍德罗,"他说,"普林先生。"他又压低声音补充道,"伍德罗警官属于特殊部门。"

犹豫了一下,我还是和他握了手。

"先生,您是否介意再次帮助我们,"斯帕洛探长说,"我告诉过伍德罗警官大麻坛子的事件您帮了我们多大的忙。"

"我猜你说的应该是我妈的骨灰盒。"我用圣诞节凌晨能用的最冷漠的口吻说道。

教堂里的群众从两边倾泻而出。那位海军少将也走了出来。在他的胸袋里还有一小块猩红,我猜想是那顶纸帽子,他把它用作手绢了。

"冠锚酒吧的人告诉我,"伍德罗警官用生硬且不友好的口气说,"你有你姨母公寓的钥匙。"

"我们想让事情平和推进,"斯帕洛探长解释道,"在各方都认可的前提下。这样在法庭上也方便说话。"

"你们就明说吧,到底想要什么东西?"我问。

"圣诞节愉快,普林先生。"牧师把他的手搭在我的肩上,"这两位是新来的教区居民吗?"

"这位是斯帕洛先生,这位是伍德罗先生,这是我们教区的牧师。"我说。

"但愿你们都很享受我们的圣歌仪式。"

"我实在是很享受，"斯帕洛探长热情地说，"如果有什么事情称得上是我喜欢的话，那一定是语调优美且我能理解的歌曲。"

"等我一下，我给你们找两本我们教区的杂志，加厚版的圣诞特别号。"牧师一跃回到了黑暗的教堂里，看起来就像一个穿着白法衣的幽灵。

"您是明白人，先生，"斯帕洛探长说，"我们可以轻松拿到搜查令，强行进入您姨母的房子开展搜查。但这样不仅会破坏一把好锁，哦，对了，那是一把丘伯保险锁，伯特伦小姐还真是深谋远虑，而且如果强行闯入，太显眼，看着也不舒服，你知道我什么意思，对于一个清白的女子来说这是多么不好。就算是收集证据，我们也不希望走到那一步。"

"但是你们到底要找什么？确定不是大麻吧？"

伍德罗警官用一个刽子手式的口吻说："我们正在国际刑警的要求下开展调查。"

牧师匆匆忙忙地跑回来，手里挥舞着教区杂志。他说："你们要是翻到最后一页，就会看到有一张可撕下来的明年整年的订阅表格。普林先生已经订阅了。"

"谢谢，谢谢你，我看到了，"斯帕洛探长说，"但我现在身上没有笔，请把杂志留给我吧。设计真是高雅独特，冬青树、小鸟还有墓碑……"

伍德罗警官接下杂志之时，满脸的不情愿，他把它拿在身前，就像一个证人在法庭上手持《圣经》一样，并不确定应该拿它怎么办。

"这真的是特别加厚版。"牧师说，"噢，请原谅我，我将在一秒内回来。那位可怜的女士又……"他冲向拉蒂默街大喊道，"布鲁斯特夫人，布鲁斯特夫人。"

"我想在他回来之前，"伍德罗警官说，"我们得去别的地方商量事情。"

斯帕洛探长已经翻开教区杂志，兴致勃勃地读着了。

"你们可以跟我一起回家去。"我说。

"我更希望现在立刻直接去伯特伦小姐家。我们可以在车里面解释事情的原委。"

"你为什么想要去我姨母的公寓？"

"我已经告诉过你了。我们是按国际刑警组织的要求行事。我们可不想在圣诞夜打扰任何一个治安警察。你是她的近亲，你的姨母给了你她的钥匙，把公寓交给你管理……"

"我的姨母出什么事了吗？"

"也不是绝对没有发生什么。"他真是强迫症，非要凑够四个词语才说一句话。他突然话锋一转："牧师回来了……靠你了，斯帕洛。"

"现在我希望你们俩都没有忘记订阅一事，"牧师说，"订阅的钱都会用作善款。我们正在加紧修整一座儿童乐园，争取在万圣节前建成，我更喜欢叫它小教堂，但绍斯伍德有一些新教徒战斗留下的斧头。我要告诉你们一个绝对的秘密，我都没告诉过我的委员们。几天前我在波多贝罗集市得了一张玛贝尔·露西·阿特韦尔的插画原稿。我们准备在复活节的时候向公众展示，我在想如果我们不能劝安德鲁王子……"

"我想恐怕……我们得走了，牧师，"伍德罗警官说，"但我衷心祝愿你的儿童乐园取得圆满成功。"雨开始下起来了。他看了看他的雨伞，但却没有打开它。可能他不确定打开之后是否还能整洁地折叠回原状。

"我会尽快联系你们俩的，"牧师说，"收到你们寄来的订阅表格、知道你们的地址之后就做。"

"斯帕洛！"伍德罗警官相当尖锐地吼道。

斯帕洛极不情愿地合上了杂志，因为下雨，他小跑着跟上我们。当他坐在伍德罗身旁的驾驶位上时，他抱歉地解释道："杂志里有一篇小说叫《谁是罪犯》，看名字我以为是一个杀人故事，但事实上只是关于一个对流行歌手很不友好的老太婆的故事而已。这年头真是无法从题目判断出任何事情啊。"

　　"现在，普林先生，请告诉我，"伍德罗警官问，"你最后一次见你姨母是什么时候？"口气稍微和蔼了些。

　　"几周，哦不对，几个月前，在布洛涅。怎么了？"

　　"你真是和她一起走了很多地方啊，是吧？"

　　"这个嘛……"

　　"你最近一次和她联络是什么时候？"

　　"我告诉你了啊，在布洛涅的时候。我有义务必须回答这些问题吗？"

　　"你拥有宪法所规定的所有权利，"斯帕洛探长开始说话了，"和所有居民一样。当然也有义务。自觉主动陈述的人在法庭上是会被优待的。法庭会考虑……"

　　"求你了斯帕洛，闭上你的嘴吧，"伍德罗警官说，"你难道不觉得惊讶吗，普林先生？自布洛涅一别之后，你就再也没收到关于你姨母的任何消息。"

　　"我姨母身上发生任何事都不会使我惊讶。"

　　"你不会担心吗？她会不会万一出了什么意外？"

　　"会吗？"

　　"她和一些奇怪的人保持着来往。你听说过一个叫作威斯康提的人吗？"

　　"这个名字，"我说，"确实是有点耳熟。"

　　"他是一个战争罪犯。"斯帕洛探长鲁莽地插入话题。

"请你好好看着路开车，斯帕洛，"伍德罗警官说，"阿卜杜勒将军，你肯定已经听说过阿卜杜勒将军了吧。"

"……可能，是的，名字好像确实是听过。"

"一段时间前，你和你姨母在伊斯坦布尔。你们是坐火车去的，几个小时之后你们被驱逐出境。你们见到了一个叫哈基姆上校的人。"

"确实见到了个警官什么的，不过是个荒谬的错误。"

"阿卜杜勒将军临死前有一段陈述。"

"死了？可怜的家伙。我完全不知道。我也不知道他的陈述会和我有何关联。"

"或者是和你的姨母？"

"我又不是我姨母家看门的。"

"这段陈述和威斯康提有关。国际刑警组织已经将详情告诉给各地机构。到现在为止我们一直都以为威斯康提已经死了，我们都把他从战犯名单上除去了。"

"在我们走更远之前，我必须说一下，我现在手上没有我姨母公寓的钥匙。"我说。

"这不可能。我只是想得到你的许可进入而已。我向你保证我们不会破坏任何东西。"

"抱歉，我想我无法同意。那套公寓现在是在我的掌控之下。"

"如果到了法庭上，那会看起来好很多的，普林先生，"斯帕洛又开始他那一套，但警官打断了他，"斯帕洛，下一个路口左转，我们送普林先生回家。"

"圣诞节之后你们可以打我的电话，"我说，"我是说，如果你们有搜查许可的话。"

20

我一直以为警官和斯帕洛探长很快会来我家，可他们连电话都没打一个。但很意外，我竟然收到了一张图利寄来的明信片。明信片封面是加德满都一座相当丑的寺庙，她在上面写道："我现在正在一趟超棒的旅途之中。爱你的图利。"我都忘了我给过她我的地址。明信片里丝毫没有提到圣诞节，我猜想在尼泊尔，圣诞季应该就在人们的忽视中悄然度过了。不过她还记得我，这令我很开心。

节礼日结束后的下午我在冠锚酒吧关门之前开车去了一趟。我想先看看姨母的公寓以防警官拿着搜查证突然出现。万一有什么华兹华斯的劣迹还残留在房子里的话，我可以把它们都拿走，所以我带了一个小旅行箱。在我整个工作生涯里，我非常严格地忠诚于一家机构——银行，但现在我的忠诚已经被引诱去了另一个完全不同的方向。对一个人忠诚不可避免地需要对那个人的缺陷也忠诚，即使那是欺骗和不道德也要，而姨母并非与这两种品质毫无关联。我怀疑她是不是曾经伪造过支票或者抢过银行，我冲着自己这个想法微微一笑，好像看到了什么过去的奇事一样。

到了冠锚酒吧前，我偷偷地透过窗户望了望酒吧里面。为什么要偷偷地啊？酒吧依然是营业时间，我可是有正当权利在那里的啊。天灰蒙蒙的，似乎要下雪，客人们都挤在吧台，等着在三点闭店前最后斟上一杯。我看见了那个女孩的后背，她还是穿着马裤，一只多毛的大手环在她的腰上。"再来两杯""来杯苦味啤酒""两杯粉色杜松子酒"。这一刻，时钟停在还差两分钟到三点的位置，他们就好像在鞭挞他们的赛马，在终点线前冲击桂冠，混乱又拥挤。我找到了那把侧门的钥匙，上了楼梯。在第二个楼梯平台，我在姨母的沙发上坐了一会儿。我觉得自己好像个入室盗贼一样在做违法的勾当，我还竖起耳朵听了听是否有脚步声，当然只有酒吧传来的低沉嘈杂和模糊人声在回荡。

打开公寓门，我发现所有东西都沉浸在黑暗中。我不小心撞到了临时茶几，茶几摇摇晃晃，威尼斯风格的玻璃杯碎了一地。我拉上窗帘，玻璃碎片不再有光泽，它们死亡了，就像被废弃的珍珠一样。碎裂的玻璃中有几捆信件，但它们看起来就像传单，我暂时没心情去整理。我羞赧地走进姨母的卧室，虽然是她让我去看看是否一切都正常有序的。我还记得哈基姆上校多么仔细地检查了整个旅馆的房间，但还是很轻易地被她骗过去了。现在我在四下没看见任何蜡烛，当然厨房里有些大小和重量都正常的蜡烛，而且很显然，那些确实是为停电准备的。

华兹华斯房间里的床已经被搬走了，那些荒谬可笑的沃尔特·迪士尼的玩偶也都被收进了储藏柜。唯一留下的装饰是一张装裱起来的弗里敦港湾的画，画里市场上的女人身着明艳的裙子，缓步从一些老旧的台阶走下，头顶着篮子前往码头区。上次来的时候我没注意到这张画，说不定是我姨母后来挂上去用来纪念华兹华斯的。

我回到客厅，开始翻阅信件，可能有一天姨母会给我一个转递地址，但现在为了避免伍德罗和斯帕洛的搜查，我得把与姨母过去有关的东西都先收起来。里面有我也用过的奥妙洗衣液公司发来的信件，也有洗衣店、卖酒的店、食品杂货店寄来的账单。我很惊讶竟然没有发现一张银行交易清单，但回忆起金砖和塞满纸币的行李箱，我想可能姨母更喜欢把财富都换成现金。如果是这样，那我最好是好好看看家中这些裙子里是否夹杂着钞票，在这间空旷的房子里放大量现金是很危险的。

这些账单中倒混着个有趣的东西，一张从巴拿马寄来的明信片，封面是在蔚蓝海面航行的法国轮船。卡片是用法文写的，为了节约空间，有效利用狭小空白处，字体很小。落款处的签名只有首字母缩写，A.D.。就我所能辨认的内容来看，上面写道，真是个巧合，在这么多年的分离之后，竟然能和我的姨母在船上偶然重逢。但又是多么不幸，姨母在航行结束之前提前下船，他都没有机会重温他们过往的美好记忆。在姨母离开之后，A.D. 的腰痛愈发严重，右脚趾的痛风又复发了。

我在想，有没有可能是丹布鲁斯先生，那个养了两个情人在同一个旅馆的色情男子。如果他还活着的话，那科伦可能也还活着。似乎我姨母那扭曲的世界生来就注定是一种不道德的存在，只有我可怜的老父亲逝去的灵魂安静地躺在布洛涅的烟雨中。我承认在看到明信片的时候一股因嫉妒而产生的剧痛袭击了我，因为我没能成为我姨母这次旅程的同伴。她在对别人描述着她的故事。

"请原谅我们不请自来，普林先生。"是斯帕洛探长。这么说着，他退到伍德罗警官身后，让他先进了客厅。伍德罗依然带着他那把伞，伞仿佛自我上次见过他之后就没撑开过。

"下午好，"伍德罗警官生硬地说，"我们也正巧发现你在这里。"

"门开着，所以我们就……"斯帕洛探长说。

"我有搜查证，"伍德罗警官在我问他之前他自己先说了，他还拿出搜查证来任我审视，"尽管如此我们还是希望一位当事人的家庭成员能出现在搜查现场。"

"不希望引起骚动，"斯帕洛探长说，"骚动会让我们所有人都不愉快。我们把车停在街对面，想着等到酒吧经理闭店之后再行动，但一看到你进来了，就想我们可以悄悄行动，甚至连经理也不用惊动。这样已经相当顾全你的姨母了，否则今晚酒吧里就该流言四起了，你要相信一定会那样，你没法相信一个开酒吧的男人不会跟当地居民聊八卦。这就好比丈夫和妻子的夜话一样。"

当他在讲话时另一边伍德罗正忙着检查房子。

"你在看她的邮件，嗯？"伍德罗问我。他从我手中抽走卡片，开始念着："巴拿马。落款是 A.D.。你现在知道这个 A.D. 是谁吗？"

"不知道。"

"你想想，这可能是个化名。国际刑警组织在巴拿马找不到多少配合调查的人手，"伍德罗说，"除了在美国管理区外。"

"留着那张卡片，斯帕洛。"伍德罗说。

"你们掌握了什么对我姨母不利的消息吗？"

"先生，您是知道的，人总是因自己的好心肠而犯错误。"斯帕洛探长说，"我们本可以控告她私藏大麻，但念及她是个年老妇人，且那个黑人已经逃往巴黎，我们就随她去了。那证据还不够上法庭。当然，我们此前完全不知道她还有这么个不合道德的关系存在。"

"什么关系？"

我很惊讶他们是不是进来之前就已经分好了工。在斯帕洛和我讲话分散我注意力的时候，伍德罗负责搜查公寓，他现在就在这么做。

"就是这个人，先生，威斯康提。您可能听名字已经猜出来了，是个意大利人。他是条老毒蛇。"

"所有这些玻璃，"伍德罗说，"都很奇特。就像个博物馆一样。"

"这些是威尼斯玻璃。我姨母曾经在威尼斯工作过。我猜绝大部分是她的客户送她的礼物。"

"很值钱吗？是古董吗？"

"我觉得不是。"

"那是艺术品？"

"那还真得看人的审美。"我说。

"伯特伦小姐很懂艺术，我敢说。有什么画儿吗？"

"没有吧。只有隔间那边有一张弗里敦港湾的画。"

"为什么是弗里敦？"

"华兹华斯的老家是那里。"

"谁是华兹华斯？"

"就是那个黑人男仆，"斯帕洛探长说，"被我们发现私藏大麻之后逃窜到法国的那个。"

他们挨个房间移动着搜查，我跟在他们身后。伍德罗的搜查没有哈基姆上校细致，给我一种感觉，他并没有期待要搜查出什么东西，只是急于向国际刑警组织提交一份正式报告，表明自己已做了所有努力。他不时地问我问题，但是都不会环顾四周。"你的姨母曾经提到过威斯康提这个家伙吗？"

"提到过很多次。"

"他还活着吗？"

"我不知道。"

"你知道他们是否还在联系吗？"

"我觉得应该没有了。"

"那老毒蛇要是活着的话得超过八十岁了，"斯帕洛探长说，"接近九十了，我猜。"

"就算他现在还活着，开始追捕也有点晚了。"我说。我们已经离开了我姨母的房间，走进了华兹华斯的房间。

"那就是国际刑警组织头疼的事情之一，"斯帕洛探长说，"需要查阅太多文件了。这都不是一个警察真正该做的工作。他们没有一个人在街上巡逻，就是个行政部门，就跟萨默赛特宫[1]一样。"

"他们只是尽他们的本职而已，斯帕洛。"伍德罗说。他取下弗里敦港湾的画，翻来覆去地看了看之后，又把它挂了回去。"画框很漂亮，"他说，"比画本身有价值。"

"看外观应该也是意大利风格的，"我说，"就跟那些玻璃一样。"

"可能是威斯康提那个男的给她的吧？"斯帕洛探长问。

"可是背后什么也没写，"伍德罗警官说，"我本来还想着有个题字什么的也好。国际刑警组织甚至都没有一个他的签名样本，更别说指纹了。"他又拿了一张纸仔细查看。

"你有听你姨母提起过这些名字中的任何一个吗？蒂贝里奥·蒂蒂[2]？"

"没有。"

"斯传达诺？帕斯拉提？科萨？"

"她没怎么跟我说过她的意大利朋友们。"

"这些人不是她的朋友。"伍德罗警官说。

"列奥纳多·达·芬奇？"

"也没听过。"

他又一次检查了房间，确保毫无遗漏，但我明白那只是走个形式。在门口他给了我一个电话号码。"如果有你姨母的任何消息，"他说，"请即刻与我们联系。"

1　位于伦敦，是一座 15 世纪建成的宫殿，现在为英国皇家学会、英国文物学会、皇家美术学院所在。

2　意大利画家。

"我没法跟您保证任何事情。"

"我们只是想问她几个问题而已,"斯帕洛探长说,"不会对她提出任何指控。"

"我很高兴听到这句话。"

"甚至有可能,"伍德罗警官说,"她正处在极度危险的境地中。因为她那些不靠谱的伙伴。"

"特别是那个毒蛇威斯康提。"斯帕洛探长附和道。

"你为什么要一直坚持叫他毒蛇呢?"

斯帕洛探长说:"国际刑警组织给的对他的称谓就是这样的。他们连他的一张护照照片都没有。他曾经在 1945 年被罗马警察局长描述成'毒蛇'。罗马警局所有的战时记录都被毁掉了,警察局长也去世了,我们不知道'毒蛇'是对他的长相或者骨骼的客观描述,还是基于道德判断而取的名字。"

"至少,"伍德罗警官说,"我们收获了一张来自巴拿马的明信片。"

"用作上交给国际刑警组织的文件还是有些作用的。"斯帕洛探长解释道。

我把门锁上之后,跟着他们下楼。想到我的姨母可能已经故去,我人生中最有趣的部分可能已经结束,心中暗暗惆怅。我以为还要等很久才会有姨母的消息,没想到没过多久便收到音讯。

第二部

1

　　轮船拖着沉重的身子从浊黄的潮水中现出身影，凌乱的摩天大楼和城堡式的海关大厅猛地映入眼帘，仿佛在缆绳末端的不是船而是这些建筑一般。我想到了遥远的从前，我的沮丧和担心，但后来事实证明那都是没有必要的。那是一个七月的早晨，八点左右，海鸟哭号的声音跟拉蒂默街的猫的叫声一模一样。云厚重，似要落雨。有那么一瞬间，阳光透出云缝洒在拉普拉塔河上，给本来死寂的河面点缀上了一缕缕银斑。在这黑色大气笼罩下的阴沉的水岸景色间，最明亮的一点还是煤气管道上燃烧的火焰。我还要在船上度过四天，穿过拉普拉塔河、巴拉那河和巴拉圭河，最终和我姨母会合。我和舱外的阿根廷冬季告别，走进我那暖到有些热的小木屋隔间中，挂起衣服，整理书和文件，努力在这里营造出临时的家的感觉。

　　在我偶遇两位警官半年多之后，我才收到姨母的消息。这半年多里，我一直以为她已过世，曾经我还梦见过一个断脚生物摇摇摆摆地像一条蛇的尾巴一样在地板上爬行，把我吓得够呛。它还要用牙齿把我从床上拉下去，我就像一只面对大蛇的小鸟似的被吓瘫在床上。当我醒来时，我立马想到了威斯康提先生，虽然我确信梦里的是条眼镜蛇而非蝰蛇。只有蝰蛇才会袭击鸟类。

那段无聊的日子里，我又收到了一封基恩小姐的来信。这一封是她自己用手写的，因为一个笨拙的仆人把她打字机的键盘弄坏了。"我只能手写了，"她说，"这些黑人真是又蠢又笨，我记得你和我父亲某天晚上吃饭时讨论过种族歧视的问题，我觉得我背叛了绍斯伍德的老屋和同伴们。有时候我很害怕会被同化。在咖啡方丹，首相不再是像个怪物一样的存在，我们觉得他就在我们家中：偶尔也会有人批判他是个老掉牙的自由主义者。我发现自己遇见英国游客时，以自己的亲身经历与感受讲述种族隔离非常有说服力。我不想被同化，但如果我继续在这里生活的话……"这个写到一半的句子听起来就像一声请求，她太害羞了，无法将其明示。紧接着的内容是关于农场的琐事：和住在一百英里开外的邻居一起开了场晚餐派对。接下来的一段内容让我觉得有些烦扰："我遇到了一个叫休斯的人，他是一个土地测量员，他想要和我结婚（请不要嘲笑我）。他人很好，五十多快六十岁了，是一个鳏夫，有一个十多岁的女儿，我很喜欢她。我不知道该怎么办。这将会是同化的最后一步，不是吗？我一直都有一个天真的梦想，总有一天会回到绍斯伍德，发现老屋还空着（我是多么怀念那条昏暗的杜鹃花小径），重新开始我的生活。关于休斯的事，我本想在这边也找人商量商量，但估计他们所有人都会极力促成这段婚事。你要是没离我这么远该多好，我知道你一定会给我很好的建议。"

从最后一句中我读出了一种暗示，虽然措辞平静，但根本上是很绝望的暗示，她想要收到"回绍斯伍德来，我娶你"这样含义明确的电报。我这是误读吗？谁知道，要是没有另一封信把基恩小姐从我的思绪中拉出来，我会不会耐不住孤寂，发出去了那封含义明确的电报。

另一封信是我姨母寄来的，用十分讲究的信纸写的，信纸上画有一枝红色的玫瑰，还写着一个叫兰开斯特的名字，没有地址，听起来就像是一个贵族世家的称谓。开始读信的内容之后，我才意识到兰开斯特是一家酒店的名字。我的姨母可没有任何恳求，她只是在发布命令，同时对她这段时间的销声匿迹没有任何说明。"我已经决定了，"她写道，"不再回欧洲了。我要退掉我在冠锚的公寓，下个季度就退。如果你能帮我打包走那些衣服之类的，处理掉家具，我会很高兴。我又仔细想了想，弗里敦海湾那张画还是留着吧，权当作是亲爱的华兹华斯的纪念品，你把它随身带来。"（信到这儿她甚至还没告诉我我应该去哪里，也没问我是否方便。）"把画框也留下来，我对那画框有很深的感情，因为那是威斯康提先生给我的。随信我放了一张我在伯尔尼的瑞士信贷银行账户的支票，足够你兑现之后用来买一张到布宜诺斯艾利斯的头等舱机票。尽快来，因为我已经不再年轻了。虽然我没有像我几天前在轮船上遇见的老朋友那样饱受痛风困扰，但我也觉得我的关节变得僵硬了。我需要一个我所能信赖的家庭成员来这个相当怪诞的国家陪我。虽然酒店转过去就有一家哈罗兹[1]，但怪诞程度依旧未减。我猜它的货比布朗普顿路那家[2]还少。"

我立马给基恩小姐发了一封电报："我将即刻起程去布宜诺斯艾利斯和我姨母会合，再联系。"然后着手处理那些家具。那些威尼斯玻璃，我猜也只能贱卖了吧。当所有东西都卖给了哈罗兹的拍卖之后（我和冠锚的房东在处理楼梯平台的沙发上起了些小争执），我已经攒够往返机票的钱。另外还有五十英镑的旅行支票，所以我没有把姨母给的瑞士信贷银行的支票兑现，而是将剩余的部分转入了我自己的账户，如果姨母打算不再回来的话，最好不要在英国留任何资产。

但是，我还是太乐观了，原以为在布宜诺斯艾利斯就能轻松和姨母会合。到了机场没有一个人接我，我独自走到兰开斯特酒店后发现

1　英国最有名气的高档百货商店。

2　伦敦海德公园对面的路。有一家有名的哈罗兹商店。

房间已经订好了，人却不在，只有一封留给我的信。"我很抱歉没法在这里迎接你，"她写道，"我必须赶去巴拉圭，我的一个老友在那里痛苦难耐。我留了一张内河的船票给你。原因现在要解释的话实在太复杂了，但是我不希望你坐飞机来亚松森¹。我没法给你个地址，但我应该会来接你。"

这着实让我很不满，但我又能如何呢？我没有充足的资金让自己待在布宜诺斯艾利斯直到她的下一封信送到，我发现回英国也不切实际，毕竟我已经用她的钱不远万里到了这里。不过为了预防可能的变故，我还是提前将她给的到亚松森的单程船票换成了往返的。

我把那幅用昂贵画框装裱起来的弗里敦海湾的画撑起来，放在梳妆台背后，两边都用书固定起来。在众多短篇文学作品中我带上了帕尔格雷夫的《英诗金库》、丁尼生和勃朗宁的诗选，在最后一分钟时，我带上了《罗布·罗伊》，可能是因为那里面有我唯一一张姨母的照片吧。我翻开书，页面自动就打开到那一页，我看着那照片，发现自己并不是第一次觉得那开心的笑脸、年轻的胸脯、包裹在旧式泳衣中的身体的曲线，都在暗示她应该刚怀孕不久。威斯康提的儿子在米兰月台上拥她入怀的一瞬间，现在回想起来，我内心还是有些受伤的。我透过舷窗往外望了望冬日的天空，想要逃离这些思绪，却发现一个又高又瘦、脸上布满愁云的男子正阴森森地凝视着我。我这边的窗户向着船尾，他很快扭过头去看船激起来的尾迹，难掩被我发现后的尴尬。我把行李中的东西都拿出来放好后，下楼去了酒吧。

酒吧里到处弥漫着因出发而带来的焦躁与不安。午饭要到十一点半这一奇怪的时间才会开始供应，但在那之前乘客们就已经坐不住了，就像排队穿过海峡的船一样，一刻不停地走动着。他们一会儿上楼，

---

1 巴拉圭首都。

一会儿下楼，看看酒吧，检查一下瓶子，没有点一杯酒又离开了。他们涌进餐厅又很快出去，在大厅的桌前坐了一会儿，又起身往舷窗外望望不变的河景。这景色接下来还得陪伴我们四天。我是唯一坐下来喝酒的人。船上没有雪莉酒，于是我只好点了一杯加了奎宁水的杜松子酒，不过这杜松子酒，虽然名字是用英文写的，却是阿根廷风味的，有种异国的口感。河道边长满低矮灌木丛的河岸在雨雾中铺陈开来，我猜想应该进入乌拉圭的领土了，迷蒙的小雨开始冲刷甲板，河水的颜色一如加了太多牛奶的咖啡般混浊。

一个少说也有八十岁的老人似乎犹豫了很久，终于下定决心坐到了我的身边。他用西班牙语问了我一个问题，我没法回答。"我不懂西班牙语，先生。"我用西班牙语对他说道。可是我在一本实用外语手册上学到的这句西班牙语却被他当成了一句鼓励的话，他竟然开始滔滔不绝地演讲起来。不一会儿他从包里掏出一个大大的放大镜，放在我俩中间。我准备结账，赶快逃离，但他从我手中一把抢过账单，压在自己的杯子下，同时让吧台服务员为我斟满。我从来没有午饭前喝两杯酒的习惯，而且我也很不喜欢这杜松子酒的口感，但因为西班牙语太差我也束手无策。

他应该是在要求我做些什么事情，但我不知道是什么事。只是听到表示帮助之义的"el favor"这个词被重复了很多遍。他发现我没听明白，就把自己的手拿出来做了个示范。他开始透过放大镜端详自己的手。突然一个声音传来："有什么我能帮忙的吗？"转过头去，我看到说话的正是透过舷窗看我的那个瘦高的悲伤男子。

我说："我不明白这位先生想要什么。"

"他的爱好是看手相。他说他从没机会看一个美国人的手相。"

"告诉他我是英国人。"

"他说英国人的也没看过。我觉得他并不懂英国、美国的区别是什么。我们都是盎格鲁－撒克逊人。"

我除了把手伸出来之外别无其他办法。老人透过放大镜特别仔细地检查着。"他叫我翻译，但我觉得你可能更希望我不要翻译。毕竟是很私人的事情，个人的命运什么的。"

"我没关系。"我说，我想到了海蒂和她的茶叶，以及她如何用她最好的正山小种预测出了我接下来的旅行。

"他说你从很远的地方来。"

"这不是很明显吗？"

"但你的旅程行将结束了。"

"那应该不对，我还要回英国呢。"

"他看到了你和你的一位近亲重逢。可能是你的妻子。"

"我没有妻子。"

"他说那就有可能是你母亲。"

"她已经死了。至少……"

"你之前管理着很大一笔钱。但现在不再是了。"

"不管怎么说这一段他算是说对了。我之前在银行工作。"

"他看到了一桩死亡，但这桩死亡离你的感情线和生命线很远。对你来说是一桩无关紧要的死亡。可能是一个陌生人会死吧。"

"你相信这种信口开河吗？"我问那个美国人。

"不信。但是我会保持开放的心态，人们说什么我都会听听看。我叫奥图尔，詹姆斯·奥图尔。"

"我叫普林，亨利。"我说。在我们交流时老人在背后继续用西班牙语说着。他似乎并不关心是不是有人翻译。他拿出了一本笔记本把事情都记了下来。

"你是伦敦人吗？"

"对。"

"我费城的。他要我告诉你你的手是他看过的第972只手。对不起，是第975只。"老人心满意足地合上他的笔记本，然后和我握手，向我道谢，付了酒水钱，鞠个躬然后离开了。放大镜在他包里鼓起来就像只手枪一样。

"我可以和你喝两杯吗？"那个美国人问道。他穿着一件英格兰花呢大衣和一条灰色法兰绒裤：瘦弱又忧郁，看上去和我一样是个英国人。他的眼角和嘴角都有些因烦恼而产生的细小皱纹，像迷路之人一样习惯满怀担心地四处张望。他和我在英国见到的美国人完全没有相同点，以前见到的美国人都聒噪、自负，像脸上没有任何皱纹，在托儿所的楼道里大吼大叫、打打闹闹的孩子一样。

他说："你也要去亚松森吗？"

"对。"

"这段路上没什么值得去的景点。如果不住宿的话科连特斯[1]还算不错，福莫萨[2]那可是个脏地方，只有走私者会在那里下船，虽然他们一直说自己是去钓鱼。我猜你应该不是个走私者吧。"

"不是。你好像对这一片很熟。"

"太熟了，"他说，"你是在度假旅行吗？"

"差不多算是吧。"

"去看伊瓜苏瀑布吗？很多人去那里。如果你也去的话，最好是住在巴西那边。只有那边有一家比较好的旅馆。"

"值得去吗？"

"可能吧，要是你喜欢那类东西的话。如果你问我的话我觉得就是很多水而已。"

1　阿根廷北部城市。

2　阿根廷内陆边境城市，隔巴拉圭河与巴拉圭相望。

吧台服务员很明显跟这个美国人很熟，不用他说任何话，就直接为他上了一杯干马天尼，他现在正一脸愁容地喝着。"跟哥顿金酒的味道不一样。"他说。他慢慢地看着我，像是要记下我的样貌特征。"我觉得你是个商人，亨利，"他说，"你这一路都一个人旅行吗？多没意思啊。在一个奇怪的国家，你还不会说这里的语言，出了城市西班牙语也不管用，他们都说瓜拉尼语。"

"你懂吗？"

"略知一二。"我注意到他更喜欢问问题，而不那么喜欢回答问题，而且他给我的讯息几乎都是那种我已经通过旅游手册知道了的事情。"风景如画的废墟，"他说，"老耶稣会士的居住地。这些东西对你有吸引力吗，亨利？"

我发现他不会满意，除非我告诉他更多的事情。有什么害处呢？我身上又没有带金砖，也没有拿着塞满钞票的手提箱。就像他说的那样，我又不是一个走私者。"我只是去见一个亲戚，"我说着，还补充道，"詹姆斯。"看得出他想让我这么叫他。

"我朋友们都叫我图利。"他自动地说着，而我愣了一会儿，才真正接受了他这句话。

"你在这里工作吗？"

"确切来说不是，"他说，"我是做调查的。社会调查。你估计也知道，亨利。生活成本、营养不良、文盲程度之类的。再喝一杯吧。"

"两杯已经是我的极限了，图利。"我说。这么一说出口，我终于想起了我记忆中的那个"图利"。他把自己的杯子往前推了推，又要了一杯酒。

"你觉得在巴拉圭好办事吗？我在报纸上看到说美国人在南美洲通常会遇到很多麻烦。"

"在巴拉圭没有，"他说，"不过我们和总督确实会像你说的那样。"

他抬起拇指和食指，然后把它们放向他已被添满的酒杯。

"他们告诉我他是一个强硬的独裁者。"

"那就是这个国家所需要的，亨利。一只强有力的手。但请你也不要误解我。我和政治划清界限，只单纯做研究。那是我的底线。"

"你有出版或者发表过什么东西吗？"

"嗯，"他说得含糊不清，"报告有，专业性的那种。你不会感兴趣的，亨利。"

铃响了，自然而然地我们一起去吃午餐。我们和另外两个人拼了一张桌。其中一个是穿着蓝色的城市休闲装、正在节食的灰脸男子。负责膳食的服务员很了解他，给他特别上了一盘蔬菜杂煮，开吃之前，他像个兔子一样抽动鼻尖和上嘴唇，仔细检查了午餐才开动。另一个是一位胖胖的老牧师，眼神凶狠，特别像温斯顿·丘吉尔。我被奥图尔开始着手"调查"这两位的场景给逗笑了。在我们吃完难吃的烤肝之前，他就已经调查出了牧师在科连特斯附近，靠近边界的阿根廷一侧的某个村庄有一个教区。在我们开始吃同样难吃的意面之前，他已经打破了那个拥有像兔子一样鼻子的男人的沉默。他是个回福莫萨途中的商人。当他提到福莫萨时，图利看着我，就好像在说"如何吧"一样对我点头示意。

"现在我猜你是一名药剂师？"他说，循循善诱让对方继续说。

那个男的只懂很少一点英语，但他还是明白了那句话的意思。他看着奥图尔，抽动着他的鼻子。我还以为他是要准备回答了，然而从他嘴里蹦出来的短句虽然国际化，却模棱两可："进出口行业。"

不知什么原因牧师开始讲起了外星飞船的事。那些天外来物成群结队地穿过阿根廷上空，要是天空足够澄净，我们似乎也可以在船上观测到一两艘。

"你真相信他们说的话？"我问。老牧师处在极度兴奋之中，已经完全扔掉自己懂的那一丁点儿英语，用我听不懂的语言情绪激昂地说着。

奥图尔解释道："他说，你们大家肯定都看了昨天的《民族报》。周一晚上从马德普拉塔去往布宜诺斯艾利斯的十二辆轿车半路突然熄火了，一个外星飞行器飞过汽车顶部，汽车引擎立马就停止工作了。这位神父相信 UFO 都是神创造的。"他翻译的速度很快，几乎是同声传译。"据说最近某个周末开车去马德普拉塔的一对夫妇被一团云围住。车一下子就熄火了。当云雾都散去之后，他们发现自己竟然在墨西哥的阿卡普尔科附近。"

"他甚至连这些都相信？"

"当然。他们所有人都信。在布宜诺斯艾利斯的电台里每周有一次专门讲外星飞行器的节目。内容就是说那一周谁在哪里看见了外星飞船。刚才这个朋友说的可能是洛雷托会飞的圣堂的事情。据说有座房子从意大利飞到了巴勒斯坦，打个比方，就好像要去马德普拉塔的人们不知怎的就被丢到意大利去了。"

船上提供的餐食包含一块坚硬的牛排和餐后水果——橙子。牧师陷入了沉思，微微皱眉地用着餐。可能他感知到了周围有不相信他话的人存在。那个商人推开那盘蔬菜杂煮，起身说了句抱歉。我问坐我身旁的美国人我一直想问的问题："你结婚了吗，图利？"

"嗯，算是结了吧。"

"你有个女儿？"

"对。怎么了？她正在伦敦上学。"

"她在加德满都。"我说。

"加德满都！为什么会这样？那可是尼泊尔。"

奥图尔脸上焦虑的线条加深了。"这话对我来说真是五雷轰顶，"他说，"你是怎么知道的？"我告诉了他东方快车上的事情，但我略去了她男朋友那段。我说她那时和一群学生在一起，我最后一次见她时确实也是那样。他说："我能怎么办，亨利？我有我的工作。我不可能全世界四处去找她。露辛达根本不知道她让我多担心。"

"露辛达？"

"她妈妈取的名字。"他有些不悦地说道。

"现在她叫自己图利，像你一样。"

"是吗？那还真是新鲜。"

"她好像对你有着深深的崇敬之情。"

"我让她去英国，"他说，"我想着她在那里肯定安全。但是她居然去了加德满都！"他一把将自己仔细切好的橙子推开。"她住哪儿？那儿肯定没有像样的旅馆。如果那里有家希尔顿的话至少会好办些。我应该怎么做，亨利？"

"她不会有事的。"我虽然没什么自信，但那时必须得那么肯定地说。

"我可以给大使馆发个电报，我猜想那儿应该有大使馆。"他突然起身，然后说，"我去趟厕所。"

我跟着他出了客厅，下了走廊就来到洗手间。我们安静地各站一边。我注意到他的嘴唇在动，兴许是正在想象和女儿的对话。我们一起走出洗手间，他一句话也没说坐在甲板靠口岸边的长椅上。雨已经停了，但天还是昏沉沉的，有些冷。周遭没什么像样的景色，只有一些长在污浊河道边的小树、一间临时搭建的小屋，以及树林背后的一大片棕色灌木丛。大地一片平坦，灌木丛没有被任何山丘遮挡，远远地延伸至天际。

"那边是阿根廷？"为打破沉静我问道。

"所有都是阿根廷的，"他说，"在我们最后一天到达巴拉圭河之前。"他拿出一个便携式笔记本，做着记录。似乎是在画图。画完之后他说，"不好意思。刚刚我在做调查记录。"

"你的女儿告诉我你现在供职于中央情报局。"

他转向我，眼里满是悲伤和不安。"她是个浪漫主义者，"他说，"她总是对事物充满想象。"

"中央情报局很浪漫吗？"

"小孩子会这么觉得。我猜她估计是看到我的某些报告上标着机密的字样吧。政府部门要查阅的东西都会变成机密，哪怕是关于亚松森的营养不良问题。"

我不确定我该相信他们哪一边。

他无助地问我："我该怎么做，亨利？"

我说："如果你真是中央情报局的，你完全可以通过你们在那边的人查看她过得如何。你们肯定有人手在加德满都。"

"如果我真是中央情报局的，"他说，"我也不会想要他们插手我的私人事务。你有孩子吗，亨利？"

"没有。"

"你真幸运。人们总说年龄增长让人趋于理性，其实根本没这回事。当你有了个小孩，之后的余生便被定义为父亲了。孩子们会离开你，但你不能离开他们。"

"我不太能体会。"

他沉思了一会儿，盯着外面那永无变化的灌木丛。船在逆流中缓缓移动。他说道："我父亲极力反对离婚——为了孩子着想。但是一个男人的承受能力总是有限的——她开始把她的男朋友带回家。她带坏了露辛达。"

"她没有成功。"我说道。

2

　　第二天早晨我没见到奥图尔。早饭时他没有露面，我去甲板找他也不见踪迹。河上晨雾凝重，太阳花了很长时间才将其驱散。失去我在船上仅有的熟人让我感到些许落寞。其他人都已和他人建立了一种临时的轮船伙伴关系，有人甚至玩火谈起了恋爱。两个老男人在甲板上精神抖擞地踱步，展示他们健康的体格。他们有规律的来来往往让我有些反感，这似乎是在向所有经过的女人表明他们仍旧很有力量。他们效仿英国人穿着后襟开缝的夹克，可能是在哈罗兹商店买的。他们让我想起查奇少校。

　　夜晚我们停靠在一座叫作罗萨里奥[1]的小城。说话声、尖叫声、锁链拖拽摩擦的噪音进入了我的梦乡，在我醒来之前，它们在我的噩梦中一一登场。夜雾升起，此时的河流也变换了它的角色。岛屿点缀水面，四周有悬崖、沙滩，还有在我们身边尖声歌唱、窃窃私语的奇怪鸟儿。比起我在东方快车上穿越一个又一个国境时的心情，此刻我更加感受到旅行带来的激动之情。谣传我们可能只能到科连特斯，因为

1　阿根廷东部的河港城市。

大雨并没有如期而至，上游的水位太低。甲板上的水手不停地将测深锤放入水中测量深度。神父告诉我船的吃水只有半米，然后便继续去别处传播这令人伤心的消息了。

我开始第一次认真阅读《罗布·罗伊》，但是移动的风景却总是分散我的注意力。当河岸在半英里之外时，我开始阅读新的一页，几段过后我抬起眼睛，已看不见河岸。那是一个小岛吗？在下一页的开头我又看了看，此时水面已有一英里宽。一个捷克人坐在我身边。他说起了英语，而我很满足地合上《罗布·罗伊》来倾听他的诉说。他曾进过监狱，享受过最大的自由。他的母亲死于纳粹政权，他曾逃到澳大利亚并和一个澳大利亚女孩结了婚。他曾受过专业的科学训练，当他决定在阿根廷立足的时候，他借了一大笔钱开了一个塑料工厂。"我首先在巴西、乌拉圭和委内瑞拉巡视了一圈，我注意到一件事，那就是所有地方除了阿根廷，都用吸管喝冷饮。阿根廷不用。我想我赚大了。我制造了 200 万根塑料吸管，却连 200 根也卖不出去。你要吸管吗，我可以免费给你 200 万根。现如今它们仍堆在我的工厂里，阿根廷人太保守了，他们不用吸管喝饮料。我告诉你我快要破产了。"他高兴地说道。

"那你现在在做什么？"

他对我咧嘴笑笑。我从未见过像他这样乐天的人。他比我们绝大部分人都更彻底地摆脱了对过去、对失败的恐惧和悲哀。他说："我现在在制造塑料材料，然后卖给其他蠢货，让他们拿钱去冒险生产想要的东西。"

那个长着兔子鼻子的男人抽着鼻子经过，他的脸色就和灰蒙蒙的早晨一样惨白。"他在福莫萨下船。"我说。

"啊，搞走私的。"捷克人边说边笑着走开了。

测深员又开始测深了，我也重新拾起了《罗布·罗伊》。"你一定清楚地记得我的父亲，因为你父亲也曾是商行的一员，你从幼年开始就知道他了。虽然你没有在他最风光的日子见过他——在年龄和疾病浇灭他对事业和投机买卖的炽热之心前。"我想起穿着衣服躺在浴缸里，要我出门前把门从里面反锁的父亲，那画面就和之后他躺在布洛涅的棺材里一样。我很好奇自己为什么对他有一种真挚的爱，而对将我带大，精心照料我并帮我在银行找到第一份工作的母亲却丝毫没有。我没有在大丽菊丛中安上底座，并且离家之前我扔掉了那个空的骨灰盒。突然一段愤怒的记忆闪过耳畔。以前有时也会这样，梦里家中起火，我一个人被抛弃在角落，然后被惊醒。我爬下床，坐在楼梯的最顶端，楼下的声音令我安心，不管它有多愤怒。它确实存在，我并不是一个人，房间里也没有着火的气味。"你走吧，"那个声音说道，"如果你想的话，但把孩子留下。"

一个低沉且理智的声音，我听出那是我父亲的声音。说道："我是他的父亲。"我的母亲猛地摔上门说："谁敢说我不是他的母亲？"

"早上好，"奥图尔坐在我身边说道，"昨晚睡得好吗？"

"嗯，你呢？"

他摇了摇头："我一直在想露辛达。"他又拿出他的笔记本开始写下他那谜一样的数字。

"研究？"我问道。

"嗯，但这不是官方的。"

"这是在赌这艘船能不能继续前进？"

"不，不，我不赌博。"他露出他常见的忧郁又焦躁的表情。"这件事我从未告诉过任何人，亨利。"他说道，"大部分人都会觉得太扯淡了。事实上我在测算我的小便，记录下小便的时间点和所用时长。你知道我们一年中花超过一天的时间来解手吗？"

"天哪！"我说道。

"我可以证明，亨利，看这儿。"他打开他的笔记本给我展示了一页。纸上这么写着：

7 月 28 日

7.15	0.17
10.45	0.37
12.30	0.50
13.15	0.32
13.40	0.50
14.05	0.20
15.45	0.37
18.40	0.28
10.30	? 忘了记录时间

----

4 分 31 秒

他说："你只要乘以 7，那就是一星期花半小时，一年 26 小时，当然船上的生活不是平均水平，在三餐之间会喝更多酒。喝啤酒让人反复上厕所。看这个时间，1 分 55 秒。那比平均水平高很多，我特别注明喝了两杯杜松子酒。还有很多变量我没有考虑在内，从现在起我打算同时记下温度的数据。这是 7 月 25 日的——6 分 9 秒 n.c.——那代表记录不完全 [1]。我去布宜诺斯艾利斯用晚餐时把笔记本落在家里了。这是 7 月 27 日——一共只有 3 分 12 秒，但是你得知道 7 月 25 日那天有极冷的强北风，而我出门吃晚餐时没有带大衣。"

1　n.c. 即 not complete，表示未完全。

"那你得出什么结论了吗？"我问道。

"那不是我的工作了，"他说，"我不是专家，我只记录事实和数据。像杜松子酒和天气，看来应该会有些影响。做结论是其他人的事情。"

"其他人是指谁？"

"我想当我完成六个月的调查时我会联系一位泌尿科专家。他或许能够从这些数据中获得些什么。那些人整天和病人打交道，对于他们来说了解正常人的情况很重要。"

"你是正常人吗？"

"是的，我百分之一百健康，亨利。而且我也在工作，他们偶尔会给我一些工作。"

"中央情报局！"我惊呼道。

"你在开玩笑，亨利。你不能相信一个疯狂的小女孩说的话。"

他用手托着下巴向前倚靠着，想着他的女儿陷入悲伤的沉思中。一座小岛酷似漂浮在水游中的巨鳄，口鼻随着水面向下游延伸。苍绿色的渔船漂向下游，比用引擎逆流而上的我们要快得多。它们就像一辆辆的小赛车与我们迅速交错。渔民将钓线系在木排之上。河水分叉深入到弥漫着灰色烟雾的内陆，比威斯敏斯特的泰晤士河要宽的多，但一眼就能望到尽头。

他问道："她真的叫她自己图利？"

"是的，图利。"

"我想她肯定时不时地想起我。"他说着，期待着肯定的答复。

3

两天之后我们到达了福莫萨，那天天气和其他时候一样微潮。热到人脸颊冒汗，就像小水泡一样。前一天晚上还在科连特斯沿着巴拉那河航行，现在船已经驶离宽阔的巴拉那河，在巴拉圭境内了。从阿根廷的福莫萨渡过河，五十码之外就是另一个国家，湿漉漉的，空荡荡的。那位进出口商穿着深色的西服，带着新的手提箱下船。他快步走着，看着他的手表，就像《爱丽丝梦游仙境》里的那只兔子。这里对走私者来说简直完美，走私只需过条河即可。在巴拉圭那面，我只望见了破烂的小屋、一头猪和一个小女孩。

我受够了在甲板上散步，所以我也下了船。现在是星期天，码头挤满了来围观船只靠岸的人。这里弥漫着橘子花香，但这是福莫萨仅有的甜美东西了。

一条长长的街道，两边种着橘子树和有着玫瑰色花朵的树木，之后我才知道那是重蚁木。街道越变越窄，逐渐消失在不远处缺乏自然野性的泥土和灌木丛中。所有与政府事务、裁判或是娱乐消遣有关的建筑都在这一条街上。一座灰色水泥建的游客旅馆坐落在岸边，旅馆已建好一半，但是这是为什么样的游客建的呢？小商铺在出售可口可乐；一家电影院在为一部意大利西部地区的电影打广告；两家理发店；一个停着破旧汽车的车库；一个小酒馆。仅有的二层建筑就是那个旅馆，而这条长街上唯一的古老且漂亮的房子，当我靠近时发现它竟然是监狱。更远处设有若干喷泉，但都没有运转。

我想这条长街一定指引着我去某个地方，但我错了。我经过一座叫作乌尔基萨[1]的长满胡子的男性半身像，从雕刻的碑文判断，这个男人一定和解放运动有某种关系。正前方，我看见在橘子树和重蚁木的上方屹立着一座大理石的男性雕像，下方是一匹大理石的马，在布宜诺斯艾利斯我已看惯了他的容貌，而且在布洛涅我也见过他，他就是圣马丁将军。这座雕像立在这条街中间，位置关系同凯旋门和香榭丽舍大道一样。我期待更远的地方还有街道，但走到这座雕像跟前，我发现这位马上英雄所在的这块不毛之地已是这座小城最远的边界了。没有散步者会走到这么远的地方，再远也没有路了。只有一只饥饿的狗，像是从自然历史博物馆出来的骨骼标本般，小心谨慎地穿过泥水坑朝着我和圣马丁将军走来。

我如此详细地描述这个不值一提的小城，是因为这是一段长对话的背景，对话开始后，便没法在中途打断，插入景物描写。当我经过第一个理发店时，我开始想念基恩小姐以及她那写有含蓄请求的信，那封信应该得到更完整的回答，我就发了那么个简短的电报真是太不应该了。在这个微潮的地方，仅有的正经商业或娱乐消遣都多少和犯罪有所牵连。甚至国家银行在周日下午都需要一个配有自动来复枪的保镖来守卫。我想念我在绍斯伍德的家，想念我的花园，想念查奇少校透过篱笆的寒暄，想念教堂路传来的动听的钟声。现在我饱含宽容友爱之心回忆起的绍斯伍德，是基恩小姐还未离开时的绍斯伍德。她

1　胡斯托·何塞·德·乌尔基萨·伊·加西亚（1801—1870），阿根廷军人和政治家。1854—1860 年间任阿根廷邦联总统。

在那里时过得很幸福，而我已不再属于那个地方。这就好像我要从一个开放的监狱里逃脱出来——逃生用的绳梯和汽车已经准备好——准备进入我姨母的世界，那个世界充满意想不到的人物和不可预见的事情。有兔子脸的走私犯、拥有两百万根吸管的捷克人，还有正忙着记录他尿液的可怜的奥图尔。

我转过一条名叫鲁阿·丁·弗尔讷的街的末端。这条街和其他街道一样消失在无人之地。我在司令部大楼前停留了一会儿，这栋楼涂着粉红色涂料，走廊上有两张空躺椅，窗户大开着，一间空房里放着一个军人的肖像，我猜想那是总统。一排空椅子对着墙，像是行刑队一般排成一列。警卫向我抬了抬他的自动来复枪，我只好走向国家银行，当我停下时，另一个警卫也做出了类似的警告动作。

那天早上我在床铺上阅读了收在帕尔格雷夫《英诗金库》里的华兹华斯的伟大颂歌。帕尔格雷夫的书和司各特的书一样带有我父亲阅读时留下的记号，也就是书页的折角，如此我便可以享受他曾在书中享受过的东西。因此，当我第一次作为年轻职员踏进银行时，我想起了华兹华斯的用词"监狱"——父亲在这一句标上了双重圆圈，他以为的监狱是什么呢？可能是我们家吧，那么我和继母就成了阻止他出逃的警卫了。

我有时觉得，一个人的人生更多的是由书籍而不是人际关系组成的。我们都是通过阅读间接了解何为爱与苦难。即使我们有幸坠入爱河，也是我们受我们所阅读的书籍影响了。如果我从来不知道爱为何物，那可能是因为我父亲的藏书架上还没有合适的书。我可不觉得马里恩·克劳福德的书里有爱情存在，而沃尔特·司各特的书里只有些许爱的影子。

我几乎不记得"监狱"生活前的任何情景，它一定早就消失在了"平凡生活的光明"中，当我将"帕尔格雷夫"放在我床铺的一边，便想起姨母，她肯定绝不允许那些梦幻的情景逐渐消失。所谓道德感就如同因善行而被免罪一样，是我们必须感恩的一种令人悲伤的补偿。在这些幻象般的情景中没有道德存在。我的出生就被我的继母称作是不道德行为的结果，是邪恶的。我在不道德的自由中诞生。那为什么我要将自己困在"监狱"中？我的生母肯定没有将自己困在任何一座"监狱"里。

我想对基恩小姐说，就算你急切地想从咖啡方丹与我取得联系，但我已经不在那儿了，虽然你觉得我在。可能我们曾经感到安逸，并且很满足地待在我们的监牢里，但我不再是你记忆中的那个看着你温柔地轻抚梭织的男人了。我已经从监牢中逃脱了。你眼中我的样子和现在的我已迥然不同。我朝着栈桥方向往回走，回头望了望，那只瘦得皮包骨头的狗跟在我身后。对于那只狗来说，任何一个陌生人都代表希望。

"你好啊，伙计。"一个声音说道，"你好像正着急？"我一看，华兹华斯突然出现在了几码之外。他从解放者乌尔基萨的半身像旁边的长椅上起身朝我走来，他双手摊开，咧嘴笑着，脸部的伤口还裂开着。"伙计，没忘记老华兹华斯吧？"他问道，拧着我的双手，大声笑着，口水都要溅到我脸上了。

"天哪，华兹华斯，"我同样高兴地说道，"你怎么会在这儿？"

"我的小宝贝女孩儿，"他说道，"她让我来福莫萨接普伦先生。"

他此刻穿着干净规矩，就像那个兔鼻子进出口商，而且他也带着一个很新的手提箱。

"我姨母怎么样了，华兹华斯？"

"她好得很，"他说，但眼中流露着一丝忧虑，又补充道，"她好过头了，我告诉她她不再是小女孩儿了，如果她不停下来的话……伙计，她真让我担心。"

"你要跟我一起上船吗？"

"当然，普伦先生。你把一切都交给老华兹华斯吧。我认识亚松森海关的那群人，一些人很友好，一些则坏如地狱。让我去跟他们谈，不用骗人都行的。"

"我不走私任何东西，华兹华斯。"轮船汽笛声呼唤我们登船，起航的准备已就绪。

"伙计，一切都交给华兹华斯。我刚刚瞧了那艘船一眼，我看见一个坏家伙在那里。我们最好小心一些。"

"小心什么，华兹华斯。"

"放心吧，普伦先生。把一切交给老华兹华斯吧。再见。"

他突然抓住我的手指并用力握着："你带着那幅画吧，普伦先生？"

"你是指弗里敦海湾那幅？是的，我带着呢。"

他满意地叹了口气。"我喜欢你，普伦先生。你一直不对华兹华斯撒谎。赶快上船吧。"我正要离开时他又说道，"你有给华兹华斯的CTC吗？"于是我把口袋中的硬币给了他。不管他在我那个已消逝的旧世界里给我添了什么麻烦，此刻见到他我都十分高兴。

他们在将最后一件货物通过侧面的黑铁门运上船。我穿过三等舱，长着印第安人面庞的女人在给她们的孩子喂奶，我爬上生锈的楼梯来到头等舱。我没有注意到华兹华斯是否上了船，晚饭时他也不知所踪。我猜想他应该是待在三等舱，为了某些目的而省下船票的差价，因为我很肯定我姨母给他买的是一张头等舱的船票。

晚餐之后，奥图尔邀请我去他的船舱喝酒。"我新得了一些极佳的波本威士忌。"他说道。尽管不是一个酒精爱好者，而且我更喜欢餐前来一杯雪莉酒或是餐后来一杯波尔图葡萄酒，但我还是欣然接受了他的邀请，毕竟这是我们在船上的最后一个晚上了。焦躁不安的情绪又一次控制了船上的乘客，他们好似都感染了狂躁症。在交谊厅里，一支业余的乐队开始演奏，一名有着长满毛的胳膊和大腿的船员，穿着仿如女装的暴露衣装，在餐桌间舞动旋转着，寻觅着舞伴。船长舱靠近奥图尔的舱位，里面传出弹奏吉他的声音，以及女人的悲鸣，你根本想不到那是船长区。

"今晚将是个不眠夜。"奥图尔一边说着，一边倒了些波本威士忌出来。

我说道："不好意思，我的多加些苏打水。"

"还算不错，我本以为我们会被困在科连特斯。今年这场雨来得太晚了。"似乎是为了缓和他对天气的非难，天空打了一个响雷，吉他的声音几乎要被淹没了。

"你觉得福莫萨怎么样？"奥图尔问道。

"没有什么可看的，除了那个监狱。那确实是座很有殖民地特点的建筑。"

"那房子里面可不怎么样。"奥图尔说，闪电的光映在墙壁上，舱内的灯光开始闪烁。"你见了个朋友？"

"朋友？"

"我看见你和一个黑人聊天来着。"

不知为何我突然变得很谨慎，我明明很喜欢奥图尔的。我搪塞道："噢，他问我要钱。不过话说回来，我没有在岸上看见你啊。"

"我那时在浮桥上。"奥图尔说，"我去看了看船长的望远镜。"他迅速转换了话题。"你见过我女儿这件事至今让我意外。亨利，你无法想象我有多想念她，你都个告诉我她现在怎么样了。"

"她看起来很好，她是一个很漂亮的女孩儿。"

"是的，"他说道，"她像她母亲。如果我再结婚，我会娶一个更普通些的女孩。"他端着波本威士忌沉思了一会儿，我环顾了他的船舱。他并没有像我第一天做的那样，设法将这儿变为一个临时的家。他的手提箱塞满衣服躺在地上，他也懒得费心取出衣服将它们挂起来。他取出的只有脸盆边上放着的一把剃刀，床边放着的一套矮脚鸡丛书，如此而已。突然，雨水击打在外面的甲板上，一场夜晚的大暴雨降临。

"我想这里应该已经是冬天了。"他说道。

"七月的冬天。"

"我已经习惯了，"他说，"我已经六年没有见过雪了。"

"你已经在这儿待了六年？"

"不，但我之前待在泰国。"

"做调查吗？"

"是的，类似。"他如果一直口风这么紧的话，那一定花了很长时间才找到他所需要的东西。

"现在的小便数据怎么样？"

"今天超过了四分三十秒。"他说。他举起了酒忧郁地补充道："而且今天还未结束。"又一个响雷袭来，他继续问道，"所以你不喜欢福莫萨？"明显是在拼命找话题来填补对话的空白。

"不。那地方确实很适合钓鱼。"我答道。

"钓鱼！"他不屑地说着，"你是说走私吧。"

"我一直听到走私这个词，可是走私什么呢？"

"这是巴拉圭的国家产业，"他说，"它带来的收入几乎和巴拉圭茶叶一样多，按瑞士银行的算法，比我的研究数据还要多得多。"

"他们都走私些什么呢？"

"苏格兰威士忌和美国香烟。你自己在巴拿马找一个代理人，他负责将这些东西批发和空运到亚松森。它们将被标记为'过境货物'，你只需在国际机场付少量关税就可将这些货箱转移到私人飞机上。你会被亚松森拥有的私人达科塔运输机的数量震惊的。然后飞行员起飞至阿根廷，飞过河流后，在距离布宜诺斯艾利斯几百公里以外的大牧场里降落。他们几乎都有私人停机坪，虽不是专为达科塔运输机而建，但他们又不用承担风险，那是飞行员的事。在那儿卸下货物装进卡车，你的销售人员正翘首等待着。要知道若是走正规途径，政府可是向他们征收百分之一百二十的关税啊。"

"那福莫萨呢？"

"噢，福莫萨是小人物通过水路交通糊口的地方。从巴拿马运来的货物到达后不都是由达科塔运输机运输。运输机装剩下的一些货物会留下来，警察也是睁一只眼闭一只眼。你可以在亚松森的商店买到便宜的威士忌，街头的男孩会便宜卖给你美国香烟，而只需要一艘划艇和一些关系即可。某一天可能因为子弹会从你耳边擦过，你厌倦了这种交易方式，那时你可以入股达科塔运输机，从结果上讲你还能赚一大笔。这诱惑到你了吗，亨利？"

"我在银行没有受过专业的训练。"我说。但我想起了姨母以及她那装满钞票的行李箱和她的金砖——大概是我血液里的某种东西让我觉得，那是项事业，而且还是有吸引力的事业。"你很了解这些啊。"我说。

"这也是我社会学研究的一部分。"

"你难道就没有想过研究得再深入些吗？要有开拓精神，图利。"我开他的玩笑，因为我喜欢他。我从不可能拿查奇少校或是海军少将来打趣。

好一会儿，他悲情地凝望着我，似乎想十分坦率地回答这个问题。"像我这样的工作，是攒不够钱来买一架达科塔运输机的。而且亨利，对于一个外国人来说风险太大了。这些家伙有时会陷入争吵，接下来就是强抢。警察也会变得越来越贪婪。在巴拉圭失踪完全不是稀奇事，何止失踪，就算一两个人离奇死亡也不值得大惊小怪。将军崇尚息事宁人，那正是内战之后这里的人们想要的，一个死去的人对谁都造成不了麻烦。在巴拉圭没有验尸官。"

"所以比起开拓精神你更愿意活着，图利。"

"我知道对于我那三千英里之外的女儿来说我不够好，亨利，但她至少每月能拿到支票，一个死人没办法写支票。"

"我猜那你对中央情报局也不感兴趣。"

"你不该相信那种毫无意义的东西，亨利，我告诉过你——露辛达太浪漫主义了。她希望有一个让她振奋的父亲，结果呢？只能强迫我承担。所以她不得不自己胡编乱造。一伤关于营养不良的报告可一点都不浪漫。"

"我想你应该带她回家，图利。"

"家在哪儿？"他说道。我环顾船舱，也思忖着。我也不知道我为什么没有立马被说服，他明明比他女儿图利要可靠得多。

我丢下他一个人喝他的老福斯特酒，回到了自己在甲板另一边的船舱。奥图尔的船舱在左侧，我的在右侧，我向外望见的是巴拉圭而他看到的则是阿根廷。船长舱里依旧弹着吉他，有人在用一种我无法分辨的语言唱着歌——可能是瓜拉尼语。我走时没有锁船舱的门，可是当我推门时它却打不开。我只好用我的肩头强顶开它。透过门缝我看见了华兹华斯。他面朝着门，手里拿着刀。他看见门外是我，这才把刀放下。

"进来吧，伙计。"他细声说道。

"我怎么进得来。"

他刚才用椅子抵住了门。现在把它移了开让我进去。

"我得时刻当心，普伦先生。"他说。

"当心什么。"

"这船上太多坏人了，太多骗子。"

他的刀是一把男孩用的小刀，有三片刀刃和一把螺丝起子，以及一个开罐器和一个貌似用来从马蹄上抠下石头的东西。刀具商真保守，男学生们也是如此。华兹华斯把刀合上放进了他的口袋。

"好吧，"我说，"你在这里干什么？"

他摇了摇头："噢，她真厉害，你的姨母。从来没有人像她那样对华兹华斯说话。在电影艺术宫外的大街上她径直朝我走来，然后说：'你这个快乐的孩子。'我深深爱着你的姨母，普伦先生。我随时都准备为她赴死，只要她举起手指说：'华兹华斯，你去死吧。'"

"是的，是的，"我说，"那没有问题，但你跑到我舱里来，又挡住舱门是为什么？"

"我是为了那画而来的。"他答道。

"你就不能等到我们下船吗？"

"你的姨母说，要保证画的安全，华兹华斯。要么赶紧回来，要么就再也别回来了。"

疑惑又浮上我的心头。这画框是和伊斯坦布尔的蜡烛一样里面藏有金子吗？或是那幅画表面覆盖了某种高面值的货币？似乎都不太可能，但是对姨母来说没有什么是不可能的。

"我在海关有熟人，"华兹华斯说道，"他们不会欺骗我，但是，普伦先生，你在这儿人生地不熟。"

"那只不过是一张弗里敦海湾的画而已。"

"是的，普伦先生，但是你的姨母说……"

"好吧好吧，那你拿走吧，你在哪儿睡觉？"

华兹华斯用他的拇指划拉着地板。"我在下等舱，那儿比较自在，普伦先生。那儿的人纵情歌舞，过得开心。他们不戴领带，吃饭之前也不洗手。我不喜欢我的嘴里带股香皂味。"

"抽根烟吧，华兹华斯。"

"如果你不介意的话，普伦先生，我抽自己的。"

他从皱巴巴的口袋中抽出一支破烂的烟卷。

"还在抽大麻，华兹华斯？"

"是的，它也算是一种药物，普伦先生。我最近不太好，有太多事情需要担心。"

"担心什么？"

"你的姨母，普伦先生。她与老华兹华斯在一起总是安全的。我可不会让她受任何痛苦。但她现在有了一个新的男人，他花了她大笔大笔的钱。对她来说他太老了。你的姨母不再是年轻小姑娘了，她需要一个年轻的男人。"

"你自己也不是十分年轻，华兹华斯。"

"至少不像那个人，我的大脚还没有踏进坟墓，普伦先生。我不相信那个男的。我们来这儿的时候，他病得很重。他说：'求你了，华兹华斯，求你了，华兹华斯。'他嘴巴甜得好像全世界的蜜糖都融化在了里面。他住在低等旅馆，一分钱也没了。他们打算将他赶出去。伙计，他害怕离开。当你的姨母来的时候，他哭得像个婴儿。他不是男人，他当然不是男人。他十分卑鄙。他一直花言巧语，但一有事就变得卑鄙。她为了一个那么卑鄙的男人离开华兹华斯到底是为什么？告诉我，伙计。"华兹华斯那肥硕的身躯躺在我的床上，放声大哭，就像是一眼泉水突破阻碍到达地面，在岩石的裂缝处喷洒开来。

"华兹华斯，你是在吃奥古斯塔姨母的醋吗？"

"伙计，"他说，"她曾是我的小宝贝女孩儿，如今她却把我的心都快撕成碎片了。"

"可怜的华兹华斯。"我只能这么说。

"她想让我走，"华兹华斯说道，"她让我来带你去，完事之后就让我滚蛋。她说：'我给你这辈子你见过的最多的 CTC，你回到弗里敦找个女孩儿吧。'但是我不想要任何女孩儿。我爱着你的姨母。我想和她待在一起，就像歌里唱的：'与我同住，夕阳西沉迅速，黑暗渐深，求主与我同住……泪不苦涩。'但是伙计，那泪水是苦涩的，只有这是事实。"

"你在哪儿学的这首颂歌，华兹华斯？"

"我们经常在弗里敦的圣乔治天主教堂唱这首歌，'夕阳西沉迅速'，我们在那儿唱了很多类似的悲伤的歌曲，这些歌现在总是让我想起我的小宝贝女孩儿，'徘徊于此，我们所求非他，唯有赞美你'。伙计，真的跟歌里唱的一样。但是她现在让我走，让我永远不要再出现在她的面前。"

"和她在一起的那个男人是谁，华兹华斯？"

"我不想说他的名字，一说我的舌头就跟火烧起来一样难受。伙计，我对你的姨母一直掏心掏肺。"

为了将他从悲伤中转移出来又不显得是在责备，我问："你记得巴黎的那个女孩吗？"

"那个想和你做爱的吗？"

"不，不，不是那个。是火车上的那个女孩儿。"

"喔，是的，当然，我记得她。"

"你给了她大麻。"

"当然，为什么不呢？很有效的药啊。你觉得我对她做了什么坏事？天哪，伙计，她就是一艘一晃而过的船而已。对于老华兹华斯来说，她太嫩了。"

"她的父亲现在在这艘船上。"

他惊讶地看着我。"你胡说！"

"他向我问起你。他看到我们俩在岸上了。"

"他长什么样？"

"他和你一样高，但很瘦。他很寂寞，很不安，对了，他穿的是一件花呢的运动上衣。"

"啊，知道了，知道了，我认识他。我在亚松森见过他好多次了。你千万要小心他。"

"他说他是做社会学研究的。"

"那是什么？"

"他调查各种东西。"

"噢，那倒是。我告诉你吧，你姨母的伙伴——他不喜欢那个家伙在附近晃。"

我本打算分散他的注意力，而我也确实成功了。他用力握了握我的手，然后把那幅画藏在衬衣下便离开了。他说："伙计，你知道你对于华兹华斯来说意味着什么。你向无助的人伸出了援手，普伦先生，与我同在。"

4

　　早餐之后走上甲板一看，我们已经离亚松森很近了。红色的悬崖像蜂巢一般布满洞穴。半毁的简陋小屋屹立在悬崖边上，轮船经过时，光着身子的小孩挺着营养不良的饿殍肚盯着我们看。轮船像是一个吃多了的男人在一顿饱餐之后慢步挪回家中，汽笛声就像是在打嗝。简陋的小屋上方，耸立着中世纪城堡般巨大的白色贝壳形堡垒，俯视着那些泥泞的、枝杈凌乱的村庄。

　　入境官员上了船，奥图尔走过来站在我身边。他问道："我能帮你什么忙吗？帮你拎个包什么的？"

　　"十分感谢，不过我想有人已经来接我了。"

　　三等舱的旅客正陆续上岸。他说道："如果你在任何时候需要任何帮助……我知道大部分诀窍。在大使馆可以找到我。他们称我为二等秘书。那很方便。"

　　"你人真好。"

　　"你是露辛达的朋友……"他说，"加德满都似乎真是出奇得远。可能最近会来邮件吧。"

"她有给你寄信的习惯吗？"

"她给我寄风景明信片。"他说，身体靠在栏杆上。"那不是你的朋友吗？"他问道。

"什么朋友？"

我朝三等舱进出口的队伍望去，看到了华兹华斯。

"那个和你在岸上聊天的男人。"

我说："从这个距离看，所有黑人长得都一样。"

"但在这儿非洲人并不常见，"他说，"我猜那应该是你朋友。"

最后的手续办完，我站在一条名为本杰明·贡斯当[1]街的街角，身边放着我的行李，我环顾四周，没有找到华兹华斯。许多接人的家庭短暂寒暄后便一同驱车离开了。那个捷克塑料制造商问我要不要搭他出租车的便车。一个小男孩想给我擦鞋而另一个在向我兜售美国香烟。正前方是条林荫坡道，整条街满满的都是酒铺。老妇人靠着墙，身边放着装有面包和水果的篮子。老爷车扬起的尘土和尾气味虽凝重，但空气中还是飘浮着橘子花香。

身后响起了口哨声。我回头，看见华兹华斯下了一辆出租车。他拎起我那两个沉甸甸的手提箱，好像它们是空纸箱似的。"我在找我的朋友，"他说，"这儿有太多坏人了。"我从未坐过如此破旧的出租车。座位内衬已经磨破，填充物从里面冒了出来。华兹华斯用力拍打让它坐起来更舒服些。然后他朝司机做了个手势，司机也即刻心领神会。"我们先绕绕路，"华兹华斯说道，"我想看看我们是否被跟踪了。"汽车摩擦着摇晃前进，他朝车窗外望去。其他的出租车都足够敏捷地超过了我们，偶尔还有司机朝我们戴着无顶帽子的白胡子老司机轻蔑地大喊大叫。

---

1 本杰明·贡斯当 (1767—1830)，法国文学家、政治家、思想家，近代自由主义的奠基者之一。

"我想我们被跟踪了，"我说，"我们怎么办？"

"我们得万分小心。"华兹华斯模糊地答道。

"你偏偏选了辆最旧的出租车。"

士兵们在大教堂前踢着正步，一辆万般老旧的坦克被用作装饰停在墙基的草坪处。到处都是橘子树，有些已经结果，有些还开着花。

"他是我的好朋友。"

"你会说西班牙语？"我问道。

"不，他不会说西班牙语。"

"那他说什么？"

"他说印第安语。"

"你怎么让他理解你的意思？"

"我给他烟抽，"华兹华斯说道，"他喜欢大麻。"

除了一座摩天楼新酒店外，这座城市的总体布局相当具有维多利亚时代的风格。有人停下脚步来观察汽车，汽车在此刻显得不合时宜。街上有骡车，还时不时有人骑着马出现。既有小型白色城堡式的浸礼会教堂，又有像新哥特式修道院的大学。进入住宅区，巨大的石头房子鳞次栉比，带着树木丛生的花园，石阶上方则是圆柱形的门廊，这让我想起绍斯伍德最古老的街区。但是现在绍斯伍德的大多数房子已是单建的平房，灰色的石头也已被刷白，屋顶布满电视天线。代替橘子树和香蕉树的，则是未被悉心照料的杜鹃花以及已经磨光的草皮。

"我姨母的那个朋友叫什么名字，华兹华斯？"我问道。

"我不记得了，"华兹华斯说，"我不想记住。我想忘记。"

眼前是一栋稍稍有些破旧的房子。带有科林斯式的圆柱以及破烂的窗户，被风雨侵蚀的木板上写着这里叫作建筑学院。虽然房子倒塌了，可却遍地开满了花。灌木丛中开着一片茉莉，一半白色，一半蓝色。

"就在这儿停。"华兹华斯说道，并摇了摇司机的肩膀。

那是一个巨大的房子，带有脏兮兮的草坪，草坪延伸最终消失在黑绿的树影之中。树的种类繁多，有小香蕉树、橘子树、柠檬树、葡萄柚树，还有重蚁木。穿过大门，两侧的石阶通往不同的方向。墙有四层楼高，上面长满大片的地衣。

"这是一个百万富翁的房子。"我说。

铁门布满锈迹，还上了挂锁。门柱上雕刻着菠萝，但大门却被铁蒺藜缠绕着，顿时失去了它应有的高贵。我猜想曾经有一个百万富翁居住于此，如今却不在了。

华兹华斯领我绕着街角，从后面的小门进入了这栋房子。他锁上小门，我们穿过散发着香气的树林和灌木丛。"有人吗？"他朝巨大的石墙喊道，"有人吗？"没有回应。这房子的坚固及沉默让我想起了布洛涅墓地那座巨大的家族坟墓。和那次一样，这里也是我这趟旅程的终点。

"你姨母有些耳背了，"华兹华斯说，"她不再年轻了，不再年轻了。"他懊悔地说着，好像他在她还是小女孩的时候就已经和她认识了，然而她在格林纳达宫外与华兹华斯相识时就已经超过七十岁了。我们登上一段石阶，进入了这房子的大厅。

铺着龟裂的大理石的大厅里，没有任何家具陈设。窗户紧闭，唯一的光亮来自天花板上仅有的一盏灯泡。这里没有椅子，没有餐桌，没有沙发，没有挂画。一把靠在墙边的拖把表明这还是有人居住的，当然也有可能是很久以前搬家工人离开后，被雇来打扫的人将它遗忘在这儿的。

"有人吗？"华兹华斯大叫道，"有人吗？普伦先生来了！"然后我听见走廊传来一阵高跟鞋的响声。一段粉红色大理石楼梯延伸至二楼，姨母出现在了那一端。灯光太暗我不能将她看清楚，可能是我的错觉，她比我记忆中老了许多，声音也更加颤抖。"天哪！亨利，"她说道，"欢迎回家。"她慢慢走下楼梯，大概是因为灯光太昏暗了，她紧紧抓着扶手。"我很抱歉，"她说，"威斯康提先生不能在这儿跟你打招呼。我本期望他昨天就回来的。"

"威斯康提先生？"

"是的，"姨母说，"威斯康提先生。我们又幸福地复合了。你把画安全带回来了吗？"

"我拿到了。"华兹华斯说着举起了他的手提箱。

"威斯康提会很欣慰的。他担心过不了海关。你看起来精神不错，亨利。"她说道，亲吻了我的脸颊，留下一阵薰衣草香。"来，我带你看看你的房间。"她领着我上到二楼，那里和大厅一样空无一物。一扇门大开着。这个房间至少总算有一张床、一把椅子和一个碗橱。姨母觉得可能得对这情景做一些解释，于是她说道："家具可能明天运到。"我打开另一扇门，房间里也是空荡荡的，只有地板上两张拼在一起的床垫，一张梳妆台和一把看上去很新的凳子。"我把床板给你了，"姨母说道，"但我不能没有梳妆台。"

"这是你的房间？"

"有时我会想念我的那些威尼斯玻璃，但是窗帘挂起、家具送到后就还……你一定很饿了吧，亨利。华兹华斯会把你的行李拿来，我准备了一些餐食。"

餐厅的家具陈设已不会让我震惊了——一个巨大房间仅靠三盏枝形吊灯照明，电线像发芽抽条的种子一般裸露在天花板上的破洞外。有一张餐桌但是没有桌布，椅子则是由木质装货箱充当的。"这儿略显简陋，"姨母说道，"但是威斯康提先生回来后，你会看到我们很快就能安顿好一切的。"这顿饭都是罐头，还有当地原产的一种甜红葡萄酒，尝起来就像童年时难喝的药。我想到自己是坐着头等舱来的，顿觉羞愧。

"威斯康提先生回来之后，"奥古斯塔姨母说，"我们打算给你开个欢迎派对。这样的房子最适合用来开派对了。我们将在花园烤肉，烤一整头公牛，五颜六色的灯将挂满树梢，当然，还有用来跳舞的音乐。一把竖琴，一把吉他，那是这儿的时尚。波尔卡舞和快步舞是这儿的国舞。我会邀请警察局长、耶稣会的主教（当然是让他来讲话）、英国大使和他的夫人。意大利大使，还是算了吧，现在还不是时候。我们另外再给你找些漂亮女孩儿来，亨利。"一片木质装货箱的碎片划伤了我的大腿。

我说："你得先有一些家具，奥古斯塔姨母。"

"那自不必说。我后悔我不能邀请意大利大使——他是如此英俊，但是在这种情况下……我必须告诉你一些事情，亨利，一些只有华兹华斯知道的……"

"华兹华斯现在在哪儿？"

"在厨房里。威斯康提先生希望我们能单独吃饭。我要告诉你什么来着，亨利，你又打断了我。威斯康提先生已经拿了一本阿根廷护照，他在这里作为伊斯基耶多先生而被大家熟知。"

"我一点都不惊讶，奥古斯塔姨母。"我告诉她那两个侦探是如何搜查她的公寓的。

"顺带告诉你，阿卜杜勒将军已经死了。"

"我早料到了，他们带走了什么东西吗？"

"除了一张来自巴拿马的风景明信片其他什么都没拿。"

"为什么他们想要那个？"

"他们觉得那可能跟威斯康提先生有什么关系。"

"警察一直都是如此荒谬。那明信片是丹布鲁斯先生寄来的。我在前往布宜诺斯艾利斯的船上碰见了他。可怜的人，他已经上了年纪，要不是他跟我说他的冶金公司和在图卢兹的家人的事，我甚至都已经认不出他了。"

"他也没认出你来吗？"

"那一点都不奇怪。那段日子，我们生活在圣詹姆斯和奥尔巴尼酒店的日子，我染了黑发，而不是红发。红色是威斯康提先生最喜欢的颜色。我特地为他而保持红色。"

"那些警察为国际刑警组织工作。"我说。

"他们把威斯康提先生当作一个普通战犯来对待实在是太荒谬了。有太多这样的人在这儿藏身。马丁·鲍曼[1]住在刚过巴西国境的地方，那个坏透了的门格勒医生[2]据说在玻利维亚边境随军。为什么国际刑警就不能管管他们？威斯康提先生明明一直都善待犹太人。他和沙特阿拉伯做那些交易的时候也是如此。为什么他要被赶出阿根廷？他在那儿做古董生意做得好好的。威斯康提先生告诉我，布宜诺斯艾利斯有个美国人做了大量荒谬的调查。威斯康提先生卖了一幅画给一个在美国的私人买主，而那个美国人竟然说自己是大都会艺术博物馆的代理人，声称那幅画是战争中被抢夺的。"

"那个男人的名字该不会叫奥图尔吧？"

"是的。"

"他现在就在亚松森！"

"是的，我知道。但在这里他没法找到那么乐意合作的人了。毕竟将军有德国血统。"

"他和我在　艘船上，而且他告诉我他是做社会学研究的。"

"那不可能。就跟他说自己是大都会博物馆的代理人一样，骗人

1　马丁·鲍曼（1900—1959），纳粹"二号战犯"，纳粹党秘书长、希特勒私人秘书，他掌握着纳粹党的钱袋子，人称"元首的影子"。

2　约瑟夫·门格勒（1911—1929），人称"死亡天使"，德国纳粹党卫队军官和奥斯维辛集中营的"医师"。

的。他在中央情报局工作。"

"他是图利的父亲。"

"图利？谁啊？"

"那个在东方快车上的女孩儿。"

"真是有趣，说不定会对我们有所帮助。"我姨母反应过来，"你说他和你在同一艘船上？"

"是的。"

"他可能已经跟踪你了。为了几张画真是够大惊小怪的。我记得你和他女儿在火车上相处得不错，她好像还怀孕了……"

"奥古斯塔姨母，那和我一点关系都没有。"

"真是相当可惜。"奥古斯塔姨母说道，"在现在的境况下。"

华兹华斯穿着屠夫围裙走进了房间，那围裙和我在冠锚酒吧第一次见到他时一模一样。在伦敦他洗餐具的手艺受到了姨母的肯定和赞扬，现在我觉得那些赞扬是应该的。

"用完餐了吗？"

"喝咖啡时去花园里。"我姨母傲慢地说道。

我们坐在香蕉树贫瘠的树荫下。空气中弥漫着橘子和茉莉花的香味，蔚蓝色的晴空里苍白的月亮隐约可见，像一枚又旧又薄的硬币。环形山与天空颜色一样，好似有人在里面透过洞穴来观察宇宙。没有交通的嘈杂声。蹬蹬的马蹄声属于同一个寂静的古老世界。

"这里很祥和，"我的姨母说道，"只是在黑暗过后偶尔会有枪声。警察们有时很好战。对了，你是加一块方糖还是两块来着。"

"我希望你能详细地解释一下现在的状况，奥古斯塔姨母，我完全被蒙在鼓里。这个大宅子，没有家具……华兹华斯还和你一起在这儿。"

"我从巴黎把他带来的，"奥古斯塔姨母说道，"我旅行时身上带了相当多的现金，我几乎把我所有的积蓄都带上了。但我在伯尔尼银行预先给你留够了船票的钱。一个像我一样的虚弱的老妇需要一个保镖。"那是我第一次听她承认自己已经老了。

"你本可以带上我。"

"我不确定你对某些事情的态度，你那时吓坏了，你记得的，伊斯坦布尔的金块事件之后。阿卜杜勒将军搞砸了那件事真是遗憾，要不然我们现在都有四分之一的提成了。"

"你的钱都去哪儿了，奥古斯塔姨母？你甚至都没有一张睡觉的床！"

"那床垫很舒服的。况且柔软的床反而让我不适。我到这里时，威斯康提先生的生活状况窘迫极了。他靠赊账住在一家小得可怜的旅馆。他的所有钱都用在了办护照和贿赂警察上。天知道门格勒是怎么撑过来的，但我估计他在瑞士有许多匿名的银行账户。我来这儿来得正是时候。他病得厉害，可怜啊，就靠吃木薯过活。"

"所以你第二次把你的钱给他了，奥古斯塔姨母？"

"要不然呢？他需要钱。二十年前有人在这栋房子里被谋杀了，这里的人都十分迷信，所以我们低价买了下来。剩下的钱现在都用来投资了。我们在一个很有前途的企业里拥有一半的股份。"

"该不会是达科塔运输机吧？"

我的姨母兴奋地咯咯笑道："威斯康提先生将会亲自告诉你一切的。"

"他现在在哪儿？"

"他本该昨天到的，但是雨太大，路十分不好走，"她骄傲地看了看她空壳子的房子，说道，"一周后这里会变成什么样你想都想不到。这一周内枝形吊灯将挂满天花板，家具都将到位。我本希望在你来之前一切都能准备妥当的，但是它们滞留在巴拿马了。很多大件物品都得依靠巴拿马。"

"那警察怎么说？"

"他们不会对正经买卖指手画脚。"我姨母说道。

第二天也一样地过去了，但威斯康提先生仍没有回来，不知他去了哪里。姨母在她的床垫上睡到很晚，华兹华斯在忙着打扫，我去市区里溜达了。整个城市正为迎接某个节日如火如荼地准备着。漂亮女孩儿们装饰一新的汽车停在街角。大教堂和军事学院隔着纪念坦克对望，在那门外，士兵方阵踢着正步。到处都是将军的画像——有的穿着制服，有的穿着便服，看着就像是某个巴伐利亚小客栈里丰满又和蔼可亲的主人。布宜诺斯艾利斯流传着他前期统治期间令人不快的逸事：敌人被从飞机上丢弃到热带雨林中，河流将手脚被绑上绳索的尸体冲到阿根廷一侧的河岸上。但是这里街边有廉价的香烟，商店里有便宜的威士忌，还不需要缴纳所得税（我姨母这么告诉我），贿赂也有规矩可循，只要按时送上，就不会有麻烦。树下掉满橘子，但是没有人费心去收集，因为在超市三便士能买到一打。哪儿都能闻到花香。我希望威斯康提先生的投资能成功，我不想自己的终焉之地在比这里还辛苦的地方。

但是第二个晚上我回到那座房子时，威斯康提先生仍旧没有回来。反倒是姨母正和华兹华斯激烈地争吵着。我穿过草坪，听见从花园楼梯那头空荡荡的大厅处传来她空洞的声音。"我不是你的小宝贝女孩儿，华兹华斯，不再是了。明白吗，我已经为你准备了足够多的钱让你回到欧洲……"

"我不要你的钱。"华兹华斯答道。

"你过去从我这儿已经拿了够多的钱了，从我和我所有的朋友那儿拿的 CTC……"

"我偶尔拿你的钱是因为你爱我，你和我一起睡觉，你喜欢和华兹华斯做爱。现在你不和我睡觉了，你不爱我了，我不想要你的臭钱。你全都给他。他会拿走你的所有。当你失去一切的时候，你再来找华兹华斯，我再为你工作，和你睡觉，你会爱我，和之前一样还喜欢和我做爱。"

我站在楼梯的底部，无法转身离去。他俩会看到我的。

"你难道不明白吗，华兹华斯，那一切都已经结束了，现在威斯康提先生回来了。威斯康提先生希望你离开，我想按他所希望的那样做。"

"他害怕华兹华斯。"

"亲爱的、亲爱的华兹华斯啊，应该是你感到害怕了。我现在希望你离开我！就今天！难道你不明白吗？"

"好，"华兹华斯说，"我走，你让我走我就走。我不惧怕那个男人。只是你不再和我睡觉了，那我就离开。"我姨母做了一个好像要拥抱华兹华斯的动作，可华兹华斯并未理会，转身离开并下了楼。他甚至没有正眼看我，尽管我与他只有一步之遥。"再见，华兹华斯。"我说着同时伸出了手，手里藏了一张五十美元的纸币。华兹华斯看了看却没有拿。"再见，普伦先生。伙计，黑暗降临了，肯定的，肯定的，她不再与我同在。"他握了握我那没有藏钱的左手，走下了花园。

我姨母来到台阶处，最后目送他远去。

"没有了他你该怎么装修这巨大的房子？"我问道。

"这里很容易就能招到工人，而且比华兹华斯的 CTC 要便宜得多。噢，我真觉得对不住华兹华斯，"她补充道，"但他确实只是我用来临时填补空缺的而已。自从我和威斯康提先生分开后，所有事情都是权宜之计。"

"你肯定很爱威斯康提先生。他值得吗？"

"对我来说，他值得。我喜欢那些不可触及的男人。我从未期望一个需要我的男人，亨利。需要即是要求。我想华兹华斯是需要我的钱以及我在冠锚酒吧带给他的安慰，但是在这里任何人都没有可称作安慰的东西。而且你也看到了，他都不愿收我的 CTC 了。我对华兹华斯很失望。"她又补充道，好像是因这件事而想到了的，"你的父亲也是不可触及的。"

"可是，我在《罗布·罗伊》里发现了你的照片。"

"那大概他还不够不可触及吧，"她说道，她那声音中夹杂着怨恨，"想想那个学校教师和'多利，亲爱的'，还有你父亲随后就那样死在她怀里的场景。"

华兹华斯走后就剩下我们俩，房子显得又空旷了一倍。我们几乎在沉默中吃完了饭，我喝了太多那个甜药味的红葡萄酒。每当听到远处传来汽车的声响时，姨母就立马奔向那朝着花园的巨大窗户。宽阔的天花板上那些孤独的灯泡光不能照射到那么远，穿着黑裙的她看上去又苗条又年轻。在这黑暗之中，我定不会将她看作一个年老的妇人。她带着瘆人的微笑引用道：

> 她只说道，"黑夜沉闷，
> 他没有到来"。[1]

她说："你父亲教给我的。"

"是的，某种意义上，我也从他那儿学到了。他在帕尔格雷夫的书里折起了那一页。"

"那么毫无疑问，他也把它教给了亲爱的多利，"她说，"不难想象她像个祷告者般在布洛涅的坟前背诵这一段的样子。"

---

1 丁尼生《玛丽安娜》一诗中的句子。

"你并非不可触及，奥古斯塔姨母。"

"所以我才需要一个这样的男人。两个彼此可触及的人在一起，那是多么糟糕的生活。两个人都受苦：害怕谈话，害怕行动，害怕伤害。当有一个人受苦时，生活是可以忍受的。忍受自己的痛苦很简单，可是他人的就不是这样了。我不怕让威斯康提先生受苦。因为我不知道该怎么做他才不会受苦。我很喜欢自由，但就是穿不过他那意大利人的厚皮肤。"

"那如果他让你受苦呢？"

"那只是短暂的，亨利。就像现在。他还没有回来，而我不知道什么绊住了他，我担心……"

"肯定不会有什么差池的，如果有什么事故的话，警察会来告知的。"

"亲爱的，这里是巴拉圭。我害怕这里的警察。"

"那你为什么要待在这里。"

"威斯康提先生没有其他的选择。我敢说如果他有更多的钱，待在巴西会更安全。可能他大赚一笔后，我们会搬去那里。威斯康提先生总想狠赚一笔，他相信他在这里能最终实现。他多次离大赚一笔仅一步之遥。先是在沙特阿拉伯，然后是在德国……"

"即使他赚了大钱，他也没有太长的寿命来享受了。"

"那不是重点。如果他赚了大钱，他可以高兴地离开。四周堆满了金条。他一直迷恋金条。他一定会完成他做到一半的事情。"

"你为什么要我来这里呢，奥古斯塔姨母？"

"你是我唯一的亲人了，亨利。而且你能给威斯康提先生派上大用处。"

那不是一个让我舒服的回答。

"我都不会说西班牙语。"我说道。

"威斯康提先生希望有一个他信得过的人来管理他的账簿。会计一直是他的软肋。"

我环顾一圈空空的房间。仅有的灯泡在逼近的风暴里闪烁着。木质装货箱深深地划伤了我的大腿。我想起楼上的两张床垫和那梳妆台。就这些东西，账簿似乎不太需要怎么管理。我说："我打算见到你之后就回英国的。"

"回去？为什么？"

"我想现在差不多是该安定下来的年纪了。"

"你还有什么事要做吗？完全想象不到。"

"结婚吧，我想是的。"

"在你这个年纪？"

"我还没有威斯康提先生年纪大呢。"

骤雨溅洒在窗户上。我告诉了姨母基恩小姐的事，以及那晚差点向她求婚时的情形。

"你一直都在忍受孤单，"我的姨母说道，"但那已经结束了，在这儿你不会感到孤独。"

"我真心认为基恩小姐是爱着我的。我或许可以给她幸福。这种想法让我有些高兴。"我毫无把握地反驳着，内心等待甚至是期待着姨母的反对。

姨母说："一年之后，你们能一起聊些什么呢？她会坐在一边用梭织法编织（我不明白现在竟然还有人做梭织），你会阅读园艺目录。沉默到无法忍受之时，她会给你讲咖啡方丹的故事，那故事之前你都已经听过上百遍了。你知道当你在你的双人床上睡不着时你会想些什么吗？不会是女人。你一点都不在乎她们，你甚至都不会考虑和基恩小姐结婚。你会思考每天你是如何离死亡越来越近。它近得就像卧室的墙一般一直伫立在那里。当你试图睡觉而基恩小姐在读书时，你会越来越害怕那堵墙，因为没有什么可以阻挡你每晚试图入睡时离它越来越近。啊，不知道基恩小姐会读什么书。"

"你也许是对的，奥古斯塔姨母。但是，我们这个年纪在哪儿不都这样吗？"

"在这儿不一样。明天你可能因为不懂瓜拉尼语而在街上被警察枪击，或是你可能在酒馆被一个男人用刀劈，因为你不会说西班牙语而他觉得你十分傲慢。下一周当我们拥有我们自己的达科塔运输机时，它可能会载着你坠毁在阿根廷。（威斯康提先生太老了而不能和飞行员一起飞行。）我亲爱的亨利，如果你和我们生活在一起，你将不必每天日复一日地慢慢移向任何一堵墙。那堵墙会自己找上你，不需要你的帮助，你能每天都过得像一个胜利者。夜晚来临，你会说，'哈哈，还好我那时没上当'，你将睡得很好。"她说道，"我现在只希望那堵墙还没有找到威斯康提先生。如果它找到了，我将自己出门去寻找那堵墙。"

5

翌日，远处人群传来的吵嚷声将我从睡梦中唤醒，我一开始以为我又回到了布赖顿，海水正搬运着沙石上岸。姨母早已起床，用在花园摘的葡萄柚准备好了早餐。从小镇上传来断断续续的音乐声。

"发生什么了吗？"

"今天是国庆日。华兹华斯提醒过我，但是我忘了。如果你要去城区，记得随身带上一些红色的东西。"

"为什么？"

"那是执政党的颜色。自由党是蓝色，佩戴蓝色是危险的。没有人这么做。"

"我没有红色的东西。"

"我有一条红色的围巾。"

"我怎么可能戴女式的围巾！"

"把它塞在你的上衣口袋里。那样看起来就像是手帕。"

"你不跟我一起去城里吗，奥古斯塔姨母？"

"不。我必须等着威斯康提先生。他今天一定会回来。或者至少他会发来消息。"

我没有必要因为戴红围巾而感到羞耻。街上的大部分人都在他们的脖子上围着红围巾，许多围巾上都印着将军的画像。只有资本家才将其制成手帕，有一些人完全不将手帕展示出来，只是攥在手里透过指节稍稍露出一点，也许他们更情愿佩戴蓝色。到处都是红旗，在这里红色是保守主义的颜色。妇女队伍的红围巾上印有将军的肖像和科罗拉多党的口号，我一直被她们困在街道的十字路口。加乌乔牧人 [1] 的队伍骑着马进了小镇，马上有绯红色的安全绳。一个醉汉摔出小酒馆，当马队小心谨慎地经过他时，他脸朝下躺在路上，将军那和蔼可亲的脸印满他的后背。彩车载着漂亮的女孩，女孩头上戴着绯红色的山茶花。甚至太阳在这晨雾中都看起来是红色的。

我随着队伍行进，移动的人群将我挤向洛佩兹元帅大街。路的那一侧是政府和外交官们的位置。我看到将军在接受敬礼。站在他身旁的一定是美国大使，因为在后面一排，我看见我的朋友奥图尔被一个结实的陆军武官挤进了一个角落。我朝他挥挥手，我觉得他看见我了，因为他冲我露出了一个腼腆的微笑，然后和他身边的胖子聊了起来。一列队伍从我面前经过，我就看不见他了。

那是一支穿着破烂套装的老人的队伍：其中一些人拿着 T 型拐杖，一些人失去了手臂。他们拿着代表他们部队的旗帜。他们曾参加过查科战争 [2]，这是他们每年展现自己的骄傲的时候。他们比紧接着他们出场的上校队伍看起来更有人情味。上校们在车里站得笔直，穿着带有流苏和肩章的制服，人人都蓄着黑胡子让人难以区分，看起来像是涂了漆的柱子，正等待着一个球来将他们击倒。

一个小时后，我看够了游行，走向城市中心。我准备去新的摩天

---

1 南美牛仔。西班牙人和印第安人混血的后裔。

2 1932 年至 1935 年间玻利维亚和巴拉圭两国为争夺格兰查科地区北部而进行的战争。

大楼酒店买一份英文报纸，虽然那里只有五天前的《纽约时报》。在我走进酒店之前，一个男人用隐蔽的声音跟我搭话，像是个知识分子，可能曾是一名外交官或是大学教授。"什么事？"我说。

"您有美元吗？"他迅速地问道，我一摇头（因为我没有任何破坏当地货币法律的意愿），他便走开了。不幸的是，当我买好报纸从酒店出来时，他从人行道的对面走了回来，像没有认出我似的，又小声对我说道："您有美元吗？"我又答道："没有。"然后他用愤慨又鄙夷的眼神瞪着我，好像我在开孩子气的玩笑。

我朝姨母房子所在的城市边缘地带走去，却在街角被游行队伍的队尾堵住了去路。旁边一座宫殿似的房子贴满了横幅，上面满是猩红色的海报，这里可能是科罗拉多党的总部。一些强壮的男人穿着西服，带着红围巾，在朝阳下流着汗，在台阶上上上下下来回走动。其中一个人停下脚步查问道："有什么事？"我猜应该是这个意思。"科罗拉多？"我问道。

"是的，你是美国人？"

我很高兴找到会说英语的人。他长着一张和蔼可亲的斗牛犬式的脸，但是他的胡子似乎需要修一修了。

"不，"我说道，"我是英国人。"

他短咳了一声，那听起来一点都不亲切，就在这时，大概是由于高温、太阳以及鲜花的香味，我忍不住打了一串喷嚏。我不假思索地从胸袋里抽出了我姨母的红围巾用来擤鼻子。这真是太不幸了，等我回过神来，已不知是什么时候，我发现自己瘫坐在人行道上，鼻子在流血。一群肥胖的男人围着我，他们全都穿着黑西服，长着一张斗牛犬的脸。他们的其他同伴出现在科罗拉多大楼的阳台上，带着好奇和非难的眼光向下望着我。我听到"英吉利的"这个词重复了很多遍，然后一个警察猛地把我拽起来。后来我想我是多么幸运，要是我在那队加乌乔牧人附近擤鼻子的话，说不定肋骨上已经挨了一刀了。

几个肥胖的家伙陪我进了警察局，包括那个袭击我的人。他带着我姨母的围巾，作为犯罪证据。"那都是个误会。"我向他保证。

"误会？"他的英语水平很有限。

警察局是一栋庄严的建筑，能够经受住围攻。进去后，所有人立刻开始带着愤怒大声说话。我不知所措。我一直在重复"英吉利的"这个词却不起作用。我试了一次"大使馆"，但是他们的字典里却没有这个词。警察很年轻而且很焦躁，我猜他的上司都在参加游行。当我第三次说"英吉利的"、第二次说"大使馆"时，他给了我一拳，他有些犹豫，下手并不重。我此刻竟有了新发现：身体暴力，就像是牙医的钻头，几乎没有让患者害怕的痛楚。

我又试了试"误会"，但是没有人能理解。那条围巾被一个人接一个人地传递了下去，那块擦了鼻涕的印记被展示给警官看。他拾起一张看起来像身份证的东西朝我挥了挥。我猜想他是在要求我出示护照。我说："我留在家里了。"之后三四个人开始争论起来。大概他们对我说的话的意思抱有不同的看法。

说起来这也是奇怪，那个袭击我的人结果竟是最具有同情心的。我的鼻子仍在流血，于是他把他的手绢递给了我。那手绢不是特别干净，我害怕染上败血症，但是又不好拒绝他的帮助，所以我带着犹豫轻揉了我的鼻子，便把他的手绢还给了他。他用慷慨的手势挥手示意，然后他在一张纸上写了些什么并给我看。我看出来了，那是街道的名字和号码。他指了指地板，又指了指我，然后把铅笔给了我。所有人都好奇地凑了过来。我摇了摇头。我知道怎么走去我姨母的房子，可是我却不知道那是哪条街多少号。我的朋友，我开始把这位警官当作我的朋友了，写下了三家旅馆的名字。我摇了摇头。

然后我搞砸了一切。在这个门口有武装警卫、酷热又拥挤的房间里，站在警官办公桌的边上，不知为何，我的思绪突然又回到了我继母葬礼那天清晨。小教堂里挤满了远房亲戚，姨母的声音打破了那虔诚的祈祷："我曾出席一个将死者过早火化的葬礼。"我本期待这次葬礼是我按部就班的退休生活的强心剂，结果证明它确实是。我记得我还担心过，担心雨水淋在我的割草机上。我突然大笑出声。我一大笑，所有的敌意又回来了，我又成了那个傲慢地用科罗拉多党的旗子来擤鼻子的外国人。那个袭击我的人迅速拿走了他的手绢，那个警官，把挡他路的人推开，大踏步走到我身边，重重地给了我右耳一拳，这次换耳朵开始流血。我拼命思索着他们可能知道的任何人的名字，我说出了威斯康提先生的别名。"伊斯基耶多先生"，但是没有任何反应，之后是"奥图尔先生"。警官停下了他那举起的准备再次殴打我的手，我试了试："美国大使馆。"

那些词起作用了，尽管我不确定所起的作用能否帮到我。两个警察被召集了过来，我被向下摁着走过一段走廊后，进了一间牢房。我能听见刚才那个警官在打电话，我只能寄希望于图利的父亲真的知道一些门路。牢房里的窗户装有栅栏，而且太高，只能看见一小片单调的天空。窗户下有一块粗麻布，除此之外无处可以坐下。有人曾在墙上用西班牙语写了些什么——可能是祈祷文，可能是污言秽语，我无从分辨。我坐在粗麻布上，准备开始漫长的等待。正对面的那堵墙让我想起姨母曾经说过的：我训练我自己学会感恩，感谢那堵墙似乎还在很远的地方。

为了消磨时间，我拿出我的笔开始在白墙上涂鸦。我像往常一样带着恼怒地写下我名字的首字母，因为那代表一种很知名的调味汁。然后写下我的出生年份，1913 年，后面补了一个破折号，这样其他人可以在那里加上我的死亡日期。我突然心血来潮想要写下家族的历史，如果我将在这里待很久，正好可以帮我消磨掉这段时间。我先写下我父亲的去世日期，1923 年。我的母亲在不到一年之前去世，于是我也写下了那个日期。关于我的祖父母，我一无所知。唯一的亲戚就是我的姨母。她大概在 1895 年左右出生，所以我在那个年份后面加了个问号。姨母已经渐渐让我有了家族成员的感觉，于是我突然想试着在墙上理出她的一生。我并不完全相信她的故事，我在想按时间先后理一下说不定会发现漏洞。她曾来参加我的洗礼，之后便再未出现过，所以她应该在 1913 年左右离开了我父亲的房子。那么就是在那快照照下之后不久，她那时 18 岁。她在布赖顿与科伦待过一段时间——那一定是在第一次世界大战之后，所以我在"狗狗教堂 1919 年"那里画了另一个问号。科伦离开之后，她去了巴黎，在普罗旺斯大街的一家公司她遇上了威斯康提先生，可能是在同一时间我的父亲在布洛涅去世。那时她应该有二十几岁了。我推算出了她的第一次意大利之行的大致时间。她在米兰与威尼斯的旅行，大伯乔的去世，她与威斯康提先生在一起的生活，最终因他的沙特阿拉伯诡计暴露被打断。我在巴黎和丹布鲁斯先生那里犹豫地添上"1937 年"，那一年，姨母回到了意大利，在二战爆发之前在《信息报》社后面的房子里与威斯康提先生复合。关于她最近二十年的生活，在华兹华斯到来之前的生活，我一无所知。我不得不承认从年代上来看，我找不出任何明显的瑕疵。尽管她曾告诉过我大量过去的事情，但应该还有很多没和我提起。我开始回忆那次她与我所谓的母亲的争吵。那一定是发生在假孕那会儿——如果那个故事是真实的话……牢房的门突然打开了，一个警察拿进来一把椅子。那看上去是一个友好的举动，我从粗麻布上起来准备坐上去，但是警察却粗鲁地将我推开。此时，奥图尔走了进来。他看起来很尴尬。"你似乎陷入麻烦了，亨利。"他说道。

"那都是一个误会。我打了一个喷嚏，然后恰巧擤鼻子……"

"用了科罗拉多色的东西，而且还是在科罗拉多党总部门前。"

"是的。但是那是我的手帕啊。"

"你现在处于很可怕的境地。"

"我想是的。"

"你随随便便就会被判处十年徒刑。我坐下说，行吗？为了那该死的游行我已经站了好几个小时了。"

"没事，请坐。"

"我再让他们搬把椅子来？"

"不用了，我已经适应这粗麻布了。"

"我想，让这事变得更糟的是，"奥图尔说，"你是在他们的国庆日做的。那就像是一种挑衅。否则他们至多也就驱逐你出境罢了。话说回来，是什么让你想到要找我？"

"你说过你知道些门路，而且他们似乎也不明白我说的'英国大使馆'。"

"你的国家在这儿不是很管用。我们国家给他们提供武装，我们正在帮助他们建造新的水力发电站，离伊瓜苏瀑布不远。那同样也会服务于巴西——但是巴西需要向他们缴费。那对巴西来讲真是件大事。"

"很有趣。"我带着些许不快地说道。

"我当然想帮助你，"奥图尔说，"你是露辛达的朋友。顺带说一句，她给我寄了一张明信片。她现在不在加德满都，而在万象。也不知道为什么。"

"听我说，奥图尔，"我说，"如果你无能为力，请至少打个电话给英国大使馆。如果我要在监狱待十年，我想要一张床和一把椅子。"

"没问题，"奥图尔说，"这点要求我都可以安排。我也可以安排让你被释放，警察局长是我的好朋友……"

"我想我的姨母也认识他。"我说。

"别寄希望于你的姨母。你瞧，关于你的姨母我们有了新消息。警察不想采取行动，我想肯定花了些钱，但是我们会持续给他们施加压力。你好像被卷进一些见不得人的勾当里了，亨利。"

"我姨母是七十五岁的老妇！"我盯着我在墙上记下的这些东西：普罗旺斯大街、米兰、《信息报》报社。要是九个月前，我自己一定会把她的生涯看作是不光彩的，然而现在从她的个人履历来看并没有任何错误的地方，和我在银行待了三十年这事相比，一点错误也没有。"你们为什么会怀疑她？"我说。

"你的朋友，那个黑人，他来找我们了。"

"我很肯定他不会说任何对我姨母不利的事情。"

"是的，他没有，但是关于伊斯基耶多先生他谈了很多。所以我说服警察看住伊斯基耶多，让他暂时不要和其他人来往。"

"那也是你的社会调查的一部分吗？"我问到，"可能他患有营养不良。"

"我想我某种程度欺骗了你，亨利。"他说道，看起来很羞愧。

"就像图利告诉我的，你在中央情报局工作？"

"嗯……类似……不过不是很准确。"他说，紧紧抓住他骗人的最后的遮羞布，就像抓住一把在大风中被吹烂的雨伞一样。

"华兹华斯跟你说了些什么？"

"他十分不快。如果你的姨母不是如此年老，我敢说那就是爱情。他似乎很嫉妒那个叫伊斯基耶多的男的。"

"他在哪里？"

"他就在这附近徘徊。当事情平息之后想再见见你姨母。"

"有可能停息吗？"

"亨利，会的。如果人人都讲道理的话。"

"我的喷嚏引起的事件也会？"

"我想是的。至于伊斯基耶多先生的非法走私勾当，他要是讲道理，大家都好办。现在你知道伊斯基耶多先生了吧。"

"我从未见过他。"

"可另一个名字的他你是知道的吧。"

"不。"我说道。

奥图尔叹气道，"亨利，我想帮助你。露辛达的任何朋友我都很重视。我们可以在数小时之内解决这一切。威斯康提不是什么大人物，不像门格勒或是鲍曼。"

"我想我们在讨论伊斯基耶多。"

"你、我还有你的朋友华兹华斯都知道那是同一个人。警察也知道，但是他们保护这些家伙，等他们的现金用完缘分也就尽了。威斯康提当时几乎就要破产了，但是伯特伦女士及时赶到了这里，付清了所有钱。"

"我一无所知，"我说，"我只是来这里走亲戚的。"

"我想有一个恰当的理由解释为什么华兹华斯在福莫萨与你碰面，亨利。无论如何我想和你的姨母谈谈，而你的话会让它变得更加容易。如果我说服警察放你走，你可以和我一起见见她……"

"你到底在追查什么？"

"她现在肯定很着急知道威斯康提的下落。我可以向她保证，他们只会在监狱里关他一阵子，也就四五天。"

"你是在和她讨价还价吗？我保证她不会做任何伤害威斯康提先生的事情。"

"我只是想和她谈谈，亨利。你也在场。如果我一个人的话她不会相信我的。"

我在粗麻布上感到有些局促，我找不到任何理由来拒绝。

他说："放你出去可能得花一到两小时，今天一切都乱套了。"他站了起来。

"那些数据怎么样了，奥图尔？"

"这游行把一切都弄乱了。我早上不敢喝任何咖啡。站着的这几个小时都没有去小便。我应该完全取消今天的数据。今天不是你所谓的正常的一天。"

那些人显然不像奥图尔所说的那样容易被说服，但是奥图尔走后他们忘了把椅子从牢房拿走，还给我带了稀粥，我把这些当作前途有望的征兆。令我惊讶的是我一点不觉得无聊，尽管我不能在墙上的家族历史上再添加任何有用的信息，除了两个关于突尼斯和哈瓦那的有疑问的日期。我开始在脑海中构思写给基恩小姐的信，如何描述我现在的处境："我侮辱了巴拉圭的执政党，还和一个被国际刑警通缉的战犯混在了一起。第一项罪行最高会被判十年徒刑。我现在在一个只有十英尺长、六英尺宽的牢房里，除了一张粗麻布没有什么东西供我睡觉。我不知道接下来会发生些什么，但我承认我完全没有受惊，这一切太有趣了。"我永远不会真的写下这封信，因为她很难将写信人与她所熟知的那个男人联系在一起。

他们最后来释放我时，外面已经很黑了。我被带回走廊，穿过办公室，然后他们郑重地将我姨母的红围巾还给了我。那个年轻的警官友好地轻拍我的背，催促我走向街道，奥图尔坐在一辆老凯迪拉克里等着我。他说："我很抱歉，比我想象的花了更长时间。我想伯特伦女士现在也该替你担心了。"

"威斯康提先生以外的所有人对她来说都不值一提。"

"血浓于水，亨利。"

"可威斯康提先生不是'水'。"

房子里只有两盏灯亮着。当我们穿过花园最里面的两棵树时，有人突然拿手电照了我们的脸，我还未看清是谁灯光就灭了。我回头看

259

了看草坪，什么也没有。

"你让人监视着这个地方？"我问。

"不是我，是别人，亨利。"

我看得出来他很紧张。他将手放在他的夹克里。

"你带了武器？"

"一个人总得谨慎些。"

"对一个老妇？就我姨母一个人在这儿。"

"谁也没法打包票。"

我们穿过草坪，登上台阶。餐厅里的灯泡照耀着两个空酒杯和一瓶空香槟。当我拿起时它还是冷的。我放下时不小心碰倒了其中一个杯子，声音在房子里回响。姨母一定是在厨房里，听到声音她立刻来到了门口。

"你到底去哪儿了，亨利？"

"看守所。奥图尔先生帮我保释了出来。"

"我从没想过会在我的房子里见到奥图尔先生。尤其当他在阿根廷对伊斯基耶多先生做过那些事之后。所以你就是奥图尔先生了。"

"是的，伯特伦女士。如果我们可以坐下来好好谈谈，那一定是件幸事。我知道你很担心威斯康提先生。"

"我一点儿也不担心。"

"我想你大概……不知道他在哪儿……这么久以来……"

"我清楚地知道他在哪儿，"我姨母说道，"他就在卫生间里。"就在这时，冲水声响起得简直不能更是时候了。

6

　　我带着好奇，兴奋地期待着见到威斯康提先生本人。很少有人可以被姨母如此深爱，而且被原谅那么多回。我在脑中已经勾勒过他的样貌，要和他的行为匹配，那他一定是一个高挑的意大利人，黝黑，清瘦，和他名字一样高贵。但这个穿过房门，出现在我们面前的男人却是矮小的、肥胖的、秃顶的。他主动伸出手与我握手，我看见他的小指已经被截断，整个手看起来像极了小鸟的爪子。他的眼睛是浅棕色的，不带任何表情。一个人可以按他自己的想法自由解读他的眼神。要是我姨母读出了爱，我敢肯定奥图尔读出了不诚实。

　　"你终于回来了，亨利，"威斯康提先生说道，"你的姨母可着急死了。"他说的英语不带丝毫口音。

　　奥图尔说道："你是威斯康提先生？"

　　"我的名字是伊斯基耶多。很荣幸认识……"

　　"我叫奥图尔。"

　　"那样的话，"威斯康提先生微笑地说道，那微笑透过他那门牙上的大牙缝显得极为不自然，"我将收回荣幸这个词。"

　　"我以为你还在监狱里。"

"警察和我达成了共识。"

奥图尔说道："那也正是我来这里的原因，达成谅解。"

"达成谅解通常是可能的，"威斯康提先生说道，好像引用自一个众所周知的出处——可能是马基雅维利[1]，"如果对双方都有好处的话。"

"我想在这件事上是的。"

威斯康提先生对姨母说道："厨房里应该还留着两瓶香槟。"

"两瓶？"姨母问。

"我们有四个人，亲爱的，"他转向我说道，"那不是最好的香槟。它途经巴拿马，辛苦地度过了一段漫长的旅程。"

奥图尔说："我猜你和巴拿马那边的契约已经顺利达成了吧。"

"确实，"威斯康提先生说道，"警察在你们的建议下将我逮捕，他们以为又逮捕了个穷人。现在我可以让他们确信我又是一个潜在的富人了。"

我的姨母带着香槟从厨房走了进来。"还有酒杯，"威斯康提先生说，"忘了拿酒杯怎么行。"

我出神地看着奥古斯塔姨母。我之前从未见过她听从任何人的命令。

"请坐，请坐，我的朋友，"威斯康提先生说，"你一定得原谅我们椅子的简陋。我们刚刚经历过一段时间的贫困，但是我希望我们所有的困难，都已经结束。不久之后我们就能好好招待我们的朋友们了。奥图尔先生，敬美国一杯。我对你和你伟大的祖国毫无厌恶之感。"

"你真大度，"奥图尔说道，"但是告诉我，花园里的那个男人是谁？"

"在我现在的处境下，我不得不保持谨慎。"

---

1 尼可罗·马基雅维利（1469—1527），意大利政治思想家和历史学家，出生于佛罗伦萨。

"他没有阻止我们。"

"他只针对我的敌人。"

"你更喜欢被称作什么，伊斯基耶多或是威斯康提？"奥图尔问道。

"到现在，两个名字我都已经习惯了。让我们喝完这一瓶再开另一瓶。如果你想寻找真相，香槟比测谎仪更有效。它让一个人变得自大，甚至是草率。而测谎仪只是在赌能否成功辨别出谎言。"

"你曾经被测谎仪测过？"奥图尔问道。

"我离开布宜诺斯艾利斯之前，一次开庭上用了它。那结果，我猜想对警察不是特别有用，对你应该也是。你收到检测报告了吧，我猜。我事前十分小心地准备了。他们将两条橡胶带捆在我的手臂上，他们最开始应该是在测量我的血压。可能他们在测谎时也测血压。他们警告我，无论我如何撒谎，那机器都会吐露真相。你可以想象我的反应。怀疑主义天生植根于天主教徒体内。他们首先问了一连串无关紧要的问题，比如我最喜欢的食物，我上楼时是否会喘不过气来？当我回答那些无关紧要的问题时，我想到要是有一天能再见到我亲爱的爱人，我该是多么开心。我的心脏、脉搏跳跃着。他们不明白关于上楼或是吃意大利肉卷怎么会让我如此兴奋。然后他们让我平静下来，后来他们突然将威斯康提这个名字抛向我。'你是威斯康提吗？''你就是那个战犯威斯康提！'但是我没有任何反应，因为我嘱咐我的女佣每天早晨拉起窗帘时叫我威斯康提：'威斯康提，你这个战犯，快起床。'那已成为一个平凡的短语，对我来说那就意味着'你的咖啡好了'。他们又回到'上一楼'的问题，这次我十分平静，但是当他们问我为什么喜欢意大利肉卷时，我又想起了我亲爱的，于是我又兴奋起来。到了接下来那个关键问题时，心电图（如果那是这么叫的话）又变得平和了，因为我停止想念我的挚爱。最后他们暴怒了，既针对机器，也是对我。你看，香槟让我话变多了。我现在兴致勃勃地想告诉你一切。"

"我来这里是为了提出解决办法的，威斯康提先生。我本希望让你暂时不出现在这里，好让我在你不在场的时候说服伯特伦女士。"

"在与威斯康提先生商量之前，我是不会同意任何事情的。"姨母说。

"我们仍旧可以给你在这里制造大量麻烦。每次我们向警察施加压力时，都会让你增加贿赂的金额，进而消耗你的钱。现在试想一下，如果我们说服国际刑警对你结案，然后告诉这里的警察我们不再对你感兴趣，之后你就可以自由行动了，怎么样？"

"我并不完全信任你，"威斯康提先生说，"我也愿意待在这儿。而且，我也交了朋友。"

"当然可以留下，如果你想的话。今后警察不会再勒索你了。"

"是一个有意思的提议，"威斯康提说道，"你已经想好交易条件了？再来一杯吧。"

"我们已经准备好做交易了。"奥图尔说。

"我是一个商人，"威斯康提先生答道，"我年轻时，许多政府都和我做过交易。沙特阿拉伯、土耳其、梵蒂冈。"

"以及盖世太保。"

"他们不是绅士，"威斯康提先生说道，"我也是被周围的环境逼的。"他说话的方式让我想起奥古斯塔姨母。他们一定在一起生活了好些年。"你应该也意识到了，我还有些私人条件。"

"在这样的处境下，你没有资格提私人条件。除非你和我们做交易，否则你将无法继续住在这栋房子里。要是我的话，连购买家具的事都不会操心。"

"家具，将不再是问题。"威斯康提先生说道，"我的达科塔运输

264

机昨天从阿根廷返回时可不是空手而归的。伯特伦女士已经与在布宜诺斯艾利斯的哈罗兹商店接洽，将家具运送至一个朋友的大庄园。香烟和枝形吊灯等价，但那床可是一个昂贵的物件。我们花了多少箱威士忌来着，亲爱的？当然是给我的朋友，而不是给哈罗兹。这些天我们花了许多威士忌和香烟来买些必需的家具，坦白地说，确实有时必须用现金来支付。一块牛排有时候比一盏枝形吊灯更有必要。巴拿马那边无法在两周内再次运送了。我现在经营着正当且前景广阔的生意，但是缺少小额现金。"

"我给你提供安全，"奥图尔说道，"不是钱。"

"我习惯了危险。安全我并不担心。在我现在的处境下，现金是唯一有用的东西。"

我正思考在威斯康提先生所谓的"唯一"的条件下，我会给他多少透支额。此时姨母牵起了我的手。她悄声对我说道："我们应该留威斯康提先生一个人和奥图尔先生在一起。"然后大声对我说道："亨利，跟我来一下。我给你看些东西。"

"威斯康提先生有犹太人血统吗？"我们到了房间外面，我问。

"没有，"奥古斯塔姨母说，"可能有撒克逊人血统。他一直和沙特阿拉伯人相处得很好。你喜欢他吗，亨利？"她试探性地问道，在那种情境下让我很是触动。她可不是会那样说话的人。

"现在下判断还太早，"我说，"在我看来他似乎不太值得相信。"

"如果是那样的话，我还会爱上他吗，亨利？"

她领着我穿过厨房，来到房子的背面。说是厨房，其实里面也就一张椅子、一个干燥架、一个老旧煤气火炉和堆在地面的食物罐头而已。院子里摆满了木质装货箱。我的姨母自豪地说道："你看我们的家具，足够装饰两个卧室和一个餐厅了。还有一些是放花园里的，供我们开派对用。"

"那食物和酒呢？"

"那正是威斯康提先生现在讨论的。"

"他真的期望中情局为派对掏钱？在巴黎时你的那些钱去哪儿了，奥古斯塔姨母？"

"解决好警察花了许多钱。而且我必须找一间房子，配得上威斯康提先生的地位。"

"他有什么地位？"

"他年轻时和红衣主教以及阿拉伯王子走得很近，"奥古斯塔姨母说，"如果你以为巴拉圭这样的小国家会长久地限制他的行动，那你就大错特错了。"

花园下面的手电又亮了起来，随后又熄灭了。"谁在那里？"我问姨母。

"威斯康提先生完全不信任他的伙伴。他被背叛过太多次了。"我禁不住思考他背叛过别人多少次：我的姨母，他的妻子，那些红衣主教和王子，甚至盖世太保。

姨母坐在一个小的木质装货箱上，说道："我很幸福，亨利。你在这里，威斯康提先生也安全回来了。我可能是老了，因为我现在很满足于家庭生活。你和我还有威斯康提先生要是在一起工作的话……"

"工作是指走私香烟和威士忌吗？"

"是的。"

"除了我们三个人，还有花园里的保镖。"

"我不希望我的日子毫无乐趣地逐渐走向死亡。"

从巨大的房子的某处传来威斯康提先生的声音："亲爱的，亲爱的，你能听见说话吗？"

"能。"

"去把那幅画拿来给我吧，亲爱的。"

我的姨母起身了。"交易，我想，可能已经定了。"她说，"走吧，亨利。"我让她先去。我从房子走向树林。夜空中的星星是那么明亮，从树林里能很容易就将我看清。一阵微微的暖风吹来了橘子和茉莉花的香气，好似我的头被强行插入了一箱插花中。我进入树荫后，一束灯光照在我脸上，转瞬间又消失了，但是我早已准备好，我看清了那个男人所站的位置。我划燃了准备好的火柴，眼前是一个留着长长的白胡子的小老头，他正靠着重蚁木。他带着惊讶和困惑张大了嘴，火柴熄灭前我都能看见他掉光牙齿的牙床。"晚安。"我说道，那是我从常用语手册上学会的为数不多的几个表达之一，而他含糊地说了些什么作为回应。我转身返回，在凹凸不平的地面上跌跌撞撞，他打着他的手电筒帮我照明。我思量着威斯康提先生现在还没钱，负担不起一个像样的保镖。从巴拿马运来的第二批货到了之后他说不准可以雇个更好的。

　　我发现他们三个都在餐厅里，聚集在那幅画的周围。我认出来那是我带来的，它曾经在我的船舱里放了四天。

　　"我无法理解。"奥图尔说道。

　　"我也一样，"威斯康提先生说道，"我本期望是一张米洛的维纳斯[1]的画像。"

　　"你知道我无法忍受裸体躯干，亲爱的。"奥古斯塔姨母说道，"我曾告诉过你巴黎铁道的谋杀分尸案。我在华兹华斯的房间里找到的这幅画。"

　　奥图尔说："我无法理解，这一切究竟是关于什么的。什么巴黎铁道的谋杀案？"

　　"说来话长，"奥古斯塔姨母说，"亨利知道，不过他不关心我的

---

[1] 即断臂的维纳斯。

故事。"

"我没有不关心，"我说，"在布洛涅那一晚我只是累了……"

"听着，"奥图尔说道，"我对发生在布洛涅的事情不感兴趣。我刚才为一幅被威斯康提先生盗走的画出了价……"

"我没有盗走它，"威斯康提先生说道，"这是给戈林陆军元帅的表彰，王子自愿给我的。"

"噢，当然，当然，我们都知道。但是王子肯定没有给你一张满是非洲女人的画……"

"它本应该是米洛的维纳斯，"威斯康提先生说，茫然地摇着他的头，"亲爱的奥古斯塔，你不该换掉它啊，那可是一张很好的画。"

"按道理它应该是列奥纳多·达·芬奇的一幅画。"奥图尔说道。

"那张画你是怎么处理的？"威斯康提先生问我姨母。

"我把它扔了。我一看到裸体躯干就……"

"我明天早上会再次逮捕你，"奥图尔威胁道，"不管你怎么贿赂。大使他自己……"

"一万美元是很合理的价格，用当地货币支付也行，如果美元困难的话。"

"为一张满是非洲女人的画？一万美元？"奥图尔说。

"如果你真心想要，我可以附赠你另外一张。"

"另外一张？"

威斯康提先生将画框翻转过来，开始撕去背衬。我的姨母说道："有人想来些威士忌吗？"

威斯康提先生取出来一张小画，那画藏在弗里敦那张的背面。它至多只有八英寸乘六英寸[1]大。奥图尔疑惑地看着它。威斯康提先生说

1　英美制长度单位，1英寸约等于2.54厘米。

道:"这就是你要的东西,有什么不对劲的吗?"

"应该是一张女性肖像画才对。"

"列奥纳多并不是一开始就对女性感兴趣。他曾是教皇军队的首席工程师,亚历山大六世的。你知道亚历山大吗?"[1]

"我不是罗马天主教徒。"奥图尔说。

"他是博尔吉亚教皇。"

"一个坏蛋?"

"在某些方面确实很坏,"威斯康提说道,"他就像我的赞助人,去世的戈林元帅一样。你看这画上,攻击一座城市的城墙,这还真是一个足智多谋的手段。类似于挖泥机,就像如今他们在建筑工地上使用的那样,尽管是靠人力来驱动的。它挖掘出城墙的地基,然后将石头又扔进这些弩炮,打回城市中心。实际上用城市自己的城墙轰炸了城市。太有才华了,不是吗?"

"一万美元换来这个……能起作用吗?"

"我不是工程师,"威斯康提先生说道,"我无法从实际角度来评价它,但是我敢说现如今没有人能画出这么美的挖泥机。"

"我想你是对的,"奥图尔带着敬畏说道,"所以这是真品,我们花了近二十年时间来寻找它和你。"

"你现在准备怎么处理这画?"

"王子在监狱里去世了,所以我们可能会把它交给意大利政府。"奥图尔叹了口气,它究竟是失望还是高兴,我现在都不知道。

"那画框也给你吧。"威斯康提先生友好地说道。

我送奥图尔走过花园来到大门。老保镖已不见踪影。奥图尔说:"让美国政府花一万美元去赎一幅被盗的画,这并非我的本意。"

---

1 1500 年前后达·芬奇在佛罗伦萨进入教宗亚历山大六世之子恺撒·博尔吉亚的部门,担任军事建筑工程师,并随恺撒·博尔吉亚游遍意大利。

"那很难证明就是被盗的，"我说，"万一真的就是赠给戈林元帅的礼物呢？我很好奇，他们为什么把王子关起来。"

我们站在他的车边。他说："我今天收到露辛达来的一封信。这九个月里的第一封。她提到她的男朋友。她说万象的氛围和她男朋友性子不合，所以他们正在搭车去果阿[1]。"

"他是一个画家。"我解释道。

"画家？"他把列奥纳多的画小心翼翼地放在后座上。

"他画亨氏牌的汤罐头。"

"你在开玩笑。"

"列奥纳多画了一台挖泥机，而你花了一万美元买下了它。"

"我估计我永远也无法理解艺术。"奥图尔说，"果阿在哪里？"

"在印度，印度的某个沿海城市。"

"那女孩太令人担心了。"他说。但是就算是她没女儿，他也照样会不安。对他来说，不安就像停在伤口上的苍蝇一样时刻附着在他身上。

"谢谢你把我从监狱里弄出来。"我说。

"露辛达的朋友我都很乐意……"

"回信时代我向她问好。"

"我会让你的朋友华兹华斯上下一班船，你为什么不跟他一起走？"

"我的家人……"

"威斯康提和你没有关系。他和你风格迥然不同，亨利。"

"我的姨母……"

"姨母并没有那么亲近。姨母又不是母亲。"车的引擎一直打不燃。

1　果阿邦是印度的一个邦，以海滩闻名。

他说道："是时候让他们给我配辆新车了。好好考虑下吧，亨利。"

"我会的。"

我回来时，威斯康提先生正在大笑，姨母不服气地看着他。

"怎么了？"

"我跟他说一万美元对于一幅列奥纳多的画来说太贱卖了。"

"本来也不是威斯康提先生的啊，"我说，"而且他也获得了人身安全。现在他的案子已经结了。"

"威斯康提先生，"我的姨母说，"从未在意过安全不安全。"

"船后天返回。奥图尔让华兹华斯上船了。他问我要不要一起走。"

"她说我应该要双倍的价，"威斯康提先生说，"因为是列奥纳多的画。"

"确实啊。"

"但是那根本就不是列奥纳多的画。那只是一件复制品，"威斯康提先生说，"这就是他们把王子关起来的原因。"他笑得有些喘不过气来了。他说道："那是一张接近完美的复制品。王子担心盗贼，所以他把真品藏在了银行里。不幸的是银行被美国空军炸毁了。除了王子没有人知道，那幅列奥纳多的画也一起被毁了。"

"如果那是一幅好的复制品，那盖世太保是怎么发现的？"我问道。

"王子是一个老人，"威斯康提先生带着他八十年来积攒的骄傲说道，"我代表元帅去见他时，他要求拿回他的画。他告诉我那只是复制品，但是我不相信他。于是他给我展示了，如果用放大镜观察挖泥机的钝齿轮，会发现上面用很小的字写着伪造者名字的首字母。我把它当作王子的遗物好好收着，因为我想可能会在某一天派上用场。"

"你告诉了盖世太保？"

"我不信任他们。所以才没允许专家来调查。"威斯康提先生说道，

"王子活不了多久了。他太年老了。"

"就和你现在一样。"

"他没什么活下去的动力了，"威斯康提先生说，"而我还有你的姨母。"

我看着奥古斯塔姨母。她的嘴角抽动着，仿在一直说着"说什么呀，说什么呀"。

威斯康提先生起身，拾起那张弗里敦海湾的画，把它撕了个粉碎。"现在，致我们应得的安宁。"他说。

"我还想把那画还给华兹华斯呢。"我的姨母抗议道。但是威斯康提先生搂着她，他们相互支撑着上了大理石台阶，就像是一对一直爱着对方，过了一辈子漫长而困难的生活的老夫妻。

7

"他们叫你毒蛇。"我对威斯康提先生说。

"他们?"

"不是那些侦探,是罗马警察局的局长。"

"哦,那个法西斯分子啊。"威斯康提先生说。

"那可是在 1945 年哦。"

"那就是一个通敌者。"

"那时战争已经结束了。"

"通敌者才不管。他们一方面老和胜利方合作,一方面又袒护失败方。"这话听起来像是引用自马基雅维利。

我们一起在花园里喝着香槟,因为房子里现在在装修,乱得很。一些男人在搬运家具,还有些正爬楼梯上楼。电工正修理照明,挂上枝形吊灯。姨母指挥着所有这一切。

"比起新形式的通敌我更中意逃跑,"威斯康提先生说,"没有人能断定最后谁会获胜。通敌往往是权宜之计。那不是说我有多在意安全,而是我想生存下去。如果罗马警察局长将我描述成老鼠,我毫无异议。老鼠就像我兄弟一样。将来的世界遍地都是老鼠。至少我是这么认为的，上帝为防止他的创作失败，同时创造了大量的可能性，那就是进化的意义。一个物种存续，另一个物种可能就会灭绝。我完全不理解为什么新教徒那么反对达尔文的进化论。大概是因为如果他专注于绵羊和山羊的进化，最终可能会挑战宗教意识的权威。"

"但是老鼠……"我反驳的话还没说出口，他就抢过话茬。

"老鼠是有很高智慧的生物。我们想在人类身上获得新发现时，就拿它们做实验。在某些方面，老鼠无可争论地领先于我们。它们生活在地下，我们从上一场战争开始才生活在地下。千百年来老鼠熟知在地面生活的危险。当原子弹落下时，老鼠将会存活。对它们而言那将是一个美好又空旷的世界，我希望它们足够聪明会一直待在地下。我可以想象它们迅速进化，我希望它们不要重蹈人类的覆辙，掀开新的命运篇章。"

"还真是奇怪，我们那么讨厌它们。"我说。喝了三杯香槟后，我发现自己可以像和图利聊天一样，自由地和威斯康提先生交谈了。"我们把懦夫称作老鼠，但其实我们自己才是懦夫。我们害怕它们。"

"罗马警察局长可能不害怕我，但是他可能会感到不安，因为我可能比他更长寿。那是一种令人很不舒服的嫉妒感，只有那些生活在安全处境下的人才能感受到。我在你身上感受不到，尽管你比我年轻很多，那是因为我们生活在同等不安的境况之中。你先去世？我先去世？奥图尔先去世？那取决于谁是那个最好的老鼠。这就是为什么一个参加过现代战争的老兵阅读着伤亡名单时会自鸣得意。他可能会比名单上这些人的孙子辈都要活得久。"

"我曾在我的花园里碰见过一只老鼠，"我说道，让威斯康提先生添满我的酒杯，"它静止地站立着，好让自己不被发现。它毛茸茸的，像一只为了对抗严寒而将羽毛吹蓬松的鸟，一点不像只光滑到令人厌恶的老鼠。我毫不犹豫地朝它扔了一块石头，没有打中，我以为它会立马逃跑，但是它却一瘸一拐地前行。它的一条腿估计是断了。篱笆上有一个洞，它慢慢地走向了那个洞。期间它筋疲力尽了，停下来越过它的肩膀凝视着我。它看起来像被抛弃了，一脸悲情，我感到很抱歉。我没法再扔一块石头。它踉跄地进了洞，然后穿过了它。隔壁花园里有一只猫，我知道它没戏了。但它是如此有尊严地迎接它的死亡。后来那一早上我都因此而感到羞愧。"

"那羞愧就是赎罪了，"威斯康提先生说，"作为一只荣誉老鼠，我谨代表其他老鼠，原谅你扔石头的事情。来，再来一杯。"

"我早上不习惯喝香槟。"

"现在没什么比让我们拥有一个好情绪更重要了。我的妻子现在在房子里很开心地准备着派对。"

"你的妻子？"

"是的，虽然说得有些早了，但是昨天晚上我们决定结婚。现在性冲动已离我们远去，婚姻中不再有背叛或是厌倦的危险了。"

"你们在一起这么久都一直没有结婚吗？"

"我们的生活，用法语来说，叫作跌宕起伏。现在我可以把一大担子工作都交给你。我的合作伙伴虽不是什么粗心之人，但也需要督促。我会关照好与警察的关系。警察局长明天晚上会来。顺带说一句，他有个非常迷人的女儿。你不是天主教徒真是遗憾，他将会是一个很有作用的岳父。不过说不定我们现在还可以补救一番。"

"你说的好像我准备终身在这里定居一样。"

"我知道'终身'带着一种悲惨的感觉，就像在'终身监禁'这个词里一样。但是你要知道，'终身'可以简单地意味着一天、一周、一个月。前提是你不会在任何一场交通事故中丧生。"

"你说的好像我是一个爱好冒险的年轻人一样。奥图尔希望我登上明天的船。"

"你现在是家里的一分子了，"威斯康提先生回答道，把他小鸟爪子般的手放在我膝盖上，然后指尖轻轻一戳，"我感觉自己像一个父亲。"他的微笑，并不是能让我感受到父爱的那种微笑，虽然他本意是想表现出那样，可能是缺失的牙齿破坏了这微笑。他一定是注意到我在看他的嘴巴，因为他解释道："我曾有一副很好的假牙。华丽的金子做的。那是男人唯一可以戴的珠宝，女人们也都十分欣赏。我将其视为珍宝，女人们都想让黄金亲吻她们的嘴唇。不幸的是纳粹也喜欢金子，尽管我想用友好的方式保留下来，但是还是将牙齿卸下来更安全。盖世太保有一个官员，他有满满一抽屉的假牙。我注意到他经常盯着我的嘴看，而非眼睛。"

"那你怎么解释金牙的消失？"

"我告诉他们我用来换雪茄了。我无法想象逃亡时没有那些牙齿该怎么办。等我到达米兰加入马里奥的耶稣会时，我只剩下最后一颗金牙了。"

奥古斯塔姨母从房子里走出来加入了我们。"给我来一杯，"她说，"我希望明天不要下雨。让餐厅先空着，我想用来跳舞。你的房间也已经装得差不多了，亨利。装得有些慢，因为沟通不太顺畅。我一直用意大利语，但是他们听不明白。我总想找华兹华斯来解释，他总有好方法来解释……"

"我们不是说好了，不再提起他的名字吗？亲爱的。"

"我知道。但是我们这把年纪还因吃醋而如此不悦真是太荒谬了。你知道吗，亨利？我只告诉威斯康提先生我在船上偶遇了阿喀琉斯，他一下子就不高兴了。可怜的阿喀琉斯，他因为痛风而不能动弹。"

"我喜欢去世的人就安静地待着。"威斯康提先生说道。

"不像坡提菲尔。"姨母大笑着答道。

"谁是坡提菲尔？"我问。

"我准备在布洛涅告诉你的，你又不听。"

"那现在告诉我吧。"

"现在有太多事情要处理了。"

我发现为我在布洛涅的海滨餐馆的行为进行弥补的唯一方法就是请求她告诉我："求你了，奥古斯塔姨母，我想知道……"我像一个为了拖延睡觉时间而假装对睡前故事感兴趣的孩子。我想拖延的是什么呢？大概是我最终决定登上回家的船，又一次去找查奇少校，去回复基恩小姐来信的时刻。或是决定摒弃我在姨母世界中的游客身份，跨过边境正式进入她的世界的那个时刻。看着从巴拿马来的香槟里喷出的气泡，那气泡就像游园会上在水上跳舞的球，不可思议的是，我似乎可以将哈基姆上校、科伦以及奥图尔永久地抛向身后……

"你在笑什么？"奥古斯塔姨母问道。

"我一想到奥图尔今天带着那假的列奥纳多飞往华盛顿就想笑。"

"不是今天。今天没有往北边飞的飞机。他明天晚上也会来派对。他上次离开之前我邀请了他。那个已经拿到他想要的东西的他是如此迷人，很悲伤却长得很好看。"

"可能他今天有时间去检验那幅画……"

"奥图尔先生不是专家，"威斯康提先生说，"伪造者却简直是个天才。伪造者是个实打实的文盲，他不过是王子种植园里的一个百姓，但有一双巧手和一对火眼金睛。王子从不知道他那儿住着一个宝藏，直到墨索里尼统治早期，警察来逮捕了那个男人。他在伪造纸币。他在种植园后面装配了一台简易印钞机。他的伪造品太棒了，但是他不知道自己的价值，他把伪造的纸币分给他的劳工伙伴。王子永远不可能知道他的雇员们是如何变得如此富裕的，每一个劳工都有收音机套装。在左翼圈子里，王子被赞为开明的雇主，获得了很高的声誉，他们甚至想让他做人民代表。后来，所有的农民开始购买冰箱，甚至是摩托车。当然他们做得有些过了，有人买了菲亚特汽车。假币的纸张也很好。这个男人出狱后，王子迎接他回来，给他买齐了所有必需的材料，让他复制列奥纳多。"

"太离奇了。你说他是一个文盲？"

"不识字真是在伪造上帮了他大忙。如何书写一个字母他完全没有先入为主的观念，一个字母就是一个抽象的形状。复制一些没有意义的东西通常更简单。"

早晨天开始热了起来，花香又开始越来越强烈。我们几乎喝完了瓶子里的香槟。真是个"快活的忘忧莲塘"：

> 倾听相互之间的耳语，
> 日复一日地食用莲花。[1]

"长叶草的花儿在哭泣"[2]这几行诗也很贴切，只不过这里哭泣的不是草而是树，流着金色的眼泪。我听见一个橘子掉落在地面，它滚动了几英寸之后躺在一打橘子中间。

"你在想什么？亲爱的。"

"丁尼生一直是我最喜欢的诗人。我过去相信在绍斯伍德肯定有丁尼生风格的东西。可能是那老教堂，那杜鹃花，基恩小姐的梭织品。我一直很喜欢他的这几行诗：

> 拿上刺绣框
> 给古雅的棕榈添上深红色[3]

1　出自丁尼生的《食莲人》。

2　同上。

3　出自丁尼生《白日梦》的序章。

虽然基恩小姐做的不是刺绣。"

"即使在这里你也想念绍斯伍德吗？"

"不，"我说，"虽然绍斯伍德也有丁尼生所言说的东西，但这里的更典型：

死是生命的尽头，啊，为什么活着尽是劳作？"[1]

"坡提菲尔先生不相信那个——死是生命的尽头。"

"很多人不相信。"

"是的，但是他采取积极的行动。"

我意识到奥古斯塔姨母很急切地想跟我说坡提菲尔。我看了看威斯康提先生，他对我轻轻耸耸肩。"谁是坡提菲尔？"于是我问姨母。

"他是一个所得税顾问。"奥古斯塔姨母说完陷入了沉默。

"就这样？"

"他是一个自尊心很强的男人。"

我可以感觉到姨母仍旧怨恨我在布洛涅时阻止了她的讲述，所以她才一直一鳞半爪地说着，我也毫无办法。

"是吗？"

"他原来在国税局做税务监察。"

太阳照射在橘子树、柠檬树还有葡萄柚树上。玫瑰色的重蚁木树下，灌木丛里的茉莉开满蓝色和白色的花朵。威斯康提先生把剩下的香槟倒进我们三人的酒杯中。透明的月亮西沉进地平线里。萨默赛特宫、所得税……它们就像天空上那颗苍白星球上的危海[2]或是湿海[3]一样遥远。

1　出自丁尼生《食莲人》。

2　月球上的一座月海。也称危海盆地。

3　月球上的另一座月海。

"请跟我说说他，奥古斯塔姨母。"我没办法只好直接问。

"他想在死后延长他的生命，通过邮电局的来电自动应答服务。他倒是好了，他的客户就不方便了，我就是其中之一。那时，我与威斯康提先生因为战争第二次分开。在意大利我从未习惯纳税，回国后突如其来的纳税请求是个猛烈的打击，特别是我那少得可怜的收入还被视作不劳而获。一想到那无尽的旅行，罗马、米兰、佛罗伦萨、乔死之前的威尼斯，然后我与威斯康提先生齐心合力……"

"那对我来说是幸福的一段日子，亲爱的，"威斯康提先生说道，"但你现在跟亨利说的是坡提菲尔。"

"我得先说些背景，否则亨利理解不了这个公司。"

"什么公司？"我问。

"坡提菲尔先生创建的，专门应对我以及其他一些和我处境相同的女士的状况。名字叫猫鼬产品有限公司。我们被任命为董事，而我们的收入（当然是非劳动所得的），被作为董事酬金而记下。这笔酬金呈现在本子上，帮助公司展现出坡提菲尔先生所谓的健康的小亏损。那时，亏损越大，要出售这个公司时就越值钱。我一直没明白为什么。"

"你的姨母不是一个女商人。"威斯康提先生温柔地说道。

"我信任坡提菲尔先生，事实证明我是对的。在他做税收检查员的那几年，他对他的供职机构产生了憎恨。于是他给缴税困难的人提供帮助。他的厉害之处就是规避新法律的能力。一部新的财政法启用后他常常三个星期足不出户。"

"猫鼬是个什么公司？生产些什么？"

"它不生产任何东西，虽然生产了我们可能会盈利。当坡提菲尔先生去世时，我在字典里查"猫鼬"这个词，说是南非的一种类似埃及獴的小型哺乳动物。因为我不知道什么是埃及獴，所以我又继续查字典。字典上说这种动物善于破坏鳄鱼蛋并吃掉。由此我已联想到了一项非生产性的职业。我猜税收检察员可能认为那是印度的一个省。"

两个男人带着一个黑色金属框架走下了花园。

"那是什么，亲爱的？"

"烧烤架。"

"也太大了吧。"

"如果我们要烤一整头公牛的话那必须大一些。"

我说："你还没有跟我说那自动应答服务。"

"那是最棘手的，"我的姨母说道，"每次所得税单一来，我发现税额太高就给坡提菲尔先生打电话。总是听到电话自动应答：'坡提菲尔先生正在与理事开会。稍后他将给您回拨。'这样持续了近两个星期。某天我突然想到在凌晨一点给他打电话，回答仍旧是一样的：'坡提菲尔先生正在与理事开会……'然后我意识到大事不好了。最后一切都明了了。他已经去世三个星期，但是遵照他的遗愿，他的兄弟继承了那个电话号码，并且保留了来电自动应答服务。"

"但是为什么呢？"

"一部分原因是他自己对不朽的执念，另一部分原因也归于他与税务局之间的战争。他是滞纳税金战略的忠实信仰者。'永远不要回答完他们所有的问题，'他会说，'让他们重新记录。回答模棱两可就行。你可以在后来根据具体情况再来决定你要表达的意思。文件越大工作量越大。人事部门变换得很快。一个新人看文件得从最开头看起。办公区域大小有限，到最后他们放弃反倒会比继续追究更容易。'有时，如果检查员追得紧了，他告诉我是时候将检察员引导向一封不存在的信了。他会明确地说：'你好像没有注意到我 1963 年 4 月 6 号写的那封信。'到检查员承认他无法找到那封信之前大概需要一整个月的时间。坡提菲尔先生会发送那信的复印件，里面又一次提到一份检查员无法追踪的东西。如果检查员是这个区来的新人，那他毫无疑问会责备他的前任。如果不是，和坡提菲尔先生打过几年交道之后，很可能会精神失常。我估计坡提菲尔先生死前脑子里就已经有这些拖延战略了。所以报纸上没有登讣告，葬礼也只小范围举行。不过他没有想到那会对他的客户造成不便，只觉得会给税务督察添麻烦。"

奥古斯塔姨母深深叹了一口气，这叹气就像是坡提菲尔先生的信件一样模棱两可。我无法辨别那是对坡提菲尔先生的死感到悲伤，还是为终于讲完了那个在布洛涅的海滨餐馆开了个头的故事而感到满足。

"在巴拉圭这块被保佑的土地上，"威斯康提先生像在给这故事加上寓意一般说，"没有所得税，也没有逃税的必要。"

"坡提菲尔先生在这儿不会感到开心的。"奥古斯塔姨母说。

那天晚上，我正准备脱衣服睡觉时，姨母走进我的房间。她坐在床上。"这床现在够舒服了吗？"她问我。

"十分舒服。"

她注意到自己的一张照片，那张照片我从《罗布·罗伊》里拿出来，插在镜子的一角。一间没有照片的卧室通常代表了一个没心没肺的居住者，人们睡着时总需要他人的存在，就像小时候的马修、马克、卢克和约翰一样。"那照片从哪里来的？"奥古斯塔姨母问。

"我在书里发现了它。"

"是你父亲照的。"

"我想是的。"

"虽然那段日子并不是段快乐时光，但那天真的很快乐。"她说，"那时你的未来还没有定论。"

"我的？"

"你那时还没有出生。现在我又一次希望能知道你的未来。你打算和我们待在一起吗？你一直推辞。"

"现在再决定上船已经太晚了。"

"肯定还有空的船舱的。"

"我想我不愿意和可怜的华兹华斯在一起待三天。"

"还有飞机……"

"完全正确，"我说，"所以我不需要现在下决心。我可以下周再离开，或是下周之后。我们可以等等看事情如何发展。"

"我一直觉得我们有一天能再团聚。"

"一直？奥古斯塔姨母，我们相识还不到一年。"

"你认为我为什么去参加葬礼？"

"那可是你姐姐的葬礼。"

"是的，我稀里糊涂地忘记了确实是这样。"

"还有很多时间来做今后的计划，"我说，"姨母你自己可能都不一定想在这里一直安顿下去。毕竟你是一个大旅行家啊，奥古斯塔姨母。"

"这是我旅程的终点，"奥古斯塔姨母说，"大概旅行对我来说常常是替代品。只要威斯康提先生在这里我从未想过旅行。绍斯伍德有什么吸引你回去？"

这个问题在我脑海中已经好几年，现在我尽我最大的努力去回答它。我说起了我的大丽菊，我甚至谈起了查奇少校和他的金鱼。开始下雨了，花园里雨水冲刷着树木沙沙作响，一个葡萄柚重重地掉落在地上。我谈起了与基恩小姐的最后一个夜晚，还有她为下定决心而从咖啡方丹寄来的悲伤的信。甚至由于喝了基安蒂红葡萄酒而面色泛红、戴着顶绯红色纸帽的海军少将也潜入了我的记忆。奥妙洗衣液的箱子被留在了门阶上。我感到自己像被喷洒了麻醉药一般安心，于是信马由缰想到什么便脱口而出。我谈起了"鸡料理"的外卖，还有拉蒂默街的修道院餐厅里的皮特和南希，谈起了圣约翰教堂的钟声，还有特朗布尔议员的石碑，那个糟糕的孤儿院的赞助人。我坐在床上，在我姨母身边，重温着我自己平凡生活中的故事。她用手臂抱紧我。"我一直很幸福。"我觉得此刻必须说点什么辩解的话。

"是的，亲爱的，是的，我知道。"她说道。

我告诉她艾尔弗雷德·基恩先生对我多么友好，我告诉她银行的事，告诉她艾尔弗雷德先生是如何威胁要是我不继续做经理他就要移走他的账户。

"我亲爱的孩子，"她说道，"现在一切都过去了。"然后用她那老去的手轻抚我的前额，好像我是个小男生，从学校逃回来，她答应我不用再回去上课，不用担心任何事，我可以一直待在家里。

我已年逾六十。尽管如此我还是把头埋在她的胸前。"我一直很幸福。"我说，"但是长久以来，我过得太无趣了。"

8

派对大到超乎我的想象，特别是在一开始见过我姨母独自一人在毫无家具的空旷房子里之后。我只能用这个事实来解释，那就是在这上百号客人里，并没有一个真的朋友，除非把奥图尔叫作朋友。当越来越多的客人聚集起来时，我好奇威斯康提先生是从哪儿将他们招徕过来的。街上排满了汽车，其中还有两辆装甲车——那是警察局长的车。他如约带来了他那肥胖、丑陋的妻子和叫作卡米拉的漂亮女儿。甚至那个逮捕我的年轻警官也在这里，他衷心地拍了拍我的背来显示他并没有恶意。我耳朵上仍贴着一小片创伤膏药，那正是早些时候他袭击我的地方。我想威斯康提先生一定是去了镇子里的每一家酒吧，大部分偶然结识的人都被邀请带上他们的朋友。这场派对是对他的赞颂。这之后没有人会想起之前的威斯康提，那个久病缠身、贫穷得只能住在黄色维多利亚时代的火车站附近的低廉旅馆里的人。

大门大开着，门上的铁锈已经被清理干净，枝形吊灯在大厅里闪烁，就连空房间里也点着灯。彩色灯泡串联在树与树之间，也躺在舞池的草地上。阳台上，两位音乐家在演奏吉他和竖琴。奥图尔在那里，那个没有卖出两百万根吸管的捷克人从瓜拉尼酒店带了他的妻子来。

突然我看见那个在船上与我共用餐桌的进出口批发商低调地穿过人群，消失在花园里挤满人的地方。他还是那样灰瘦，不时地抽动着他的兔鼻子。草坪上，公牛肉在铁架上散发着热气，油汁噼啪作响，烤肉的味道驱走了橘子和茉莉花的香味。

我对这场派对的记忆很模糊，大概是我在晚餐前喝了太多香槟的缘故。这里女人多过男人，在巴拉圭这很正常，男人在两次恐怖的战争中锐减了许多。我不止一次地和漂亮的卡米拉跳舞和交谈。音乐家们主要在演奏波尔卡舞和快步舞的节奏，我并不熟悉这些舞步，然而令我震惊的是，姨母和威斯康提先生仿佛天性使然般立刻便熟悉了音乐节拍。不论何时，不论是草坪上还是大厅里，我只要望向跳舞的人群，总能发现他们。卡米拉会说一点英语，她试着教我舞步，但也是白费力气。就算强行赶鸭子上架也很难实现。我说："我很庆幸今晚我不在监狱里。"

"监狱？"

"那边那个年轻人曾经把我关进了监狱。"

"为何？"

"你看见了这创伤药膏了吗？就是他打我的地方。"

我尝试着聊一些轻松的，但是当音乐一停顿，她就赶忙离开了。

奥图尔突然出现在我身边。他说道："真是个盛大的派对。太棒了。我希望露辛达也能在这里，她一定会觉得这很棒。德国大使在那里和你的姨母交谈。我刚刚看到了你们英国的大使，还有尼加拉瓜大使。我想知道威斯康提先生是如何将这些外交官聚集起来的。我猜是他的名字，如果用他的真名的话。要是用伊斯基耶多，在亚松森可没什么意义。想想看要是你收到一封邀请函，来自一个叫作威斯康提的人……"

"你见到华兹华斯了吗？"我问，"我还以为他也会出现在这里。"

"他现在应该在船上了。他们六点起航，天一亮就走。看现在这个样子，就算他出现应该也不太受欢迎吧。"

"嗯。"

客人们聚集到阳台的台阶上，拍手尖叫"太棒了"。我看见卡米拉顶着瓶子在跳舞。威斯康提先生拉着我的手说："亨利，来见见我们在福莫萨的代理人。"我转身把手伸向那个长着灰色兔子脸的男人。

"从布宜诺斯艾利斯来的时候我们在一艘船上。"我对他说。但是很显然他不懂英语。

"他负责我们的内河运输这块，"威斯康提先生说，好像他正在讨论什么合法的伟大事业，"你们今后会经常打交道。现在来认识认识警察局长。"

警察局长的英语带着美国口音。他告诉我他曾在芝加哥学习过。我说："你有一个漂亮的女儿。"

他鞠躬说道："像她的母亲。"

"她教我如何跳舞，但是我对音乐没什么天赋，而且你们本地的舞蹈我就更不懂了。"

"波尔卡舞和快步舞，那是我们的国舞。"

"名字听起来很维多利亚风。"我说。我本是带着赞美说的，可他却突然离开了。

公牛下面的木炭已经变黑，公牛的骨架上没剩多少肉了。它成了一顿美餐。我坐在搁板桌前的长椅上。坐在我身边的 个矮胖的男人用巨大的牛排第四次填满他的碟子。"你的胃口真好。"我说。

他就像维多利亚时代插图里的老饕一般吃着，肘部撅起，头朝下，餐巾卷在衣领里。他说："这没什么。在家的时候我一天要吃八公斤牛肉。一个男人需要力量。"

"你是做什么的？"我问道。

"我是首席海关官员。"他说道。他在桌上放下他的餐叉，指着一个瘦削苍白的女孩，女孩看起来不到十八岁。"我的女儿，"他说，"我告诉她要多吃肉，但是她和她母亲一样性子倔。"

"哪一位是她的母亲？"

"她去世了，在内战中。她不吃肉，所以手无缚鸡之力。"

下半夜的时候我发现他又在我身边。他把手搭在我肩膀上挤着我，好像我们是老朋友。他说："这就是玛丽亚。我的女儿。她英语说得很好。你一定得和她一起跳舞。告诉她多吃肉。"

我们一起走开了。我说："你父亲说他一天要吃掉八公斤牛肉。"

"是的，那是真的。"她说。

"我不会跳你们的舞蹈。"

"没关系，我已经跳够了。"

我们朝着树林走去，我发现了两把椅子。一个摄影师拦住了我们，举起了他的闪光灯。她的脸白得惊人，在耀眼的光里她的眼神看起来受了惊吓。光亮褪去后，我几乎看不见她。"你多大了？"我问她。

"十四。"她说道。

"你的父亲认为你该多吃些肉。"

"我不喜欢肉。"她说。

"你喜欢什么？"

"诗歌。英国诗歌。我十分喜爱英国诗歌。"她一本正经地背诵起来，"'橡木之心是我们的船，橡木之心是我们的伙伴。'[1]"她补充道，"还有《阿林勋爵的女儿》[2]。当读《阿琳勋爵的女儿》时，我经常哭泣。"

---

1 英国海军歌曲《橡木之心》中的一段，第二句与原词稍有不同。

2 苏格兰诗人托马斯·坎贝尔的诗。

"丁尼生呢？"

"是的，我知道丁尼生勋爵。"她找到了我们共同的兴趣，重获了自信。"他同样很悲伤。我喜欢悲伤的东西。"

当竖琴手和吉他手演奏另一首波尔卡舞曲时，客人们聚集在舞池里。我们透过大厅的窗户可以看见阳台之外舞者的起伏。这次我引用了《莫德》[1]的诗歌对海关官员的女儿说道："短暂的夜晚在喋喋不休、狂欢和葡萄酒中流逝。"

"我不知道这首诗歌。它很悲伤吗？"

"那是一首长诗，它的结尾很悲伤。"我试着去回忆起一些悲伤的诗行，但却只能想起《莫德》开头第一句"我憎恶朝向森林的洼地"。这一句脱离了上下文让人完全无法理解。我说："我随身带了丁尼生的诗集。如果你喜欢的话我可以把它借给你。"

奥图尔朝我们走来，我发现了逃脱的机会，因为我十分疲倦，耳朵也痛了起来。我说："这是玛丽亚。她和你的女儿一样，学习英国文学。"他是一个悲伤且较真的男人。他们会相处得很好。现在快凌晨两点了。我想找个无人之处好好睡一会儿，但是走到草坪中央时，我发现那个捷克人正在和威斯康提先生说着话。威斯康提先生说道："亨利，我们有供货了。"

"供货？"

"这位先生有两百万根吸管，他想以半价卖给我们。"

"那接近整个巴拉圭的人口总数了。"我说。

"我没有在考虑巴拉圭。"

捷克人微笑地说道："如果你想说服他们用塑料吸管来喝巴拉圭茶……"他没有把这商业讨论当回事，但是我可以看出威斯康提的想

1　丁尼生的独白剧。

象已经插上了翅膀，这让我想起了奥古斯塔姨母为她过去的故事添枝加叶时的样子。可能是那巨大可观的数字"两百万"让威斯康提先生兴奋了起来。

他说："我在考虑巴拿马。如果我们的代理人能把它们带到运河区。想想看那些美国水手和游客……"

"美国水手喝软饮料吗？"捷克人问。

"你没听说过吗？"威斯康提说，"用吸管喝啤酒更容易醉。"

"那只不过是一个传说。"

"新教徒的腔调。"威斯康提先生说，"每一个天主教徒都知道，被深信的传说和真实具有同等的价值和影响力。看看圣者礼赞就知道了。"

"但美国人可能是新教徒。"

"那我们就创造医学证据，制造现代形式的传说。就用吸管喝酒的中毒效应。罗德里格斯医生会帮上我的忙。就拿肝癌的数据来说。假设我们能说服巴拿马政府禁止酒精饮料的吸管售卖，吸管将会违法地在暗中出售。那需求将是巨大的。遥远的危险总是有巨大的吸引力。用这利润我可以建个威斯康提研究所……"

"但是这些是塑料吸管，不是药用的。"

"我们可以称它们为药用吸管嘛。然后就会有论文表明它的治疗效果就和香烟上的过滤嘴一般毫无用途。"

我留下他们俩继续讨论。我沿着舞池走过，看见姨母在和警察局长跳快步舞，她丝毫没有疲倦。警察局长的女儿卡米拉在海关官员的怀里。跳舞的人已稀疏起来，一辆带有警局标志的车开走了。

我在厨房后的院子里找到一张椅子，还有一些还未拆封的装有家具的木箱，我躺下后立马就睡着了。我梦见那个长着兔鼻子的男人摸着我的脉搏告诉威斯康提先生说我死于寄生虫，不知那意味着什么。

我试着出声说话来证明我还活着，但是威斯康提先生引用了《莫德》中的语句，命令着背后一些隐约可见的人影，让他们把我埋得深一点，再深一点。我试着朝我的姨母尖叫，她怀孕了，穿着浴衣站在一边，牵着威斯康提先生的手。我气喘吁吁地醒来，听见竖琴和吉他仍在演奏。

我看看我的手表，发现已经快四点了。不久之后将是日出，花园里的灯光已经关上。花朵在稍显寒冷的黎明里似乎呼吸得更重，强烈地散发出它们的香味。我很奇怪地为自己还活着感到欣喜，我知道在一念之间，我就可能决定再也不见查奇少校，还有大丽菊、空的骨灰盒、奥妙洗衣液的箱子和基恩小姐的来信了。我朝那一小片果树林走去，怀揣着内心最真实的想法，我甚至知道将要为此付出代价。现在留下来跳舞的人应该都在大厅里，因为草坪上是空的。我听见有辆车沿着路朝城市远去的声音，在我所能看到的范围内，已经没有汽车停在门外了。又一次，在这芳香的清晨，《莫德》的诗行浮现在我的脑中：

在沙子上低沉
在石头上高亢
最后的车轮在回声中远去。

仿佛我又回到了维多利亚时代，那个我通过阅读父亲留下的书而感受到的比当下更让人放松的时代。树木沿着路下坡又上升，我进入了那片小小的洼地，踩到了一块坚硬的东西。我俯身将它拾起。那是华兹华斯的小刀。那个用来撬马蹄里的石头的工具打开着，大概他本打算展开刀刃，但是在慌乱中弄错了。我划燃了一根火柴，在亮光消失之前看见一具尸体躺在地上，黑色的脸上布满橘子花瓣，那是清晨早些时候被微风吹落下来的。

我跪下来查看他心脏的跳动。这具黑色的身体里已没有了任何生命迹象，我的手被黑暗中看不清的伤口处流出的血浸湿。"可怜的华兹华斯。"我大声喊道。如果凶手在这附近，我想让他知道华兹华斯也有朋友。我想到了他的一生，他对一个老女人的爱是多么异乎寻常。那个女人将他从格林纳达宫的门前带走，在那儿他经常穿着制服骄傲地站着，他现在又在巴拉圭河附近的湿草丛里死去。但是我知道，即使他知道自己要为那个女人付出生命的代价，他也会很乐意的。

他是一个浪漫的人，在他仅知的那些诗歌里，也就是他从弗里敦的圣乔治教堂学来的赞美诗里，他能找到表达他的爱和死亡的正确的词语。我能想象他在生命的最后，也拒绝承认她永远弃他而去。当他走向这栋房子，穿过树林里的小洼地时，背诵着颂歌，给自己加油打气：

如果我请求她
一直留在我身边
她会说不吗？
直到天崩地裂
也不会。

这情绪总是真挚的，即使词语多少有些出入。

除了我的呼吸之外没有其他的声音。我合上小刀，放进我的口袋。他一开始进院子的时候，便带着袭击威斯康提先生的想法拔了刀吗？我更情愿不是这样。他只是带着单纯的目的而来，在放弃希望前再见一次他心爱的人，再求她爱一次。而就在此时树林里传出声响，他迅速拔刀以自卫，用那无用的撬马蹄的工具指着看不见的敌人。

我慢慢地走回房子，打算温柔地告诉姨母这个坏消息，尽量不伤到她的心。音乐家们仍旧在阳台上演奏，有两个人已筋疲力尽，似乎就要在乐器上睡着了。我走进大厅，那里就只剩下一对夫妇：姨母和威斯康提先生。我想起了在《信息报》社背后的那栋房子里，他们在长时间的分别后重逢，两个人在沙发之间纵情起舞，妓女好奇地望着他们。此刻他们正跳着慢速华尔兹，两个老人无可救药地陶醉在忘我的爱情中，都没有察觉到我进来。他们关了灯，在这个大房间里，唯一的光亮来自阳台，窗户之间黑暗的气息在飘浮。他们移动时，面部时隐时现。有那么一刻，阴影给了我的姨母一种虚假的年轻，她就像我父亲照片里的那个怀孕的少女一样，带着幸福。而下一刻光亮中我认出这个老妇，就是曾经面对帕特森女士，那个无情、冷酷、嫉妒的人。

　　她经过我时，我叫了她。"奥古斯塔姨母。"但是她没有回应，甚至没有迹象表明她听见了。他们不知疲倦地又跳着舞进入阴影之中。

　　我向着房间里踏了几步，当他们再次朝向我时，第二次尝试叫她："母亲，华兹华斯死了。"她越过她老伴的肩膀，抬头看看我，说道："知道了，亲爱的。怎么偏要在这个时候告诉我，没看见我正在和威斯康提先生跳舞吗？"

　　相机的闪光灯划破了黑暗。我现在还有这照片——我们三个人都被这闪光灯吓着了，如化石一般。照片拍成了全家福的样子。威斯康提像看同谋者一样朝我微笑，他的牙缝都清晰可见。我的手尴尬地伸了出去，仿佛被冻住。而我的母亲正用温柔和责备的眼神看着我。照片洗出来之后我才发现屋子里还有一个人，我当时没有意识到他和我们一起在房间里。他的脸上长满了胡子。他第一个知道华兹华斯死的消息，后来威斯康提先生在我的坚持下解雇了他。母亲没有参与这个讨论，她说这应该是男人之间解决的事情。我还把照片上那个人的脸剪了下来，所以华兹华斯并非完全没有得到复仇。

　　不过我也没有多少时间来关注那个可怜的人。威斯康提先生现在还没有赚大钱，我们的进出口业务很耗时间。生意时好时坏，事实证明，我们与高贵客人在派对上拍的那些合照的确用处多多。我们现在拥有一架达科塔运输机了，我们的合作伙伴因为听不懂瓜拉尼语被警察意外射死了。所以我现在大部分业余时间都在学习瓜拉尼语。明年，当海关长官的女儿十六岁时，我将和她结婚。我们的结合得到了威斯康提先生和她父母的同意。当然，我们之间的年龄差距相当大，但是她是一个非常温柔孝顺的孩子，我们经常一起在温暖芳香的夜晚阅读勃朗宁的诗：

> 上帝在他的天堂——
> 世上一切安好！[1]

1　出自勃朗宁的诗剧《皮帕走过了》中的插曲。